· 本套书曾于 1997 年荣获第三届国家图书奖 ·

塞万提斯全集

全集

·1·

诗歌 戏剧

董燕生　译

人民文学出版社

图书在版编目（CIP）数据

塞万提斯全集：全 8 卷/（西）米格尔·德·塞万提斯著；杨绛等
译. —北京：人民文学出版社，2016
ISBN 978-7-02-012092-5

I. ①塞… II. ①米…②杨… III. ①文学—作品综合集—西班牙—中世纪
IV. ①I551.13

中国版本图书馆 CIP 数据核字（2016）第 245410 号

责任编辑　翟　灿　张欣宜
装帧设计　李思安
责任印制　王重艺

出版发行　人民文学出版社
社　　址　北京市朝内大街 166 号
邮政编码　100705
网　　址　http://www.rw-cn.com

印　　刷　三河市西华印务有限公司
经　　销　全国新华书店等

字　　数　3187 千字
开　　本　880 毫米×1230 毫米　1/32
印　　张　140.5　插页 8
印　　数　1—3000
版　　次　1996 年 12 月北京第 1 版
印　　次　2018 年 1 月第 1 次印刷

书　　号　978-7-02-012092-5
定　　价　780.00 元（共 8 卷）

如有印装质量问题，请与本社图书销售中心调换。电话:010-65233595

出 版 说 明

　　米格尔·德·塞万提斯·萨阿维德拉（1547—1616）是西班牙伟大的小说家、戏剧家和诗人，也是欧洲文艺复兴时期杰出的现实主义作家。他生于西班牙中部一个没落贵族家庭，一五六九年充当一位红衣主教的随从前往意大利，次年参加了西班牙驻意大利军队。在抗击土耳其人的勒班陀海战中，他奋勇冲上敌舰，身负重伤，左手致残。一五七五年退役回国途中，他被土耳其海盗劫去，在阿尔及尔服苦役五年多，一五八〇年被亲友赎回国。他以一个英雄的身份回国，但后半生却穷困潦倒。他曾任无敌舰队的军需官，在执行公务中，因受乡绅诬陷而入狱。出狱后改任税吏，又因储存税款的银行倒闭，他无力赔偿税款而被革职查办。后虽脱离公职，仍屡遭厄运的打击。丰富的人生阅历和坎坷的生活道路，对他的文学创作产生了至关重要的影响。

　　塞万提斯的文学创作主要分诗歌、戏剧和小说三类。他是以写诗走上创作道路的，不过，诗歌在他的创作中所占比重不大，总共只有三十八首短诗和一篇长诗《帕尔纳索斯之旅》。短诗中有几首歌颂无敌舰队的十四行诗，表现了强烈的爱国主义激情，其他诗篇则多为题赠、即兴或应酬之作。《帕尔纳索斯之旅》写太阳神阿波罗要驱逐蹩脚诗人，命塞万提斯集合西班牙的诗人参加论战，论战结果，末流诗人理屈词穷，狼狈逃窜。作者在诗中对他所推崇和厌弃的诗人大加褒贬。

戏剧创作分两个阶段,前期有两个剧本:《阿尔及尔的交易》和《被围困的努曼西亚》,后者以努曼西亚城四千居民抵抗八万罗马侵略者的史实为背景,描写全城居民乃至孩童宁死不屈的英雄气概,全剧充满高昂的爱国主义热情。后期剧作是八个喜剧和八个幕间剧,其中八个喜剧有的描写作家被掳期间在阿尔及尔所经历的事件,有的反映下层劳动人民或流氓无赖的生活,有的则根据宗教故事改编而成。幕间剧属于西班牙"黄金世纪"流行的一种戏剧形式,情节简单,短小精悍,通常在正剧幕间休息时演出。

塞万提斯文学创作的最高成就是小说。他的第一部小说是田园牧歌体的《伽拉苔亚》,小说以一对男女牧人之间的爱情故事为主线,描绘出一系列富有诗意的田园生活画面,反映了作者对家乡自然风景的热爱。

《警世典范小说集》是作者唯一一部短篇小说集,收小说十二篇。这些小说按其形式和内容可分为爱情故事、流浪汉故事和哲理性故事三大类,作品的共同特点,一是浓郁的时代气息,二是爱憎分明的是非观念。因此,有评论家认为,仅以《警世典范小说集》这本书,也可以使塞万提斯成为世界上最伟大的小说家之一。

塞万提斯的代表作是《堂吉诃德》,这部小说对西班牙乃至欧洲长篇小说的发展具有重大影响。十六世纪末,曾荣耀一时的西班牙成了时代的落伍者,从而激起了人们要求变革现实的强烈愿望。读骑士小说入迷的堂吉诃德却把这种愿望寄托在虚幻的骑士道上,并且身体力行地去加以实施。结果,不仅受尽捉弄,闹出许多笑话,而且碰得头破血流,大败而归,直至临终前才恍然醒悟。小说通过堂吉诃德这个可笑、可悲而又可爱的人物形象,突出地反映了人文主义思想与西班牙现实之间的矛盾。堂吉诃德虽然有美好、善良的愿望和大战风车的勇气,但他最终成为以主观愿望与冷酷现实相撞击的牺牲者。同时,这部作品对日趋没落、充满矛盾的西班牙封建社会和贵族阶级的荒淫无耻进行了广泛而深刻的揭露。

《贝雪莱斯和西吉斯蒙达历险记》是作者的最后一部小说,脱稿于一六一六年四月十九日(作者逝世的前四天),成书于一六一七年。作品讲述北欧两个小王国的一个王子和一个公主更名改姓,谎称兄妹,一道出游欧洲各国,历尽千辛万苦,最后喜结良缘的故事。小说的前半部分反映了作者少年时代的梦想、信仰和追求以及青年时代的浪漫行为,后半部分则是以一位老人历经磨难的结果,表现了老年人特有的仁慈宽厚和善良心肠。这部作品概括了作者的全部理想和追求,用评论界的一句话来说,它是"塞万提斯的最后一个浪漫的梦幻"。

塞万提斯早已为我国读者所熟知。二十世纪初,他的《堂吉诃德》即被介绍到中国,此后便有几种版本出现,但多为节译本。一九五九年,人民文学出版社出版了傅东华先生由英文本转译的《堂吉诃德》全译本,一九七八年,又出版了杨绛先生从西班牙文直接翻译的《堂吉诃德》新译本。此外,上海新文艺出版社于一九五八年出版了塞万提斯的短篇小说集《惩恶扬善故事集》。为使读者全面了解塞万提斯的创作,人民文学出版社决定出版中文版《塞万提斯全集》,于一九九七年一次出齐,作为对作家诞辰四百五十周年的纪念。

本版《塞万提斯全集》以西班牙阿吉拉尔出版社一九八六年出版的第十八版《塞万提斯全集》(两卷本)为蓝本,依据它的编排顺序兼顾体裁及各卷字数,分成八卷出版,即诗歌、戏剧一卷,喜剧二卷,幕间剧、小说一卷,短篇小说集一卷,小说三卷。原文版《全集》的末尾收有"归于作者名下的"三个短剧和一部短篇小说,为阅读方便,我们把三个短剧作为附录放在"幕间剧"的末尾,把短篇小说作为附录放在《警世典范小说集》的末尾。

原文版《塞万提斯全集》是由西班牙当代著名文学教授安赫尔·巴尔布埃纳·普拉特(Angel Valbuena Prat,1900—1977)编辑和注释的,他为每部作品写有一篇评介性的序言。本《全集》的译文,除《堂吉诃德》和《警世典范小说集》外(这两部作品由译者写了《译者序》,《译者序》中有版本说明),全部根据这个版本翻译,并采用了原作的序言。

《塞万提斯全集》大部分作品系一九九六年首次翻译出版。二〇一六年,适逢塞万提斯逝世四百周年,我们再版这套全集,所有译名我们一般采用通行的译法。由于杨绛先生对《堂吉诃德》深有研究,她在《堂吉诃德》中所用的译名,我们予以保留。

《塞万提斯全集》的首版翻译出版工作,得到了中国西班牙葡萄牙拉丁美洲文学研究会的大力支持和协助,当时的会长沈石岩先生在西班牙期间,曾亲自前往西班牙文化部图书总局陈述我社翻译出版《塞万提斯全集》的计划以及其他有关事宜,取得对方的理解和认可;为使《全集》早日面世,几位译者承担了艰巨的翻译任务;研究会成员林光同志对新译稿进行了核校。再版时,中国社会科学院外国文学研究所所长陈众议先生为全集作序。在这里,我们谨向研究会和有关个人表示诚挚的谢意。

塞万提斯的作品距今已有四百多年之久,文字艰涩费解,给翻译、注释及编校工作增加了很大难度,虽然我们做了努力,缺点和差错仍在所难免,期望读者和专家能给予指教。

人民文学出版社

二〇一六年五月

永远的骑士(代序)

德国浪漫派诗人海涅说"作家的笔高于作家"。这是很有道理的。他指的是优秀作家会超越自己的偏见,使艺术升华。换言之,作家是人,有七情六欲和时代社会的制约、生老病死的牵缠,但作家的作品却可以塑造完美,并在一定程度上使人物得到永生。海涅的另一名言是"塞万提斯、莎士比亚、歌德成了三头统治,在叙事、戏剧、抒情这三类创作中达到了登峰造极。"然而,塞万提斯生前既没有莎士比亚和歌德的闻达,亦无骑士的潇洒。

所谓"有心栽花花不开,无心插柳柳成荫",塞万提斯最初的梦想是成为诗人,而非小说家。盖因小说在当时没有地位,骑士小说更是仅供消遣的"无稽之谈"。于是,他创作了一首长诗《帕尔纳索斯之旅》,以及无数短歌和十四行诗。遗憾的是后者大都散佚了。

同样,作为剧作家,塞万提斯也没有获得成功。他在"八个喜剧和八个幕间剧"的序言里历数西班牙戏剧传统并聊以自慰:"我头一个大胆地将五幕剧变成了三幕剧,而且刻意表现人物的内心世界:他们的想象和隐情。我还把伪道士搬上舞台并且得到了观众的认可。我写了数十个剧本,却从未在舞台上丢人现眼,也没有人对它们喝倒彩、扔垃圾……后来我诸事缠身,不得不离弃戏剧,却冷不丁冒出个大自然的怪物来——洛佩·德·维加。他在喜剧王国一统天下……”众所周知,喜剧是文艺复兴运动时期的主要体裁。它充当了资本的温床,之后也一直是资本主义快车的润滑剂,其对近现代文学自由主义思想的推动作用不可小觑。它甫一降世便以摧枯拉朽之势颠覆了神学的庄严,扫荡了封建残余。它在嬉笑怒骂中为资本主义保驾护航,并终使个人主义和拜物教所向披靡,技术理性和文化消费主义甚嚣尘上。而作为文艺复兴运动人文主义或人本主义的载体,喜剧无疑也是市民文化的首要表征。关于这一点,早在十四世纪初,但丁就曾有过描述。具体说来,他在文艺复兴运动的晨光熹微中窥见了人性(人本)三兽:肉欲、物欲和狂妄自大。果不其然。未几,伊塔大司铎在《真爱之书》中把金钱描绘得惊心动魄、无所不能,薄伽丘以罕见的打着旗帜反旗帜的狡黠创作了一本正经的“人间喜剧”《十日谈》,拉伯雷则用大话式的狂欢将神话中的巨人和教会踩在脚下。十五世纪初,喜剧在南欧遍地开花,幽默讽刺和玩世不恭的调笑、恶搞充斥文坛。十六世纪初,西葡殖民者带着天花占领大半个美洲,伊拉斯谟则复以畅快的笔调在《疯狂颂》中大谈真正的创造者是人类下半身的“那样东西、那样东西”。直至十六世纪末十七世纪初,才有莎士比亚在其苦心经营的剧场里左右开弓,并以充满批判精神的几大悲剧(对金钱、社会、人性的批判)使自己成为经典;而塞万提斯却通过否定之否定,即反狂欢的狂欢、反喜剧的喜剧——《堂吉诃德》——展示了日下世风和遍地哀鸿。某种意义上说,塞万提斯侥幸存世的八出喜剧和同样数目的幕间剧最是吻合他的人生:艰难时世中顽强拼搏,身残志坚做过奴隶,事事不顺三陷冤狱,锲而不舍地苦中作乐——泪奔并苦笑着。

《堂吉诃德》几乎是塞万提斯无心插柳的产物。它是在狱中构思的,而创作这部小说的作者竟栖息在一间四面"漏风"的小阁楼里:楼下是酒吧,楼上是妓院。

　　四百多年来,有关《堂吉诃德》的价值早已是众说纷纭。最早的评价来自同时代文人,其中维加的嘘声和判决奠定了负面基调。而笑声则是一般读者给予塞万提斯的回报。他们不是在堂吉诃德身上看到了自己的影子、和他同命运共欢乐,便是视其为十足的疯子、逗笑的活宝。十八世纪是理性主义的世纪、启蒙运动的世纪、新古典主义的世纪,但塞万提斯及其《堂吉诃德》继续面临不同甚至完全对立的接受与评骘。先是英国翻译家彼得·莫特乌斯开启了正面评骘的先声;但紧接着,法国翻译家阿兰-热内·勒萨热反戈一击,否定了彼得的看法。因此,塞万提斯必得等到十九世纪才因浪漫主义而扬眉吐气。浪漫主义定塞万提斯为一尊,对《堂吉诃德》可谓推崇备至。德国作家先声夺人,于一八〇〇年和一八〇一年率先推出了两个版本。首先是施莱格尔兄弟,继而是谢林和海涅,与之遥相呼应的当然还有英国诗人拜伦等,他们对《堂吉诃德》的高度评价一扫笼罩在塞万提斯头上的阴霾,奠定了塞万提斯在西班牙,乃至世界文坛的崇高地位。与此同时,西班牙本土的塞万提斯研究迅速升温,并在生平和版本研究上取得了骄人的成绩。此后,批判现实主义和马克思主义为塞学展示了新的维度。司汤达和屠格涅夫、马克思和恩格斯等,将塞万提斯及《堂吉诃德》研究引向了前所未有的深度和广度。然而,二十世纪的情况有所不同。随着结构主义、后结构主义和各种形式主义、虚无主义批评的兴起,传统意义上的社会历史批评受到挤压;但意识形态批评同样强劲,尤其是在冷战期间。塞学作为文学批评的一环或一隅,变得越发的汪洋恣肆,无论观点还是方法,又何啻五花八门!

　　虽然塞万提斯戏说其小说得到了中国大皇帝的赏识,谓后者急于让他来做西班牙语文学院的院长并用《堂吉诃德》做教材；他甚至在第二部中让堂吉诃德胡诌了一个叫安赫丽卡的美人，还让她"即位做了中国女皇"，但事实上不仅他的中国梦未能做圆，就连他的作品也姗姗来迟。

一九一八年，周作人率先在《欧洲文学史》中对《堂吉诃德》进行了概括性的评介。一九二二年，林纾、陈家麟的翻译的《堂吉诃德》第一部——《魔侠传》在上海商务印书馆出版。同年九月，周作人撰文介绍《堂吉诃德》，并将屠格涅夫的观点引入中国，认为《堂吉诃德》和《哈姆雷特》"这两大名著的人物足实以包举永久的二元的人间性，为一切文化思想的本源；堂吉诃德代表信仰与理想，汉列忒(哈姆雷特)代表怀疑与分析。"也许正是出于这样的理解，周作人后称《堂吉诃德》是他"很喜欢的书"，"随时翻拢翻开，不晓得有几十回，这于我比《水浒》还要亲近。"

鲁迅对《堂吉诃德》的接受与周作人相仿，他不仅一直珍藏着"莱克朗氏万有文库"本，而且自二十世纪二十年代起陆续收集了好几种日译本。鲁迅的阿Q(《阿Q正传》发表于一九二四年)则被认为颇有堂吉诃德的影子，或谓反堂吉诃德：一个毫无理想主义色彩的反堂吉诃德。但阿Q的"Q"恰好是吉诃德的第一个字母。此外，鲁迅在"编校后记"中把堂吉诃德精神概括为"专凭理想勇往直前去做事"，而哈姆雷特则"一生冥想，怀疑，以致什么事也不能做"；并说"后来又有人和这些专凭理想的堂吉诃德式相对，称看定现实而勇往直前去做事的为'马克思式'。"同时，他希望在自己主编的《朝花小集》丛书里出一个"可读的"《堂吉诃德》译本(当时行世的唯有一九二二年林、陈据《堂吉诃德》第一部编译的《魔侠传》，但二十世纪三十年代接连出版了四种新译本，即一九三一年开明书店的贺玉波译本、一九三三年世界书局的蒋瑞青译本、一九三七年启明书局的温志达译本和一九三九年商务印书馆的傅东华译本）。而这时创造社、太阳社的左翼作家正冷嘲热讽地攻击鲁迅为中国的吉诃德先生。鲁迅于一九三二年撰写了题为《中华民国的"堂吉诃德"们》的杂文，之后又于一九三三年和瞿秋白一同发表了《真假堂吉诃德》，对某些口头英雄及其精神胜利法进行了抨击。与此同时，鲁迅还和瞿秋白一道（前者从德文译出了第一章，后者从俄文译出了全文）翻译了卢那察尔斯基的《解放了的堂吉诃德》。鲁迅在瞿译《解放了的堂吉诃德》"后记"中说，"吉诃德的立志去打不平，是不能说他错误的；不自量力，也并非错误。错误是在他的打法。因为胡涂的思想，引出了错误的打法……而且是'非徒无益，而又害之'的。"事实上，问题既不在骑士道，也不仅仅在打法，而是在于理想主义的脆弱。在严酷的现实面前，任何萦纡的道论都是一样的乏力。

为了团结鲁迅，中共中央曾派李立三前去做两社的工作，于是围绕"中国堂吉诃德"的交锋宣告终结。较之两社的冒进，鲁迅显然"太文学"；而周作人则更是书生气十足了。后者除了自己在著述中倾情介绍《堂吉诃德》，还深刻地用堂吉诃德思想影响了他的弟子们。其中，废名就曾以小说《莫须有先生》模仿了《堂吉诃德》。

一晃近百年过去，而今又有三十余个译本在神州大地上陆续问世，我们或可使塞万提斯这杆"精神之矛"焕发出新的光芒。

但是，我们的阅读情况不容乐观。且不说我国人均纸质图书阅读量处于世界中下游（二〇一六年"世界读书日"公布的有关调查数据表明，二〇一五年我国人均年读书量仍不足五种），较欧美国家和亚太发达国家仍有很大差距。同时，青少年的电子阅读量迅速飙升，其内容多为快餐类影像作品和闲聊，即主要属轻阅读、浅阅读范畴,罕有经典间架。更令人瞠目的是二〇一三年广西师范大学出版社的网上抽样调查结果:我国"四大名著"之首的《红楼梦》居然被称"死活读不下去",而且在"死活读不下去"的榜单上赫然居于榜首。与此同时,《三国演义》和《水浒传》横遭批判,其做法无非是将它们剥离历史土壤,并攻其一点不及其余。关于《西游记》,或可作为个案多说几句,因为它一直是我国少儿读物中的第一经典。然而,它被反复恶搞。乡贤章金莱(六小龄童)颇为愤懑,以至于不惜"以身试法"、对簿公堂。

当然,情况远不止于兹。屈原遭到了"弗洛伊德的攻击",成了"同性恋者",于是其爱国主义精神被"恋君情结"所颠覆。此外,从杜甫到鲁迅,无数经典作家被或多或少穿上了小鞋。于是,经典作家作品作为民族文化母体的基因或染色体地位被彻底撼动,甚至颠覆。这当然不是个别文人墨客或影视大腕心血来潮、指点古今的结果,其背后是资本和文化消费主义的强劲推动,也是"全球化"时代"去民族意识""去意识形态"的必然结果。我的问题是:既然国家尚未消亡,白宫的主人们比以往任何时候更加强调美国利益,我们却轻易瓦解作为国家认同、民族认同、价值认同和审美认同重要根基的文学经典,那不是犯傻或别有用心又是什么?

然而,话说回来,颠覆"经典"的做法原是文学的本分。但这个"经典"始终是加引号的。譬如塞万提斯颠覆的"经典"是以消遣为目的的骑士小说。曾几何时,骑士小说和喜剧在欧洲风靡一时。用最简单的话说,骑士小说之所以风行欧洲,尤其风行西班牙,是因为王国的复兴或建立使骑士阶层完成了历史使命。骑士们被封官加爵,远离了金戈铁马、过上了养尊处优的生活,成为新兴市民阶层梦想的归宿。后者正是"航海大发现"的精神基础。哥伦布所率领的西班牙冒险家并不知道美洲的存在,他们的目标是"大中华帝国"，只是阴差阳错到达了美洲，并误认为那是印度。稍后历任菲律宾总督的西班牙人一直觊觎富饶的中国，并多次上书国王派兵"占领"。只不过西班牙帝国早被野心所累，已然是无可奈何的明日黄花。但骑士梦想仍萦绕在西班牙市民阶层心中；于是，过去的骑士生活被逐渐艺术化。比如，多数骑士小说的主人公不是一手举剑、一手握笔，就是浪漫的冒险家；他们为了信仰、荣誉或某个意中人不惜赴汤蹈火、在所不辞；他们往往孤军奋战、特立独行，具有鲜明的个人英雄主义倾向，同时不乏神秘色彩。塞万提斯则开宗明义，要用《堂吉诃德》来扫除骑士小说的那一套有害心灵的无稽之谈。于是，骑士小说被淋淋漓漓地戏说了一番。于是，孩子们看《堂吉诃德》会笑，而成熟的读者却每每在堂吉诃德的疯癫面前潸然泪下。

然而的然而，我不得不就此打住，以免喧宾夺主。鉴于本全集囊括了目前最完整的塞万提斯作品，读者自可从诸方家忠实的译文中领略这位一心要来中国的拉曼查骑士及其所衍生的各色体裁、题材和不同凡响的故事。

陈众议

二〇一六年五月十七日晨

《塞万提斯全集》
总目次

第 一 卷

诗歌······························ 董燕生 译
　诗作散篇····························· *1*
　帕尔纳索斯之旅····················· 127
戏剧······························ 董燕生 译
　阿尔及尔的交易····················· 319
　被围困的努曼西亚··················· 435

第 二 卷

喜剧······························ 刘玉树 译
　西班牙美男子······················· *1*
　争美记····························· 143
　被囚禁在阿尔及尔··················· 265
　改邪归正成正果····················· 413

第 三 卷

喜剧······························ 刘玉树 译

苏丹王后堂娜卡塔琳娜·德·奥维多 ················ 1

爱情的迷宫 ························· 135

相思错 ·························· 273

鬼点子佩德罗 ······················ 411

第 四 卷

幕间剧 ·························· 吴健恒 译

管离婚案件的法官 ······················ 1

流氓鳏夫特兰帕戈斯 ···················· 15

达甘索地区选村长 ···················· 35

殷勒的守护神 ······················ 53

伪装的比斯开人 ····················· 75

奇迹戏的演出 ······················ 97

萨拉曼卡的山洞 ····················· 115

吃醋的老汉 ······················· 135

附录:归于作者名下的幕间短剧和

宗教寓言剧 ················· 董燕生 吴健恒 译

至高无上的瓜达卢佩圣母及其施与西班牙的

伟大奇迹 ······················· 159

两个饶舌者 ······················· 191

治烦恼病的医院 ····················· 205

小说 ······················· 赵德明 徐尚志 译

伽拉苔亚 ························ 217

第 五 卷

警世典范小说集……………………………………… 张云义 译

　吉卜赛姑娘 ……………………………………………… 1

　慷慨的情人 ……………………………………………… 84

　林孔内特和科尔塔迪略 ………………………………… 133

　英国的西班牙女人 ……………………………………… 173

　玻璃硕士 ………………………………………………… 215

　血的力量 ………………………………………………… 246

　妒忌成性的埃斯特雷马杜拉人 ………………………… 266

　鼎鼎大名的洗盘子姑娘 ………………………………… 304

　两姑娘 …………………………………………………… 364

　科尔奈丽亚小姐 ………………………………………… 403

　骗婚记 …………………………………………………… 443

　双狗对话录 ……………………………………………… 458

　附录:假姑妈 …………………………………………… 522

第 六 卷

堂吉诃德(上) ………………………………………… 杨绛 译

第 七 卷

堂吉诃德(下) ………………………………………… 杨绛 译

第 八 卷

贝雪莱斯和西吉斯蒙达历险记……………… 刘习良 笋季英 译

第 八 卷

贝雪莱斯和西吉斯蒙达历险记……………… 刘习良　笋季英 译

目　次

诗作散篇 ……………………………………………… 1

帕尔纳索斯之旅 …………………………………… 127

阿尔及尔的交易 …………………………………… 319

被围困的努曼西亚 ………………………………… 435

诗作散篇

序　言

　　汇集于此的诗作散篇包括了塞万提斯早年的文学踪迹,比如他在马德里师从胡安·洛佩斯·德·奥约斯求学期间,献给费利佩二世①的第三个妻子堂娜伊莎贝尔·德·瓦卢瓦的悼念诗。人所共知,塞万提斯的导师提到他时,总是亲切地称之为"我挚爱亲密的学生"。他的导师于一五六九年出版了《马德里城记事》,并在《堂娜伊莎贝尔·德·瓦卢瓦王后传略及其染疾、平安晏驾、隆重入殓纪实》一节中刊登了塞万提斯的处女作。

　　读者可以从题目上得知,这些诗作之后的散篇,大部分都是塞万提斯的酬唱应对:关系或密或疏的作家书首的赞辞以及其他酬唱之作。

　　塞万提斯的诗作受到加尔西拉索以及以杰出的费格罗阿和拉伊内斯为代表的古典学派影响,他的大部分创作充其量只是技巧严谨而已。由于经常是应邀酬答,诗神缪斯对他稍欠热忱,只有我们指出的下列作品可算例外:《帕尔纳索斯之旅》中的一些三行诗,最佳剧作中的韵文,以及穿插在《堂吉诃德》和《警世典范小说集》里的某些诗歌。

---

　　①　费利佩二世又译作腓力二世,本卷诗歌与戏剧中使用第二种译法。——编者注

尽管如此,在这些例外中确实不乏精品,比如致马特奥·巴斯格斯诗体书简,真挚而动人,部分再现于剧作《阿尔及尔的交易》中,充分表达了塞万提斯特有的高贵英雄气质;还有献给无敌舰队的两首赞歌,不啻一个时代的重要写照,当然也时有铿锵的华丽词句;特别应该指出的是那首十四行诗《致塞维利亚的腓力陵墓》,作者认为是为自己赢得荣誉的主要佳作。

安赫尔·巴尔布埃纳·普拉特

一

悼念堂娜伊莎贝尔·德·瓦卢瓦王后

我亲爱的学生米格尔·德·塞万提斯所作的第一篇十四行诗墓志铭和一首卡斯蒂利亚民谣

（导师奥约斯语）

这里有西班牙大地的浩气，
这里有法兰西民族的精粹，
这里长卧兼收并蓄的英灵，
终将那场战争的桂冠高擎。

你们看到这片狭小的墓茔，
包容我们西方明亮的晨星。
高洁的源头已经在此长眠，
我们的福祉汩汩涌出地面。

瞧吧，这就是尘世的力量，
再欢快的生命也终将消亡，
死神永把胜利的旗帜高扬。

　　瞧吧,这也是我们的幸运,

　　王后陛下清明睿智的灵魂,

　　安详地在不朽的天国永存。

二

哀叹死亡倏忽而至，王后陛下晏驾的五行诗

战火不过刚刚逃逸，
西班牙国土得喘息，
世间一朵美妙的花，
骤然展翅腾空而起，
永远在天国里挺立。

突如其来致命一击，
把她从枝条上摘去；
众人何曾有暇预知：
正如火舌暗暗偷袭，
烈焰炙烤措手不及。

三

　　在此奉献一组哀歌,为四首悼念王后陛下的卡斯蒂利亚五行诗,其中使用了明显的隐喻手法,最后一首直接与王后陛下交谈;均为我挚爱亲密的学生米格尔·德·塞万提斯所作

（导师奥约斯语）

正当我们翘首期盼
把幸福的命运顾念,
定数犹如江洋大盗,
窃取了我们的平安,
无敌的死神来身边。

且看那残酷的暴君
正把他的魔爪长伸,
他遵照至高的天意,
突然在尘世间降临,
攫走了宝贵的灵魂。

*　　*　　*

想起你便使人心寒，
面目狰狞带来长眠！
不虚此行旗开得胜：
携带着我们的靠山，
去永享天国的甘甜。

悲戚摧折众人心灵，
唯有一事抚慰创痛：
伊莎贝尔举国钟爱，
英年早逝展翅飞腾，
如今回归至高天庭。

*　　*　　*

心地高洁一尘不染，
疾恶如仇怒视伪善。
为何命运对她不公？
风华正茂如日中天，
与世诀别难瞻容颜。

死神无情紧握命数，
芟夷生灵任意摆布。
灾祸降临世人无奈：
上天拥有珍奇宝物，
怎能永归凡尘所属！

* * *

你是如此宽厚为怀，
撒向众人一片慈爱。
虽然已经飞升天国，
仍在世间大放异彩，
留给我们珍贵赏赉。

伊莎贝尔,欧赫尼亚,
克拉拉,卡塔琳娜①大放光华！
眼若晨星万民瞩望，
天神慷慨上帝明察，
福祉相伴无尽无涯。

---

① 均为皇后的名字。

四

作者以《记事》全体编纂者名义，制哀歌一首，敬献崇高而杰出的红衣主教堂迭戈·德·埃斯皮诺萨等人，行文优雅，盛赞永志不忘之事

这首凄怆的哀歌向谁敬献？
它的音调在谁的耳际盘旋？
悲叹和啜泣揉碎了心肝！

向着你啊伟大的红衣主教！
穷追不舍的运数何等残暴，
唯独逼你承受如许煎熬！

你必将看到这里欢愉全无；
痛苦悲伤绝望弥漫到四处，
伴着哀歌的是泪眼扑簌。

谁曾想到足下你一朝飞升，
虔诚的灵魂直达高高天庭，
却在凡界留下一片惊恐？

我们的明灯熄灭在此长卧：
肉体仍然肩负尘世的重轭，
灵魂安享着不朽的天国。

切盼足下你永将此刻铭记：
转瞬间人人知晓死神无敌，
从我们手中夺取了胜利。

我们的命运等待锦上添花，
神圣的巨手偏要阴错阳差，
怒冲冲举起给我们惩罚。

阴云笼罩在仲夏的大地上，
人间仙境失去了明净安详，
基督徒的憧憬黯然无光。

绚丽春色变成寒冷的严冬，
欢快舒畅让位于嘤嘤哭声，
人间正道转瞬大厦已倾。

一个生灵的生命倏忽而过，
犹如明星把漫漫长夜划破，
为我们将悠久暴政阻遏。

大限踏着敏捷的步伐来到，

它荼夷涂炭生灵凶残狂暴，
把神圣魂魄的忠心切削。

那是一棵众人瞩望的大树，
甜蜜的果实已经提前成熟，
凌晨的寒霜却将它屠戮。

是谁曾阻挡住狂怒的战神？
使我们免遭他铁蹄的蹂躏，
只见天堑雪链高耸入云。

英灵的足迹再不踏入尘世，
他已经飞升乐土安享福祉，
何需理会憧憧鬼蜮舟子！

我们是萨贡托的芸芸羔羊，
唯有你忠厚牧者可为依傍，
快除去我们沉重的忧伤！

你关注着伟大腓力的痛苦，
显示了你得天独厚的天赋，
睿智又清醒高尚且大度。

我深知你会给他抚慰规谏；
由于洞察凡人的一切弱点，
激励他摆脱颓唐的纠缠。

莫以为希望犹如死尸僵卧，
只顾痛心疾首灵魂受折磨：
上天未将一切通路阻隔。

不过创痛确实难以得抚慰，
如何止住那近枯竭的泪水？
失去的宝物实在太珍贵！

绵绵思念着的是心之所爱，
甜蜜往昔的印记怎能忘怀！
死神偏偏带来无妄之灾。

天庭收回专有的高洁灵魂，
卑微凡界不再见一丝印痕；
你光灿的目光从此难寻！

葱郁的大树依然高高耸立，
欢快的小鸟不再飞来歇息，
柔情的歌声变成了啜泣。

只有低沉的抽噎日夜不断，
我们时刻追忆凄惨的一天：
你离去了在永恒中再现。

思念至此我们方略觉平静：

见到你如愿以偿飞升天庭，
去安享我们祝祷的佳境。

我们在凡尘领受你的赏赉：
你罕见的人品和基督胸怀，
你神圣灵魂的神赐气概。

从今而始西班牙孤凄悲伤，
一阵阵哀叹直向天庭飘荡：
天主和众天使慰我悲怆！

全民正祈求皇后陛下康复，
她走完最后旅程紧闭双目，
与人世长辞她溘然亡故。

只是在世间留下唯一企盼：
宁静护佑福祉永与她为伴，
上天本该如此扬德彰善。

红颜终将消隐苦求又何益？
汲汲追逐一生转瞬便归西；
到头来依然是一抔黄土！

唯有神圣坚定持久的希望，
才能奠定终生不渝的信仰；
且紧随姊妹的步伐前往。

天国本是上帝的恢弘住所，
也是我们宁静甜蜜的解脱，
远离开尘世风暴的折磨。

那里会给我们终极的归宿，
无须惧怕骚扰和奔波劳碌，
生活中排除了一切痛苦。

伊莎贝尔我们睿智的王后，
如今被广阔的天国所接受，
在众天使和圣徒中逗留。

我这里满心诚挚胸怀崇敬，
仰望神意圣律统辖的天庭；
它有权把世间珍宝享用。

死神呀，你那冷酷的怒气，
将给谁以无情的致命打击？
我拨琴弦发出沉痛叹息！

足下如果不厌倦我的絮叨，
我便把话头提起再次相告。
我这时候偷懒可不甚好。

我要向滚滚尼罗讨来泪水，

祈求上苍重新给我以慈悲，
用伤心诗神的新曲应对。

我将说灾难无情痛苦深沉，
西班牙正在死神怀抱呻吟，
上帝怎能任它悲伤沉沦。

天主已经留下伟大的膂力，
托付他支撑苍穹如擎天柱，
不论时运变迁吉凶祸福。

大人你战胜了这风云突变，
在心头和肩上把重任承担；
这是上天和下界的心愿。

无论谁把这重负委托给你，
都能生活欢快而无忧无虑，
因为他从此把操劳除去。

只因能够享用难得的福分，
这西班牙广阔国土的主人，
虽罹火难却能定卜心神。

纵然是国王陛下心绪不宁：
一夜之间国宝便悄然无影；
只怨死神狂怒手段无情。

至高的上帝给他送来奖赏：
大人你其实早已准备停当，
为高贵宝座的威严屏障。

谁若是安于现状无所作为，
且万般均能如意心想事遂，
手到擒来未曾遭遇乖违。

谁若是闲散懒怠坐待鸿福，
双眼只盯紧气运前来襄助，
必然虚度岁月功业全无。

莫道世事唯对我展开笑脸，
只看见前程似锦道路平坦，
我便顺水推舟乘风扬帆。

须预料转瞬之间灾祸突发，
乾坤将颠倒局面急转直下，
谁人又能遏止气数变化？

设若未曾体尝苦难的折磨，
心志肌骨备受千万般困厄，
上帝必不许你进入天国。

乐土中有无数永生的冠冕，

却只向骁勇的将帅们奉献；
他们须战胜自身的弱点。

一声一声痛苦悲惨的叹息，
一串一串泪珠从眼眶涌溢，
再也见不到欢快的痕迹。

失去亲子的绝望莫过如此，
一个人孤苦凄惶形单影只，
幸福远去永无回归之日。

何处去了他那昔日的威武？
他曾身经百战从没有屈服！
精美的铠甲也令人难忘。

至尊的苍天及时给以抚慰，
大人本身便是造物的赏馈，
助他重振尊严再造国威。

从今之后他必将重整王冠，
更加富丽堂皇光辉而灿烂，
面对太阳神也无须汗颜。

大人你德高望重世间少有，
荫及王室也必将众人庇佑，
任她命运女神矫情掣肘！

你的赫赫声威远播遍天地，
犹如教士服紧紧伴随着你，
从太阳落下到太阳升起。

我们亲爱的王后漫步天庭，
内心充满欢欣和感激之情；
唯一的愿望请你仔细听：

她只愿天长日久千秋万代，
你立下的伟业永世不衰败，
因为你辅佐了她的所爱。

愿你的盛名传遍四面八方，
如同我们虔诚的君主一样，
从北极到南极大放光芒。

从今往后西班牙抛去忧愁，
惨烈的哭嚎不在胸中滞留，
嫩绿的桂冠重新戴上头。

既然苍天已垂怜惠赐眷顾，
给我英明君主以百年寿数，
涕泣哀叹又是为了何故？

只要你的高洁灵魂得飞升，

在永恒的不朽殿堂受供奉，
国王便不必沉湎于苦痛。

虽说那副庄严秀美的容颜，
使他追忆不止而泪流满面，
可她也在上界永享天年。

这是神旨决定的光荣交易：
你已经无愧地拥有过大地，
又向你递来天国的阶梯！

这痛苦的哀歌该到此收场，
大人宽宏必海涵我的愚妄。
我诚惶诚恐羞愧无以自容，
愿永为奴仆此生不改初衷。

五

颂《佩德罗·德·帕迪亚谣曲集》

十 四 行 诗

你已把盲眼的小仙童歌唱①，
历数他的善恶计谋和力量。
在作品的第一和第二部分，
揭示爱情是多么难以抵抗。

如今你又积蓄了新的精力，
再次动用上天恩赐的才气，
来为我们吟咏冷酷的战神：
他无敌的骁勇可怕的武器。

你的才情犹如丰足的矿脉，
尽管众多矿工接连来开采，
始终能给人以最高的赏赉。

———————

① 指爱神丘比特。

即便奉献全部智慧的一点，
阿波罗和密涅瓦连连称赞：
这足以把他们的光华展现。

六

献给佩德罗·德·帕迪亚教士的法衣

四 行 诗

今天帕迪亚尽人皆知，
他的热情是如此真实：
苍天也因此为之动容，
大地不能不叹为观止。

因为他受到巨大驱动：
慈悲从善敬神须谦恭。
他从旧我躯壳中脱出，
新的服饰改变了面容。

他如同那明智的长虹，
成长的心灵需要空间；
于是以磐石般的坚定，
毅然丢弃旧日的衣衫。

他决心从此脱胎换骨，
朝既定目标迈出脚步。
他这一举措恰当适宜，
上帝也感到心满意足。

他沿信仰的大道行走，
驶向天国的玉宇琼楼。
他的航船帆索均齐备，
胜过承载诺亚的方舟。

为了如今的长途跋涉，
他多年不断精心筹措；
以心中的真挚和虔诚，
积蓄的信仰补给成垛。

再不必担忧风云突变，
也不怕沉入海底深渊。
长期在人生汪洋遨游，
他已能够娴熟地使船。

眼观神圣的罗盘指针，
沿航道驶夫操纵随心。
哪怕他魔鬼拨向逆风，
也能刹那间掉转船身。

轻舟急驰且随波摇荡，

微掠着水面乘风破浪；
径直向目标犹如箭矢，
必达安全宁静的海港。

无须抛锚令舟楫停泊，
风平浪静是安全处所。
灵魂已步入永恒境界，
与天地同在永享安乐。

我相信一条不灭真理，
我对此没有一丝怀疑：
你既然是人世的太阳，
就应该普照整个大地。

上帝的圣光熠熠生辉，
映照着大地霓霞纷飞。
卡尔迈勒的高高山顶①，
一座坚固的城池巍巍。

神圣的先知手握酬劳，
你最终必将如期得到：
你乘坐以利亚②的仙驾，
身披乐土居民的道袍。

———————

① 亦称迦密山，为天主教加尔默罗会的发祥地。
② 《圣经》人物，犹太先知，因虔信耶和华乘旋风升天。

胸中的慈悲比火炽热，
正在锻造众人的福祚。
你可用道袍劈开狂涛，
冲出烈焰你奔向天国。

你立志发愿处世谦卑，
必然赢得无上的高贵；
你清心寡欲洁身自好，
这方才是神赐的祥瑞。

于是宁静无扰的天庭，
最终将看到你的飞升：
在上界增添一个居民，
凡间却少去智者一名。

七

致佩德罗·德·帕迪亚教士

我们似乎正在看到
雄鹰蜕去昔日的灰毛，
展开新的翎羽
振落懒散呆滞的困扰，
高举双翅腾越而去
冲破云层直上九霄；

杰出的帕迪亚，就是你，
把尘世的羽翼丢弃，
这真是奇迹，
你的追求和心意
是飞上高贵的坐椅，
理想的翅膀向往的福地。

太阳投下炽热的光焰
直至大地坚硬的脸面
（真是难得的神赐），
它把凡间最谦卑的人举上天，

随后让他变成一阵甘霖
滋润土壤令众生开颜。

就这样你的鸿运来临
至高的太阳走来与你亲近；
化你为雨露般滋润，
命你手握如椽巨笔
照亮我们的双眼和愚妄的心，
教导我们向神谕和圣洁靠近。

这是多么神圣的交易和转换
弃人间诗神得天上诗仙！
多么适宜的更替！
你的风范别开生面！
在地上永垂史册
名扬千古灵魂升天！

在基督受难之处
你找到了仙山诗谷，
神驹踢开的泉眼
圣洁的流水喷涌而出
纪念滴淌鲜血的受伤耶稣，
我为你的不朽英名祝福！

八

致佩德罗·德·帕迪亚教士

题《无与伦比的伟大圣母》，一部献给公主玛格利特·德·奥地利的作品

十 四 行 诗

正如同我把虔诚的赞颂，
向纯洁无双的圣母供奉，
你也把至高无上的礼品，
向无双的玛格利特赠送。

给予她之后你更加富有，
英名在光灿金片上存留，
并且永远将与天地同在，
哪怕斗转星移岁月悠悠。

你有幸择准显扬的对象，
适宜的机遇也来自天上，
圣歌献给圣母最为恰当。

你还有一个难得的功勋：
唤醒了西班牙本土诗神，
令希腊惊叹土耳其丧魂！

九

致洛佩斯·马尔多纳多

十 四 行 诗

爱的火焰炽热而纯洁，
智者的胸怀任其裹胁。
抛却冷漠让柔情喷涌，
缕缕火舌把心灵吞灭。

它既可行善也会作恶，
爱情的神威谁能击破？
它的声音清晰且悦耳，
它的韵律把永生讴歌。

马尔多纳多你真幸运，
你名扬天下卓尔不群，
四海之内都对你倾心。

多少人望着桂冠哀叹，

可要得到荣耀的花环，
只有逼迫你沉默无言。

十

致同一作者

世上的书唯它得天独厚，
因为它包孕人生的源流：
爱和恨汇入永恒的寂然。
卡斯蒂利亚的沃土宽厚，
方产生这一枝奇葩独秀。

是马尔多纳多抚育浇灌，
它才能如此丰腴而娇艳，
充满智慧而且温文尔雅。
我更加坚信自己的断言：
得天独厚是对它的夸赞。

是思恋炙烤着他的胸怀，
他不能忘记自己的所爱；
激情的烈焰已熊熊燃起，
却受到冷漠毒箭的伤害，
深陷爱河怎能漂浮上来？

折磨着他的担忧和渴望，
命他追求幸福避开祸殃。
这对爱情的拼搏更重要：
焦虑和信心正轮番逞强，
不管春风得意还是沮丧。

这里没有鲜花没有绿茵，
没有林中野兽吼声乱鸣，
没有仙子和虚妄的神祇，
没有野草没有流泉泠泠，
没有平畴漠漠寂然无人。

这里有循循善诱的道理，
深刻而高尚款款说给你，
用语真挚浅显清晰易辨；
博学的作者向我们谈及
上天对我们的关注爱惜。

他倾诉炽烈火焰的煎熬，
他经受的一切欢愉苦恼；
由此却得到了载道口碑，
他的手笔诗句更加精巧，
写出文坛最优秀的歌谣。

在此他向我们证明一点：
是阿波罗把他照应顾念。

拥有这法力无边的神赐，

他的名字随着作品流传，

从地球的一端到另一端。

十一

致阿隆索·德·巴里奥斯

十 四 行 诗

仿佛我们在绯红绚丽的东方，
看到一根洁白柱石挺立坚强；
尽管它是那样地纤细而微小，
却远胜高加索最巍峨的山冈。

我们眼前这位虽然外貌卑微，
却应对他刮目相看无比敬佩。
并非因为他的笔下著作等身，
而是由于他展示了杰出品位。

名利场是一片汪洋风急浪险；
漂泊其中的诸君须向他求援：
他赠你走出浮华迷宫的线团。

罕见的才智加上神奇的手笔，

能把娱乐和教诲融会为一体，

以清晰流畅的语句给人惊喜。

十二

题胡安·鲁福·古铁雷斯的《奥地利颂》

十 四 行 诗

因为你拥有天赐的高超手笔，
才敢于投身不可企及的业绩。
你经受了这举世罕见的考验，
声誉正与你付出的心血相抵。

努玛①的作者从今起可以缄默，
因为他休想把你的高度超过。
只有你才能吟出奇妙的诗句，
把如此完美奇妙的将领讴歌。

受赞颂者和赞颂者同样幸运，
整个大地也得到意外的福分：
你的史诗使人人鼓舞和欢欣。

---

① 传说中古罗马的第一个祭司兼国王，被认为是罗马古代原始宗教的创始人。

诋毁和时光也不能把它湮灭：
苍天以理所当然的兢兢业业，
保证它永存胜于悠悠的岁月。

十三

题洛佩·德·维加的《巨龙颂》

十 四 行 诗

维加如同一大片膏腴的沃土，
依附秀美的西班牙蜿蜒起伏；
太阳神阿波罗给他无比钟爱，
赫利孔山泉①的流水把他滋补。

丘比特这位播撒壮举的神灵，
向他传授了自己的全部本领；
欢愉的丰收之神也把他佑护；
密涅瓦的智慧永远伴他而行。

诸缪斯为他重建帕尔纳索斯；
在他身边还有忠诚的维纳斯，
生育繁衍众爱神的不尽子嗣。

---

① 缪斯居住的地方。

世间诸君便得到欢娱和益处，
尽享他源源奉献的果实无数：
天使、武将、牧人还有圣徒。

十四

致加夫列尔·佩雷斯·德尔·巴里奥·安古洛①

加夫列尔大笔一挥，
调教的好样秘书成堆。
任凭他天荒地老，
你的名声千古永垂。

你从愚昧的深渊，
挖出羽毛一管②；
地下的低贱之辈，
立刻插翅飞上天。

从今往后不用愁：
聪明才智学到手；
辞令文章都贯通，
天衣无缝喜心头。

---

① 为此人所著《秘书指南》的题诗。——原注
② 西班牙语中，"羽毛"一词也有"鹅毛笔"的意思。

这可真是个大好机缘，
你就近把自己的才华展现：
既有西塞罗的潇洒文风，
又有狄摩西尼①的优雅言谈。

西班牙深深感谢你，
全世界都向你致意。
你把笔尖修剪得正好：
顺溜漂亮又细腻。

从此不再吹牛拍马，
恭维奉承也没办法，
漫天谎言只好沉默，
昂首挺胸都说真话。

你的作品向我们表明：
这新鲜主意切实可行；
治国理政本该如此，
符合教义天下太平。

只因遵循天理大道，
我看这指南实在太好；
开明之士称心如意，
除旧布新改换面貌。

---

① 狄摩西尼（公元前384—前322），古代希腊政治家，著名雄辩家。

十五

致胡安·亚古埃·德·萨拉斯[①]

十 四 行 诗

图里亚河最著名的天鹅，
放声高唱却非幽怨哀歌；
杰作中搏动着甜美生机，
它必将超越时空的长河。

特鲁埃尔的殉情者升华：
玛尔西亚和她那个冤家。
真不愧是一支生花妙笔，
能令凡尘震撼神界惊诧。

歌喉见解和超绝的飘逸，
都是从阿波罗直接承袭：
且看他展开美丽的双翼。

---

① 为此人所著《特鲁埃尔的一对恋人》的题诗。——原注

你的名字已刻上大理石，
连青铜也为你泪流不止；
你万古不朽啊,萨拉斯！

十六

致英名长存的堂迭戈·德·门多萨

十 四 行 诗

你在世人的记忆里永存，
岁月磨灭不了你的英魂。
这是你一生笔耕的奖赏，
文风庄重明澈绚丽清纯。

你的激情如烈焰在燃烧，
是火山泪河是冤魂哀号。
你款款描述着心路历程，
留下声名把这一切记牢。

你的杰作展翅轻轻飞扬，
飘过阳光下的四海八方，
青铜泪珠镌刻你的名望。

世间从此知道上帝认可：

流芳千古的途径何其多!

当然也包括爱情的重荷。

十七

悼念费尔南多·德·埃雷拉

十 四 行 诗

他披荆斩棘踏出一条小径，
终于登上圣山的最高峰顶；
他含泪低吟通身一片灿烂，
只因他曾经热恋过那光明①。

他才思高雅曾饮诗泉琼浆，
他得天独厚能把玉液尽享；
从此便摆脱了尘世的烦扰，
连泪水也发出天国的芳香。

阿波罗对他也满怀着钦羡，
因为光明把他的名字陪伴，
从东到西把整个世界走遍。

---

① 恋人的名字在西班牙语中义为"光明"。

他得到苍天钟爱地上无双，
可他已在烈火中焚毁身亡，
这冰凉的墓石便把他埋葬。

十八

赞桑塔·克鲁斯侯爵

十 四 行 诗

为了赞颂侯爵你的业绩，
不需要辞藻极尽其华丽。
博学的手握起锋利的笔，
白描事实已让世界惊异。

顶天立地的是这项壮举，
托起你的英名四方驰驱。
犹如希腊和意大利诗圣①，
绿色橄榄叶在鬓边攒聚。

这真是天造地设的巧合：
你是舞动长剑战功赫赫，
他便挥起笔管如实诉说。

① 指荷马和但丁。

刺破诋毁所布下的迷雾，
你的声威便从笔端流布，
岁月和死亡都无力拦阻。

十九

致圣弗朗西斯科

十 四 行 诗

绝代画师必将大展才华，
描摹形体如生分毫不差；
娴熟和谐好比行云流水，
何须苦心雕琢笔补造化。

神圣的天父俊美的耶稣，
你们如实地为自己绘图，
不假矫饰伪装浑然天成，
杰出画家本是上帝吾主。

你描绘出殉教者的苦难，
却以天国做背景来展现，
从而便登上至尊的宝殿。

勾勒遍体鳞伤着彩强烈，

世人无不为之惊叹击节，

画家因成功而受到奖掖。

二十

致圣哈辛托

盛赞圣哈辛托的五行诗,被推荐作为萨拉戈萨第二次赛诗会的诠释诗

今日苍天向教会赠送
一颗宝石精美而贵重;
即使嵌入上帝的冠冕,
也熠熠闪光璀璨出众。

米格尔·德·塞万提斯的诠释诗

教会虽已奉献初始馈赠,
可是热忱依旧不改初衷,
如今又给苍天新的朝贡:
下界再次捧出稀世珍宝,
装点上天宫阙更加恢弘。

夫君为感谢爱妻的眷顾①,

---

① 夫君指上帝,爱妻指教会。

对她倍加倾心益发敬慕；
立即慷慨相答回以重礼：
贵重的紫晶玉鲜艳夺目，
便是苍天对教会的捐输。

世人经常忘怀天赐恩惠，
无数次入歧途脱离正轨。
可一旦窥见紫晶的光辉，
便立即感受到神奇功效：
渎神的愤懑顷刻间消退。

上帝有悲天悯人的胸怀，
犹如灵丹妙药治病驱灾；
他以深邃无比的大智慧，
领悟出人世间企足而待，
便把这颗精美宝石送来。

只因哈辛托在人间驻足，
仿佛紫晶闪烁为人造福；
他背负天国的灿烂光束，
治愈了一个个病残灵魂，
完成了上天的谆谆托付。

那富足的矿床备受称赞，
因为它奉献紫晶的璀璨，
无限光辉照临天上人间。

也只有这件华贵的宝物，
才能够嵌入神圣的冠冕。

在彼岸造物主定睛观赏，
自身的荣耀在大放光芒；
在此岸世人们代代传诵，
是上帝又一次战果辉煌，
那无边的神威再度显扬。

即使太阳升空光辉四射，
掩盖住紫晶玉黯然失色，
可是它已登上荣耀天庭，
在上帝的身边永恒闪烁，
任何光华也须退避三舍。

二十一

拜谒塞维利亚吾王腓力二世陵墓

十 四 行 诗①

我向上帝发誓它的宏伟使我发憷，
即使赏我金币也不知如何来描述！
可又有谁能不感到无比震撼惊讶？
面对这富丽堂皇举世罕见的建筑。

假使耶稣基督再生重新返回人间，
我也敢打赌说每块砖瓦价值千万。
伟大的塞维利亚它必与你共存亡，
你的勇敢和高尚实堪与罗马比肩。

我愿押下大大一笔赌注只为断言：
那死去的人儿一心就把这里留恋，
为来此地他宁肯把天国丢在一边。

---

① 这一首和第二十三首名为十四行诗，实际十七行，原文如此，其意不明。

有位江湖好汉听到这话马上说道：
"士兵老总，这话你说得可真好，
谁胆敢顶撞，那准是说谎不害臊。"

说完这话，他紧闭嘴巴，
一手扣上帽子，一手抓起剑把，
斜眼一扫，走开，事就完啦。

二十二

贺梅地纳公爵攻占加的斯

由埃塞克斯伯爵率领的英军烧杀劫掠,把加的斯城扫荡一空,长达二十四日之久。一五九六年七月,贝塞拉上尉在塞维利亚驻军配合下攻克该城

十 四 行 诗

哪知圣周竟在六月里举行①,
古怪的教友会挤满了全城;
就是士兵们所称呼的连队,
非英籍百姓吓得战战兢兢。

军帽羽饰在大街小巷飘荡,
整整不下十四五天的时光。
全城的建筑统统夷为平地,
管他高楼大厦和低矮民房。

---

① 圣周应在三月份举行。

公牛①怒吼把他们穿上长扦；
地动山摇天空是一片昏暗，
似乎整个世界要毁于一旦。

伯爵大人自然显示了大度，
不慌不忙地从加的斯撤出，
梅地纳大公爵便凯旋进入。

———————

① 此处贝塞拉这个名字与"小公牛"谐音。

二十三

致一名沦为乞丐的江湖好汉

十 四 行 诗

有位好汉骨瘦如柴裤腿肥大，
经历千百次征战差点把命搭。
他厌倦了舞枪弄棒东跑西颠，
却眷恋走南闯北的流浪生涯。

不停地手捻着当兵的八字胡，
耳听着腰间空钱袋连连叫苦；
他信步走去靠近了阔佬一群，
以上帝之名求他们助他果腹。

"上帝啊，老爷们可怜穷人，
若不然，我便求八圣徒帮衬，
我说到做到，先生们莫悔恨。"

有一位拔出剑来开口便呵斥：

"你跟谁说话？要饭的痞子！
仔细你的骨头！粗野的懒汉！
我倒想知道你都有些啥本钱：
我们不给你施舍你又能怎样?"
"悄悄走开呗!"好汉答腔。

二十四

致一位隐修士

十 四 行 诗

他本是舞枪弄棒的老行家，
刀枪剑戟样样都能来两下。
横行乡里剜去多少个鼻子，
自己手脚齐全没落下伤疤。

一年夏天他想出海去美洲，
偏在塞维利亚跟人动了手。
一仗干下来他瘸了一条腿，
少了一只手还独眼把人瞅。

于是就在隐修院里落了脚，
手抓大棒当然念珠不能少，
不过弹弓只好用来打家雀。

荡妇变圣女来为他做甜点，

我们的圣徒便从此遂心愿；

坏事成好事一点也不费难！

二十五

修女特雷莎嬷嬷迷醉入定

歌　谣

丰腴的圣女，幸运的慈母，
把众儿女放到你的怀里哺乳，
滋润他们的德行与日俱增，
如今个个登上金色的天庭。
那里是甜蜜美妙的圣殿，
永远沐浴上帝的光焰。
而你以不懈的修炼，
终于使美名在世上传遍。
你获得至高的坐席，
匍匐在你的上帝面前，
继续在为儿女们祈祷，
执行着你神圣的心愿。
倾听我这微弱的声音吧！
嬷嬷，助我振作，高声盛赞。

上帝携你走出襁褓和童年，
你一离开摇篮便不同一般：
上帝选中你归他所有，
因为你一心要去天国停留。
虽说是人小志气大，
你的奇才并不令人惊诧。
间或也有疏懒的时刻，
暂且忘却自身的职责；
那仿佛是以逸待劳，
为的是积聚力量，热忱更高；
瞬息间的松弛懈怠，
只不过是后退几步准备起跳：
然后纵身一跃，
从地面直冲遥遥九霄。

你长大了，更坚定了志向：
要对得住上天的赐赏。
神的巨手给了你恩惠，
加倍修炼方能当之无愧。
欣喜的上帝关注你的豆蔻年华，
谦卑柔顺犹如一抹朝霞。
他引导你的心灵，
一步一步地飞升，
超越浓密的云层，
摆脱凡胎俗骨的阻梗。
你双脚离地，身躯腾空，

携带着灵魂如此轻盈，
朝着神圣的天界，
缓缓飘浮，获得崭新的禀性。

在那里你领略神圣的谦卑，
在彼处上帝与你婚配①；
并向你揭示至高的奥秘，
如夫君温柔，比挚友亲昵；
身为导师，把你托举到天上，
指出那里是你的学堂。
他尽心把你眷顾，
不辞千辛万苦；
穿透罗网羁绊，
赠你神力无边。
给你矢志不渝的钟爱，
命你把受难者关怀：
靠近上帝的路途很短，
就在你的斗室和胸间。

你虽然出生在阿维拉，
也可以说你诞生在阿尔瓦②。
虔诚的信徒总是生死同处：
嬷嬷你是从阿尔瓦向天堂迈步。

---

① 指发愿做修女。
② 此处地名阿尔瓦与"黎明"一词谐音。

纯净绚丽的黎明之光，
携来无边神威的永昼辉煌。
这本是你应得的犒赏：
在迷醉中与神交往。
一旦上帝欲使灵魂飞升，
面前的道路便条条通畅。
他会将全部宠爱倾注，
任那灵魂吸吮充溢日见苗壮。
上帝以他宽厚的柔情，
把它揽入襟怀给它滋养。

只要遇到适当的场合，
便能出神入化修成正果。
你的虔敬也这样披露无余，
你果然迷醉入定并非玄虚。
我们目睹你的幻化坚信不疑，
这正展现了你的圣洁足迹。
挫败魔鬼你终于获胜，
登上荣耀的顶峰。
你的心灵更加谦卑睿智温顺；
向神明献出全部身心。
你的圣化是如此明显无误，
每个细节都令人叹服；
真是世间稀少，
新颖、持久、神圣，难以言表。

如今你向天庭飞升，
弃绝了尘世的虚荣，
去享受不灭的永生。
上帝的代理已向我们保证：
你透过空廓直接观看，
天父无与伦比的容颜；
福祉充满我们的心田。
听吧，虔诚的圣女，
你抚育的众羔羊，
正向你咩咩高唱。
你腾地而起飞向天际，
可并没有把凡人抛弃。
你给我们留下一片爱心，
因为它在天国取之不尽。

你必珍爱我们谦卑的歌声，
尽管你正向天国飞腾。
谦恭自有神奇效能：
不拘多寡，
可将卑微生灵托入天庭。

二十六

嫉　妒

谣　曲

太阳落山的地方，
两块怪石直立两旁，
夹着深坑的口子，
说是魔洞更恰当。
阴森幽暗不见底，
忽湿忽干冒潮气。
笼罩着午夜的漆黑，
可怕得叫人胆战魂飞。
洞口透出的阴风，
能使热血结冰。
不时喷发火苗，
僵尸也会燃烧。
深处怪声不断，
像是哗啦响的铁链。
一阵阵长叹凄厉，

夹杂着伤心的哭泣。

沿着瘆人的石壁，

穿过裂纹和缝隙，

无数蛇蝎爬行，

还有喷毒汁的长虫。

就在这吓人的洞口，

横着一块黄色的石头，

上面是死尸的白骨，

摆出字句历历在目。

赶上洞里喷出火光，

就能辨认个清爽：

"这里的住户

名叫猜疑和嫉妒。"

有个牧人唱着山歌，

从这鬼魅地方走过：

洞口、火苗、阴风，

哭嚎、石块、毒虫。

死尸听到歌声便说：

"牧人，我的话没错，

无须你发誓赌咒，

也不必睁眼看什么。

活活的见证就在这里，

告诉你我心中的秘密。

我的胸膛是个黑洞，

没有希望也没有光明。

冷酷早把它榨干，

只有伤心的泪珠涟涟；

阴风、火苗和啜泣，

全身灼热可寒气钻心底。

肝胆欲裂的哭喊，

是我无止息的长叹；

毒蛇在我心中常驻，

吞噬着我的五脏六腑。

黄色石头上的字句，

写出了我难移的禀赋；

连死后仅存的骷髅，

也赛过顽固的石头。

只有这矮小狭窄的洞穴，

肯把嫉妒当房客收留。

都怪我深爱的西莱娜，

冷漠无情把我害煞。"

嘴里刚刚吐出这个名字，

他便倒地成了死尸。

凡是被嫉妒缠绕住心绪，

只能等待这样的结局。

二十七

冷酷

谣 曲

你是个冷酷的无情姑娘，
我也早就习以为常。
我这样混着日子，
像毒蛇伴着毒牙两双。
我本想在你的爱河里沉没，
再不就跳进你燃起的烈火；
既不怕你把我灼伤，
也不怕你冷若冰霜。
狂风暴雨是我的艳阳天，
葬身鱼腹算是进了港湾。
我学着蠢笨的飞蛾，
明知送命也要扑火。
我吞下你的白眼，
像鸵鸟把铁块当饭。
我不知道自己犯了什么过错，
招惹你如此冷淡我。

当然如若这是你的心愿，
那就只管把我厌烦。
你的作为深深刺痛我的心，
我胸间对你没有丝毫怨恨。
已经过去整整两个夏天
（我觉得始终是冬季的严寒）；
花草树木几度繁茂，
我一直像根枯萎的枝条；
大地数番充满生机和希望，
我却苦苦等待前景渺茫；
枝头一再挂满甜蜜的果实，
我只能不断在哀叹中度日。
我一心只把你思念，
风向标似的随你旋转。
忍受冰霜风雪雹霰袭击，
不指望有更好的天气。
为了抵御你吹来的风暴，
我自有护身的皮袄：
逆来顺受是它的大襟，
饮恨吞声是它的里衬。
春来秋去已经两年半，
我度过的都是阴霾的天；
我看到的只有月沉日落，
不停上涨的是我的饥渴。
世间万物都在变换更替，
唯有你在原地寸步不移：

听我的诉说漠不关心，
对我的乞求充耳不闻。
不过我还真怕你改弦更张：
谁知道你玩出什么花样；
你的禀性那样古怪，
还不丢下冷漠，把醋罐大摔！
与其闹出这样的结果，
还不如大家依然故我：
我宁可整日长吁短叹，
也不愿落个丢人现眼。
我不指望你会给我施恩，
我其实早就死了那份心。
我已经心如死灰，
不等待什么抚慰。
当然我时有美好的梦境；
正因为如此人们才会做梦。
不过生怕把你惹恼，
惊醒后心儿还猛跳。
瞧吧，你是多么刻薄，
只有睡梦中我才能少受折磨。
我用笑脸迎接你的怒容，
为了讨得你的欢心日夜不宁。
总之，你看到我初衷不移：
希望你能称心如意。
尽管你对我百般刁难，
我却永远遂你所愿。

二十八

埃 利 西 奥

谣　曲

埃利西奥，可怜的牧童，
哪里去寻伽拉苔亚的踪影！
那是他心中甜美的宝物，
为她献出了自己的心灵。
他膜拜她无瑕的容颜，
他崇仰她响亮的芳名。
活着为她，死了也为她，
誓做奴仆把她侍奉。
他心中挂着一根赶羊棍，
是用坚韧的耐心做成。
为了经受命运的打击，
他必须有个可靠的支撑。
肩上挂着的皮囊里，
装满了猜忌和惊恐；
他被拒之千里之外，

扛着的包袱当然沉重。
从不离身的投石器，
可把郁闷抛出心胸。
悲戚把他无情地攫住，
铁石心肠也被凿出窟窿。
他躲进拐杖的阴影，
沉浸在一片黑暗之中。
相思的漫漫长夜，
紧裹着忧伤的心灵。
他来到浩淼汪洋之滨，
那是他无边的悲痛。
他在啜泣中颤栗，
泪珠儿潸潸不停。
他守护的并非羊群，
却是满腔的悲愤。
梦魇充塞脑海，
一刻也不得安神；
一缕缕的苦涩回忆，
汇成一团广袤的混沌。
黯然失神的双眼，
欲把乐土搜寻：
那是他全部神思之所在，
那里住着他的意中人。
伴着隆隆雷鸣，
天边火光阵阵；
幽怨弥漫大气，

他发出这样的呻吟：
"命运莫要性急，
我会死去让你称心。
谁若被拒之千里，
必定是死期临近；
谁若是自寻毁灭，
便无坟茔供他安身；
免去烛光丧服和葬礼，
没有亲友为他送殡。
我满腔烈焰当灯火，
矢志不移是铜铸的碑文；
无望的追求可做丧服，
自有哀歌为我安魂。
我只求做成一事，
以追念冤死的阴魂：
既然我与欢愉无缘，
只有伤心泪珠滚滚，
就让它们在此常驻，
变成喷泉永存；
需用大理石砌就，
晶莹水流不停喷。
汹涌直射的水柱，
将抵达凌霄的山峰；
因为它的本源
来自高洁的心胸。
这泉水自有奇效：

化解冷漠，

祛除无情，

无处不显神功。

人人都将看到，

这灵丹妙药的功能。

苦恋而逝的埃利西奥，

永葆对伽拉苔亚的至诚。"

二十九

伽拉苔亚

谣 曲

伽拉苔亚，当今的荣耀，
我们塔霍河的骄傲！
你失去埃利西奥，
悔恨折磨得你心焦。
他在无望的苦恋中死去，
热情不减，爱火依旧燃烧；
胸中涨满怨恨，
发出嘶哑的哀号；
一双美丽的眼睛，
变成长河泪水滔滔；
且看不幸的遭遇，
给他脸上涂了蜡黄色调；
他虽无望拥有所爱，
忠诚却益发增高；
希望之心不再搏动，
苦难就在一步之遥；

莫说什么秀色可餐，

心灵的胃口没有一丝一毫，

他对一切都感厌倦，

只因缺乏所需的作料。

奇迹般气息尚存，

奄奄待毙朝夕难保。

致命一击过去五天，

他却还在苟延残喘。

他是靠信念的支撑，

不肯把最后的苦酒下咽；

一旦举起"永别"的酒盅，

便能一步跨近危险。

都说时光是最好的医生，

会治好古怪的病症。

可如今却故意刁难，

拒不拯救濒危的性命。

其实它常开的药方，

不过是忘川里的迷魂汤；

这办法只对少数大人物有效，

叫他们很快把什么都忘光。

可是遇上纤弱的心灵，

特别是它陷入爱情的罗网，

只要一灌下这种药水，

顷刻之间把命丧。

如要伽拉苔亚来挑选，

她宁可把性命奉献，

也不使用这可怕的药物，
使那人痊愈复元。
她舍弃惯常的无忧无虑，
再也不见昔日的欢声笑语，
只有寻觅呼叫的回声，
不断重复她凄惨的唏嘘：
"听听我的呼号！
在哪里？我的埃利西奥！
你怎能狠心不答？
我一再把你的名字呼叫。
如若是风儿无力
传我的声音入你耳际，
那也别带走我的信念，
还是把希望留给我自己。
我要把魂儿一劈两份，
送你一份来剖明心迹；
我便站在这白蜡树旁，
看它如何飞上天堂。
你不要再伤我的心，
别再那么自信，
轻轻松松地说什么：
我的不幸会换来别人的欢欣。
这是对你唯一的请求；
瞧我已对爱情跪拜叩首：
本该我发号施令的时候，
我却在苦苦哀求。"

三十

致萨尔达尼亚伯爵

赞　歌

一棵繁茂的古老大树，
长出勃勃生机的嫩株。
荣誉女神的赞歌，
比木笛清越铜管威武；
我也凭借你的余荫，
把桂冠般的赞歌献出。

萨尔达尼亚家的精灵，
佑我把光荣的笔高擎。
河水泛着洁白泡沫，
托起众天鹅体态轻盈。
它们高飞时丢下羽管①，
盛赞你的德行和永生。

---

① "羽管"即"鹅毛笔"。

你的头生长子来世上，
使它们的歌声更嘹亮。
全西班牙向他致意，
人人感恩欢欣泪盈眶。
一个逃窜的君王称心，
一个复国的臣子欢畅。

桑多是那样年轻英俊，
建立辉煌伟大的功勋；
非洲已是第二次
竖起了头发吓掉了魂。
若能天赐永寿，
你还会叫他们伤脑筋。

如当年拥戴你的慈父，
人们也赞颂你的勇武，
真是父子一脉相承。
好比烈焰从太阳喷出，
直射大地上面，
带来太阳的全部爱抚。

本来该得到如此信任：
把世间的重担挑上身；
腓力国王的宠信，
给予肩驮地球的巨人。

翻翻你的家史：
没有桑多便没有国君。

你的那所宏伟的家宅，
自有功勋徽章添光彩；
它们虽说默默无言，
激起满屋帐幔的情怀，
并非刺绣绚丽：
鲜血浸透的豪情长在。

仿佛随着胜利的欢呼，
把败将们的残甲捧出。
哦，光辉的血统！
你如同一面旗帜高树。
你是空前的楷模，
当在荣耀的庙堂永驻。

此时我置身万民之中，
赞叹你威武盖世英雄；
你是哥特人的裔胄，
你倜傥俊秀节操清明；
自有未酬的壮志，
留待后来人永远赞颂。

你生来如此仪表堂堂，
本该顶冠冕手握权杖；

你赢得众生敬爱，
无不归顺你齐声赞赏；
万民的安乐福祉，
储存在你的眉间额上。

上帝赐你以雄才大略，
你少年老成志向超绝。
你有盖世的天赋，
又待人宽厚言语和悦；
这都是命定的禀性，
必当起大任不得辞却。

你面庞生辉刺我双眼，
你胸怀慈悲给我温暖，
我只能匍匐你的脚前。

如同希腊罗马的贵胄，
塑成大理石雕而存留，
你随天地也永世不朽。

与以色列大卫王比肩，
你像他一样威力无边：
他战胜残暴的巨人，
只使用了简陋的石弹；
赢得倾慕和褒奖，
还有民心华服和王冠。

这是真诚的严肃比拟，
切莫看成是谵语梦呓：
纯洁天使百般呼唤，
在乱石堆中找到踪迹；
父亲生为牧人，
儿子直接把权杖承袭①。

我领受你的关怀爱护，
就像藤萝攀附着大树。
随着你日渐强壮，
希望的绿荫四处遍布。
我沿枝条缠绕，
同时亲吻脚下的泥土。

你为我提供温煦支撑，
投身向你我无力抗争。
好比河川入海，
汇进永恒获福祉无穷。
我把颂歌献给你，
无须雕凿这真诚之情。

出自内心的真情实感，
何需去借用他人琴弦；

---

① 指以色列大卫王，典出《圣经》。

那必定是弄巧成拙，
因为这完全违背自然。
且看颂扬你的丰碑，
永恒地竖在我的心间。

三十一

致堂迭戈·罗塞尔-富恩利亚纳

新技艺的发明者

十 四 行 诗

无论是在古罗马的百花园，
还是古希腊高高的诗神山，
未曾有过这繁茂的玫瑰丛，
引起智慧女妖的羡慕喟叹。

连大公爵领地的粗壮树木，
也低低垂下花冠自惭不如。
朵朵玫瑰的芬芳飘溢四散，
直上九霄临近了天神住处。

生长蔓延吧，幸运的花丛，
把你的枝桠向全世界扩充，
发出隆隆的轰响引起震惊。

贝蒂斯不语,波河也沉默,
死神虽能把世间万物吞没,
唯独这朵玫瑰却永久存活。

三十二

致堂娜阿方萨·冈萨雷斯·德·萨拉萨尔

由本京城赴君士坦丁堡修道院出家的修女

十 四 行 诗

你的心灵无比的恬静安详，
阿方萨，你的秀色在闪光；
可是神圣无双的智慧女神，
展现出天国里的纯洁蕴藏？

这一天幸福的时刻已来临，
地狱的群魔听到你的声音，
立刻纷纷呼号着逃回深处，
从阴凄冥界发出阵阵呻吟。

你终于把天堂带回到人间，
仙乐般的嗓音和美丽容颜：
你正如天使堪与上帝为伴。

或许你应该立即掀起面纱，
放射出那绚丽灿烂的光华，
指引我们迈向天国的步伐。

三十三

致医学博士弗朗西斯科·迪亚斯

十 四 行 诗

你的医术如此新颖而奇妙，
开出的药方能对绝症有效。
想必也可深入神圣的塔霍，
冲刷泥沙把闪闪金粒洗淘。

你发掘了丰富的科学矿山，
获得无数宝藏和荣誉桂冠；
也必能赠送忠言治病救人，
使垂危者拭泪水重展笑颜。

你的才智足以使山岩开裂，
大理石和青铜争相来拜谒，
只为把你的英名永世镌写。

天赐你荣誉，地赞你忠实，

上界和人间呼唤你的名字：

你兼有阿波罗的两种本事①。

————————

① 即诗艺和医术。

三十四

致我的主人马特奥·巴斯克斯

书　牍

　　原文来自阿尔塔米拉伯爵大人阁下的珍藏；同时发现的还有其他罕见手稿

　　　　　我的排箫虽在低吟轻唱，
　　　　　声音美妙悦耳荡气回肠；
　　　　　却未传到你的耳际身旁。

　　　　　并非是我疏忽用心不专，
　　　　　而是遭逢意外命途多舛，
　　　　　以至心力交瘁不得安然。

　　　　　我也不愿得到狂徒恶名，
　　　　　疲惫的手指唯轻轻拨动，
　　　　　以掩盖内心的怅惘悲痛。

然而世间人人皆已知晓，
你勇武超群且气冲九霄，
高风亮节一贯怜贫惜老。

我便从此摆脱忧虑踌躇；
不然这支秃笔至今踯躅，
怎胆敢飞动把衷肠倾诉。

你的大慈大悲完美人品，
只能挂一漏万摘要歌吟；
欲缜密周全我怎能胜任？

有人仰望你的要职高位，
知道那是世间幸运之最，
依靠和风托举心想事遂。

谁人不想投身宦场风波，
即便是被狂涛恶浪吞没，
为了升迁哪管吉少凶多！

于是他们必定大发议论：
"这小伙赶巧交了好运，
得到提升成了人上之人！

昨日他还稚嫩不谙人事，
如今运筹随心踌躇满志；

使我佩服嫉妒难以自持。"

嫉贤妒能必将心劳日拙，
只因艳羡他人荣耀显赫，
立刻五内俱焚自行折磨。

当然自会有人头脑清醒，
眼观阁下高洁为人真诚，
深受美德感召心灵纯净。

所谓命运之神本属虚妄，
她的车轮乱转变幻无常；
更何论荒诞的占卜星象！

都说是这一切必有缘故，
要职高位为何非你莫属？
而且正迈向更显赫之处！

究根由实因你为人清白，
美德操守超群充溢胸怀，
处世待物谨慎从不懈怠。

我说阁下这是天赐护佑，
抓牢你的是造物的巨手，
引导你向更高境界行走。

温馨而亲切的神圣臂膀！
送来神的禀赋神的高尚，
拥抱谁便给谁增添圣光！

有幸在征途上得到指引，
怎能不惊煞凡界的俗人！
你正向至上的交椅靠近。

世间哪里会有不劳之功？
无德者苦跋涉一事无成，
有德者凭天助步入捷径。

我深信自己的亲身阅历：
眼见过多少人心力交瘁，
苦追求空盼望难以舍弃。

金钥匙亮闪闪举世瞩望，
争名利夺官爵纷纷攘攘，
都以为各人的门径通畅。

弓弯弦紧指向一个目标，
箭镞千千万万飕飕呼啸，
中的者只一人何曾预料？

而此人并没有乞求纠缠，
他只是尝尽了千辛万难，

才终于能靠近恩宠门前。

他并未苦钻营获得荐举，
高风亮节自会有人嘉许，
托身上帝扫尽万般忧虑。

阁下便是这样的中的者；
（对此事我决不会沉默）
导引你的当然只有美德。

因此你不需要别的帮衬，
登上目前高位名正言顺；
倍受恩宠你却谦恭谨慎。

那一刻是多么令人庆幸：
国王陛下已把珍宝探明，
洞察你包蕴的价值无穷。

你睿智深邃又心明如镜，
你忠心不二又寡言稳重，
这一切均凭借美德支撑！

面前展现的是宽阔坦途，
有天赐际遇你坚定迈步，
智者名士无不为你祝福。

谁一旦登上这康庄大道，
前程似锦幸福而又美妙，
自是荣华富贵何需操劳！

我脚下的路途崎岖荒僻，
我经受过寒夜冰霜袭击，
如今又遇狭路不堪拥挤。

最后还落入无情的牢房，
在孤凄冷漠中独自悲伤，
哀叹时乖命蹇雪上加霜。

不断诅天咒地愤懑满胸，
长吁短叹只觉黑夜难明，
泪珠滚滚好似恶浪翻腾。

我以野蛮的异教徒为伴，
活生生等待与死神会面，
虚度青春年华实属凄惨。

沦落此间并非本人过错；
并非浪迹天涯随风漂泊，
昏聩无耻以至自食其果。

十年以前我曾颠簸不息，
为吾王腓力而拼杀效力，

诚然欣慰饱经困乏疲惫。

那一日我心里永志不忘：
冷酷的命运使敌舰遭殃，
却给我方带来顺利吉祥。

我本人很荣幸身临其境，
既胆战心惊又义愤填膺；
兵器简陋但我坚信必胜。

我眼见战船一只只断裂，
敌我将士都难逃脱毁灭，
血尽尸碎沉入海神疆界。

肆虐的死神残忍而暴怒，
迅雷不及掩耳东窜西突，
接二连三随心进行屠戮。

阵阵呼号嘈杂震破肝胆，
不幸的垂死者扭曲颜面，
一个个消失在水火之间。

灵魂深处发出凄惨哀鸣，
流血的胸膛里呻吟不停，
诅咒命运可憎对己不公。

敌人的血液突然间凝固:
号角把我们的胜利宣布,
而他们已到了穷途末路。

胜利的乐音是如此嘹亮,
划破万里晴空威武雄壮;
只见基督徒的旌旗高扬。

在这甜美时刻我却挂彩:
一手紧握剑柄毫不懈怠,
一手鲜血汩汩伤口绽开。

创痛深深刺入我的胸间,
似乎心脏已经裂成碎片,
左手被切割是血肉一团。

可我却体尝到无上欢欣,
幸福充盈了我整个灵魂:
基督徒战胜了异教蛮人。

我当时虽然已身负重伤,
却是毫无知觉只顾欢畅:
胜利激情使我如醉似狂。

莫道我已遭逢如此大难,
却未想从今后更张易弦,

第二年依然是出海扬帆。

只见野蛮异族心惊胆战，
蜷缩起来胸怀怯懦幽怨，
遭惩戒使他们余悸绵延。

在那个著名的古代王国，
女神狄多曾被爱情俘获①，
而特洛伊王却把她冷落。

重创的伤口尚流血不止，
另外两个伤口也未根治，
偏想知摩尔人是否老实。

上帝明白我是什么主意！
要和那里的囚徒在一起？
这究竟是走运还是晦气？

冥冥中的气数难以违抗，
我的决定或许该受赞扬，
我还要活下来饱尝祸殃。

到最后我被人强拉硬拽；

① 典出维吉尔《埃涅阿斯记》，指的是迦太基女王狄多与特洛伊王埃涅阿斯的不幸爱情。

降伏者并没有英雄气概，
胆小鬼偶然也智勇俱来。

一艘海船虽然名叫太阳，
却让我的前程黯然无光，
我和伙伴同时陷入罗网。

一开始我们还拼死搏斗，
遭惨败北终于无奈低头，
自知绝望挣扎纯属荒谬。

套上异族的枷锁真沉重，
渎神者的魔爪把我操纵，
漫长的两年身陷苦海中。

我深知这全怪自身孽障，
不向上帝忏悔蹉跎时光，
受回教徒屈辱亦属应当。

自我遭俘虏沦落到此方，
早知此国度恶名广传扬，
海盗接踵至四处可躲藏。

脚踏险恶地泪水自成行，
面色顿憔悴涕泗漫脸庞，
悲痛情难禁心神且迷茫。

双眼忽望见海岸线绵长，
山丘拔地起思古忆辉煌，
先王查理帝在此旌旗扬。

征战旷日久武功震四方，
大海也含冤不耐战船忙，
掀起万顷波霎时风雨狂。

往事涌胸臆怀旧欲断肠，
双眼泪如注心酸神亦伤，
思昔抚今日灾祸永成双。

仰首呼苍天何故苦折磨？
但愿气运转命数即易辙，
死神悯残生容我且苟活。

有幸得生还安然返故国，
福星当头照阁下垂青我，
跪谒腓力王心曲尽诉说。

常年寡言语口舌已笨拙，
愿当圣主面直谏不畏缩，
恕我率直言非为颂功德：

"圣主在上，威震四海，

外邦蛮族，近悦远来，
俯首归顺，称臣参拜。

荒僻新大陆黝黑土著人，
相继携方物心悦自称臣，
路遥险阻多前来馈黄金。

圣王胸膛中仍有怒火烧，
只因一蛮邦卑劣且逞骄，
时时来侵凌野心从未消。

军民虽众多兵力实薄弱，
饥馁衣露体武器更低劣，
不知筑壁垒城防也松懈。

平时无戒备人人空观望，
待到王师至双脚插翅膀，
只顾保性命如何论抵抗？

阴森牢房里终日受荼毒，
一万五千人都是基督徒，
陛下掌钥匙速来解桎梏。

全体罹难者与我同祝告，
长跪身匍匐泣涕唯盼祷，
囹圄暗无日折磨非人道。

威力能回天希望寄圣主，
浩荡慈爱心举目望此处，
臣民遭不幸流泪乞君助。

国家告统一境内无纠葛，
不必劳心志昼夜苦思索，
时势已太平陛下享安乐。

先王创伟业后人应开拓，
英武有气概父名不辱没，
继世日月长永远保王祚。

圣主如降临蛮族人惊慌，
身处此境内何须费思量，
胜负已有定敌人必灭亡。"

漫漫时日长囚徒满辛酸，
苦苦诉不幸絮絮道幽怨，
但愿圣心动慈悲尚垂怜。

卑贱的囚徒愚钝的头颅，
面对圣上不该乞求哭诉！
处境实凄惨切切望宽恕。

我心情急切也只好求援；

深恐聒聒不休遭到厌烦，
立即紧闭双唇不再赘言，
莫若前去服役备受摧残。

三十五

两首十四行诗

致《关于突尼斯战船和要塞覆灭》一文的作者、被囚于阿尔及尔的巴尔托洛梅·鲁菲诺·德·昌贝里,献词写于一五七七年二月三日

赞 作 者

你是如此地光彩闪烁!
巴尔托洛梅·鲁菲诺。
顺利走向帕尔纳索斯,
从音诗圣山顶峰越过。

常青的桂冠把你装点,
对此我早已准确预言;
你终能摆脱卑微境遇,
相信你已经时来运转。

双手的桎梏一旦解开,
你必在峰巅展现诗才,

高高地飞腾不受阻碍。

罗马的才子黯然失色：
见你的作品光芒四射，
桂冠应装点你的前额。

三十六

称颂同一部作品

一部信史文笔明快清晰，
叙述了我们遭受的打击。
设若记载基督徒的胜利，
又该是怎样的硕果累累？

它的价值高高升上九霄，
永恒地在世人心头萦绕；
因为它摆脱了卑劣褊狭，
既振奋志士又威慑群小。

一丝不苟行文明白浅显，
是严谨治史的完美典范，
这简约的杰作毫无疵点。

难得的才情高超的手笔，
虽受到沉重枷锁的窒息，
却仍然如此地才华横溢！

三十七

献给无敌舰队的两首赞歌①

第 一 首

据进攻英国的天主教舰队的战报而作

严厉的荣誉女神扇动灵巧的翅膀；
去冲破北方寒雾的浓密屏障，
迈开轻快的脚步迅速清扫排除，
不幸传闻播撒的一片混乱和迷惘。
用你的光辉驱散漫漫长夜，
莫让西班牙的声威离开你去他方。
这次妊娠本已到达期限，
出生的产儿应该顺利来到人间；
向我们宣告伟大征战的欢乐结局，
众人焦急等待卸下沉重的负担。

---

① 指一五八八年费利佩二世派遣的舰队，在与英国海军交战期间，遇风暴几乎全舰队覆没。

不论海上的拼搏还是陆地的厮杀，
只须你双眼闪光口出吉言，
宣告他人的沉沦，
却把西班牙儿女的勇武盛赞，
让天庭惊讶，使凡尘震撼。

说出确凿的真情吧，确凿而无疑：
你们是否为得胜竭尽了全力？
不朽的天父是否做出裁决？
纯洁殷红的鲜血，
是否浸透了基督徒的剑柄和双臂？
总之，指挥舰队的主将，
是否深深沉入幽暗的海底？
是否又有无数灵肉殒灭？
即便一片汪洋无际，
也无法容纳如许残骸和旌旗！
交战双方都是顽强不屈的民族；
而西方的头号海盗，
是否已把额头低垂？
战败者的可耻桎梏，
是否套在他桀骜高昂的脖颈周围？

明说吧，你最终将道出真情：
一具具躯体升向空中，
喷火的兵器威力无穷；
大片的海水改变了颜色，

骁勇的胸膛鲜血喷涌，

敌方的土地也被浸红；

这里一艘战船逃遁，

那里另一艘死拼，

到处都是死神的阴影。

似乎气数和命运在嬉戏，

喜怒无常，偏颇不公。

百种磨难，万般摧折，

只见西班牙人肢解尸裂，

上天入地坠落火中，

宣告自身在对垒中丧命。

向我们详细描述那股人流，

耗尽精力拼死搏斗。

敌对一方业已描述：

成堆的躯体漂浮在浪头；

还有人慌忙急切地泅渡，

张望何处是生还的港口。

你只须信手巧妙描述：

斜桁断裂，索具零落漂走，

龙骨残缺，甲板解体腐朽。

两支匹敌的舰队同样焦躁残酷，

若论骁勇却高下优劣悬殊。

让震天的哀号迸出：

那是奄奄一息者

背负火苗向冰水中猛扑，

却在烈焰里找到死亡的归宿。

然后你会接着宣称：
基督徒之旅战无不胜，
浩大整齐的队伍继续前行；
凯旋的旌旗交织，
在空中迎风猎猎飘动。
战士个个目光镇静刚毅，
伴随他们的自有
金属号角发出的震耳响声；
还有战鼓的隆隆轰鸣，
把勇气注入胆怯的心胸，
更替改换懦弱的天性。
你发出灿烂的熠熠光彩吧！
如同明亮的群星，
在阳光下的兵器上跳动；
观赏这支队伍令人欣喜欢腾！

讲到这里你须急忙转身，
面对眼前的两位杰出将军，
向他们的耳际传送你的声音。
你应给他们历数各自的荣耀，
要他们因光彩的祖辈自豪；
他们本是骁勇将帅的根苗。
你须向那位指挥舰队的长官，
指出一名骑士立于城垣；
他武器简陋却英勇善战；

摩尔群氓把一个孩童捆绑，
犹如众饿狼围困一只羔羊；
亚伯拉罕①第二把短刀紧握在手，
他便义无返顾地偿清
一次血腥骇人的牺牲，
在天国永存，在凡界留名。

你还须向另一个解说：
他脉管里奔流着奥地利鲜血；
这抵得过千万桩赫赫伟业。
辽阔海洋包容的一切战功，
苍茫大地负载的所有殊荣，
都曾由他的先辈完成。
你与这二位沟通了信息，
便走进我们的队伍里；
四面张望，目光所及，
成千的熙德、玛斯和罗尔丹，
人人英武，个个勇敢，
对他们你只须讲明一点：
孩子们，西班牙是你们的母亲！
他们会立刻群情振奋，
去成就最艰难的功勋。

自从母亲把你们交给大海的风浪，

① 《圣经》人物，犹太人的始祖。上帝为了考验他，命他杀死自己的儿子。

她就像孤孀哭泣亲人音信渺茫,
切切哀告,柔弱、愤懑而忧伤。
双眼低垂,满含凄惨的泪水,
遮盖躯体的只是一件粗布长帔,
因为她对衣着修饰毫无兴味。
她只期盼战胜不义,
柔和的桎梏套在英国人脖颈周围。
罗马教会的灵验钥匙,
本是用来打开笃信上帝的心扉,
且用它打开一扇窝藏谬误的门户。
你们是仁义之师,力大无比,
即使已经死去,
也能从敌人手中夺回胜利,
更何况卑劣的路德教徒不堪一击。

你可以向他们奉送
基督君王的真影;
他们将感受大卫的福音和心胸。
一只羔羊双膝跪地,
瞩望收藏神谕的约柜
有人守护,鞠躬尽瘁。
三步五步,十二卫士伫立两旁,
十二赤脚天使忠诚刚强,
得天独厚,禀赋超常:
只需在地上轻轻一呼,
天国便向他们敞开门户。

有这样的君王和羔羊为伴，
更兼十二使徒的斡旋；
告诉他们一定稳操胜券，
西班牙必将凯歌震天。

赞歌呀，或许你行动迟缓，
不过我笃信苍天：
你最终会带来欢快的消息，
改换我的歌声和预言。

三十八

第 二 首

进攻英国的舰队受挫

勇猛战将的伟大母亲，
天主卫士会集的中心，
上帝之爱在此处提纯；
在这块土地上仰望苍穹，
可见飞升的灵魂在天国永生，
因为他们捍卫了信仰的纯正。
哦，我们的母亲西班牙！
见到孩儿们返回你的膝下，
千万不必惶恐惊讶！
他们的不幸虽把大海充塞，
却并非为敌方所败；
对惊涛骇浪谁也无奈！
海天变色，狂风骤起，
敌人趁机昂首稍得喘息，

尽管他们把怨尤撒遍天地；
他们可以暂且疯狂嚣张，
却逃脱不了最终的灭亡。

张开你的双臂把他们拥抱，
他们惊慌迷惘却非溃逃。
谁人有力违拗天意？
也休想一把抓牢
秃顶机遇女神的发梢，
向她乞求好运本属徒劳。
何况胜败兵家常事，
吉凶变幻永无休止，
命运之索亦非钢铁钻石。
再勇猛的战士也会疲惫，
风雨中要向你的怀抱依偎。
不必嗔怪他们队形散乱，
依我看他们此次回归，
正如公牛为了腾越而后退，
再次扑向没有心肝的魔鬼。
苍天难免偶尔迟疑，
终会惩处凶恶的魑魅。

你的雄狮尾巴遭到践踏，
它挥动鬃毛转身应答，
理所当然它要报仇雪恨，
而且不仅为了自家。

自身受辱暂可容忍，
怎能听任玷污上帝的光华！
它勇猛超群力大无比，
头脑冷静而清晰，
正义的怒火充塞胸臆。
基督徒即便心硬如石，
被激怒了也必回击。
回教徒犹如好斗的公鸡，
定睛注视，心怀顾忌：
不知雄狮扑向何方，
也难料始末凶吉。
但愿雄狮体热头昏，
以保证他们身家安稳。

振作吧，腓力我们的君王；
你名为二世却举世无双。
你是坚定不渝信仰的柱石，
必能转败为胜改变时势，
尽管气数一意孤行，
欲使你柔弱犹疑不定；
其实你早该振奋精神：
在遥远的美洲土地，
你的海港屡遭入侵；
门前也有战舰被焚；
海外圣殿难免亵渎；
领海也任残暴海盗玷污，

他们击退了你的舰队，
还肆意劫掠烧杀，
铁蹄把你的子民践踏。
早已个个忍无可忍，
拼死一搏何须惧怕！

君王啊，你尽管索取，
你的臣民绝不吝惜，
他们会毅然拱手奉献一切，
只求战胜邪恶的英吉利；
正义的枷锁把它的脖颈紧系，
只因它作为险恶心怀不义。
无论是人们膜拜的虚妄黄金，
还是他们珍爱的子弟亲人，
他们都像堂迭戈那样在所不惜；
决心把血肉之躯投入敌人炮火，
去熔铸举世罕见的业绩。
君不见科尔多瓦家族，
接连十四代把长子献出；
面对摩尔矛尖义无返顾，
战功赫赫，英名传世，
普天之下谁人不知！
不朽者都是这样赴死。

你是上帝的卫队长，
须永远双臂高扬，

激励儿女们胜利挺进不投降。
一旦你疲惫地垂下胳膊，
狂徒们就会伸出魔掌；
坏人作恶绝不彷徨。
只要你坚韧顽强，
结局必将圆满辉煌。
你肩负着正义的重担：
不止一片国土待你征战，
待你降伏的疆域无边。
你首先要稳固自己的领地，
才能声威如初举世盛赞。
你威慑坏人理所当然，
而且时时把好人救援。
高扬双臂吧，基督徒的摩西！
一举击溃路德异端。

你们是正义之旅出师有名，
丢弃了温柔乡的逸致闲情，
投进大海的波涛万顷。
我似乎看到你们就在眼前，
穿行于狂风恶浪之间，
出生入死经历着磨难。
你们越过了漩涡和暗礁，
尽管结局并不十分美妙，
却依然坚定刚毅毫不动摇。
寡不敌众，从未退缩，

似乎钻石高山也必穿过；
挥舞着西班牙人强壮的胳膊，
显示出果敢力量和勇气，
即便是陷入绝境饥寒交迫。
因为纯金须在熔炉里锻造，
剔除杂质，方能熠熠闪耀；
大树必将冲破阻隔挺向云霄。

高明的击剑手恰逢蹩脚货，
凶猛扑向前怒火不可遏，
瞬间见分晓何须费周折！
海边有巨石坚固不可摧，
狂涛拍岸想把它击碎，
尽管恶狠狠岩石不理会。
圣贤早有至理名言：
何须担忧以恶攻善！
负债愈多更须加倍偿还，
迟早会因此坐卧不安；
作恶者必将恶果吞咽。
那海盗虽能暂且获胜，
兴高采烈地庆祝战功；
狂风急浪有时赏罚不明，
终会满足正义者的初衷。
日积月累的债款，
总有一天要本息还清。

西班牙,君王和各位名将:
各司其职不得松懈迷惘;
苍天自会辅佐正义的理想。
世间万事本来开头难,
坚持不懈必将时来运转,
盼到欢庆胜利的一天!

帕尔纳索斯之旅

序　言

　　这卷长诗属于对同时代诸多诗人的赞美之作，这是"黄金世纪"十分流行的品类，比如维加的《阿波罗桂冠》，塞万提斯自己的《卡利俄珀之歌》(《伽拉苔亚》中的一节)。读者对此类作品自会有不同见解。

　　塞万提斯在长诗开头第一句特意提到"有位意大利师傅"，就是承认自己是在模仿恺撒·卡波拉利的同类作品《帕尔纳索斯游记》，不过他出人意表地将其融入西班牙的文学氛围，甚至吐露了他本人经历中的不少感受和情愫，比如他的贫困和孤寂。作品开头的告别马德里，再次提及的勒班陀战役，第四章开头历数他本人的文学成就，都是很耐人寻味的。透过以当时流行的陈词套话堆砌的乏味恭维，间或闪现出一些机智的评论、讽刺和逸闻趣事。塞万提斯的这篇作品由一节节三行诗组成，堪称手法娴熟、技巧完美。这一点在致马特奥·巴斯克斯的书牍中已经显示出来。有时候技巧完美得甚至无可挑剔。整卷诗带有明显的讥讽口吻，当然也不乏真情流露。其寓意象征及对提到的诸多作家的评判并不难理解；比方说对克维多①的议论就十分精彩，而对流浪女胡斯蒂娜

———————

　　①　弗朗西斯科·德·克维多(1580—1645)，西班牙"黄金世纪"诗人，风格简明犀利。

的评说更堪称冷嘲热讽的典范。作品末尾的《〈帕尔纳索斯〉附录》既是一篇出色的散文,又是研究塞万提斯的文献,从中可以感受到已经完全成熟的作者那种若隐若现的幽默情调。

安赫尔·巴尔布埃纳·普拉特

献　词

致堂罗德里格·德·塔皮亚，
圣地亚哥教团骑士，其父为堂佩德罗·德·
塔皮亚，王室参议会法官，最高宗教裁判所顾问

谨向大人敬献拙作《帕尔纳索斯之旅》，此诗问世未久，墨香
尚浓，确为竭尽心力之佳作。设若果如所望将其笑纳，以大人之声
威，必使其闻名于世，则笔者心愿得酬矣！我主保佑。

米格尔·德·塞万提斯·萨阿维德拉

前　言

　　高明的读者,如果碰巧你也是诗人,而这部游记正好落入你那作孽的双手;如果书中提到你,把你划归优秀诗人行列,千万要感谢阿波罗施恩;如果书中没提到你,也照样得感谢。愿上帝保佑你。

堂阿古斯蒂尼·德·卡萨纳特·罗哈斯

铭　文①

农神弃子避不祥

神女驷马驭海洋

日神架桥诗文通

舟载绝唱风帆扬

海神奏乐狂涛平

何惧深渊涌恶浪

欲驱水怪三叉戟

指抚琴弦曼声唱

入洋漂浮米格尔

---

　　① 整篇铭文的原文是拉丁文。

诗海文山觅华章

但求圣殿神明佑

顺利抵达夙愿偿

第 一 章

有位意大利师傅好古怪，
他出生在佩鲁贾那一带，
希腊的才智罗马的胸怀。

有一天突然间心萌奇想：
要去帕尔纳索斯游一趟，
远离开都市的嘈杂喧嚷。

独自徒步出门慢慢行走，
到一处购得老骡子一头，
周身棕红色步履慢悠悠；

丑模样吓得人胆战心惊，
驮东西它只会避重拈轻，
空有大骨架力薄不禁风；

目光虽短浅尾巴却很长，
两胁干瘪瘪肋骨排成行，
硬皮做盾牌似乎最恰当；

还有一长处脑瓜挺完整：
解人意通世情十分精明，
一年四季都能让人称心。

诗人大好汉跨上新坐骑，
帕尔纳索斯便是目的地，
金发阿波罗款待颇周密。

诗人茕茕归身无半分银，
侃侃叙旅程从此名声振，
穿北极越南极传遍红尘。

我一向很勤奋夙兴夜寐，
自以为有几分诗人气味，
怎奈苍天无情并无厚馈。

实指望终能够投递灵魂，
腾空起越关山飘摇入云，
抵达诗山顶峰立命安身。

在高处我只须放眼观看，
便见一泓清水灵感之泉，
跳跃前去双唇吸吮甘甜。

一旦喝足了浓郁的琼浆，

从此获得大诗人的名望，
至少作出的诗举世夸奖。

可是此刻无数不便拦路，
一时间心踌躇难以举步，
幻想破宏愿灭徘徊踯躅。

只觉得双肩上巨石落下：
命运本不济实应早作罢，
自知痴心虚妄空耗年华。

此去路途遥远时日久长，
怕只怕险阻多前途渺茫，
热切渴求受挫空余沮丧。

怎知道一刹那雄心振奋，
虚荣的迷雾笼罩我全身，
顿觉面前坦途一帆风顺。

且听我是如何自勉自励：
"一旦登上那艰险的山脊，
当有荣耀桂冠头上紧系。

无须钦慕传世清词丽句，
更何论前辈大师的妙语；
看我行云流水珠玑如缕。"

世间烦恼均因一念之差，
痴心妄想催我毅然进发，
双脚落地却把神志抛洒。

我于是跨上命运的丰臀，
坐稳了鞍鞯去远方追寻，
长途跋涉不再更改决心。

切莫以为我的坐骑古怪，
惊诧者应听我解说明白：
这骏足流行于境内域外。

天地间谁能够声言拒绝，
双腿夹紧这巨兽的两胁，
如我凡俗辈又怎能有别？

它原本身轻捷健步如飞，
雄鹰箭镞也难与之媲美，
却也落脚稳重谨小慎微。

更何况承载着小小诗人，
即便是驽马也不难胜任：
他又未曾携带箱笼在身。

纵然有某诗人承袭遗产，

他也会转瞬间千金尽散，
莫指望守家业刻意聚敛。

我这里借机道出了衷肠，
望诗人之父阿波罗相帮：
把勇气注入他们的胸膛。

不求你施法术迷惑引诱，
教他们混日子鼠窃狗偷，
在不义之财的汪洋覆舟。

他们有的苦求有的调侃，
却从来不想把钱袋装满，
环球漫游本是唯一心愿。

或者描述战神疆场拼搏，
或者绘出美丽鲜花朵朵，
情爱女神递送缱绻秋波。

为战祸啜泣为爱情欢唱，
如梦如痴消磨大好时光，
虚掷年华更比赌徒荒唐。

诗人的肉体不同于常人：
柔嫩细腻温和能屈能伸，
喜爱在他人的家里厮混。

精明的诗人都行止怪诞，
随心所欲从不思索盘算，
点子虽多昧于处世周旋。

经常沉湎于自己的迷梦，
一味赞叹着自己的举动，
怎有心求荣华做个富翁！

粗鄙无知的村夫们将说：
好一个识文断字的蠢货！
我就是他们之中的一个。

只有白发满头可比天鹅，
嗓音嘶哑活似老鸹一个，
地老天荒难把痴念打破。

气运之轮旋转忽高忽低，
却从未把我向高处送去：
每当我升起便戛然止息。

可我终究固守崇高理想，
期盼或迟或早如愿以偿，
缓缓迈步何惧路途漫长。

旅程给养唯有精白面包，

褡裢里再塞进几块干酪，
轻装上路对我甚为重要。

"再见了，我清寒的柴门，
告别京城和普拉多林荫，
泉喷琼浆玉液何等香醇。

告别了娓娓道来的攀谈，
它曾慰藉过忧愁的心田，
追求功名方不觉其艰难。

告别了浮华欢快的场所，
那里朱庇特的霹雳雷火
曾活活把两个巨人烧灼。

告别了人人称赞的剧院，
尽管是满台的谵语胡言，
愚妄观众报以掌声不断。

告别了圣腓力林荫大道，
即便异教鬼子满街滋扰，
我只能在他乡阅读战报。

告别吃不饱的破落绅士，
我可不愿在他门前饿死，
及早弃国而去好自为之。"

一路走一路想到了海港，
以迦太基①命名好不响亮，
既避风又隐蔽谁不赞扬！

面对它光彩杰出的声名，
环海的众港口它最出众，
阳光下的船队把它崇奉。

我举目望去见汪洋一片，
记忆里升腾起往事一段：
堂胡安的英雄业绩再现。

那本是战士的无比荣耀：
我虽卑微却也胸怀自豪，
告捷声中包含我的功劳。

奥斯曼的舰队气急败坏，
威风的帝国失去了光彩，
受重创遭羞辱处境无奈。

这段回忆给我增添力量，
我满怀信心向海上张望，
待舟楫载我去实现理想。

---

① 指西班牙南部地中海沿岸的卡塔赫纳，由迦太基一词派生。

蔚蓝的水面上银波闪闪，
驶来一艘帆桨并用的船，
它显然是打算入港靠岸。

海神的脊梁宽广而辽阔，
无数漂亮船只从上驶过，
这艘不同凡响异彩闪烁。

此等船舶凡界海域罕见，
狂怒天后摧毁神界战舰，
也无一艘堪与这只比肩。

伊阿宋寻金羊毛的快艇，
也不及它崭新漂亮威风，
富丽堂皇令人目眩心惊。

我只见它缓缓入港靠岸，
黎明女神正在东方露面，
丽色光彩照人金发四散。

突然听到一声震耳轰响，
威武船舶鸣炮宣布入港，
惊动人群来自四面八方。

响亮悦耳的号角声四起，

海岸上充满了欢声笑语，
熙熙攘攘的人群多欣喜。

时光不停步清晨已来临，
太阳到中天万物易辨认，
仔细看画舫奇妙美绝伦。

抛下铁锚便在港口停泊，
一只小艇即向海面降落，
伴随着人们的笑语欢歌。

船上的众水手别出心裁：
取出丝绒毯把船尾遮盖；
丝线织就又有金线增彩。

他们划小艇紧靠到岸边，
立即有位要人准备下船；
四名绅士把他扛上了肩。

看他的衣着和威严神情，
墨丘利模样我认得分明：
专跑腿为众神报信通风。

他英俊飘逸又风流倜傥，
两脚上插着带翅双蛇杖：
象征他敏捷谨慎不鲁莽。

我相信遇到了吉祥之神，
天国的主宰委他以重任，
派遣他来人间传递口信。

他的带翅双脚刚刚落地，
海滩泥沙当即神采熠熠：
留下的是一行仙界足迹。

我此时头脑里思绪万千，
连忙走上前跪倒在地面，
拥抱那装饰华丽的足尖。

那传话的神祇命我起立，
并吟出铿锵整齐的诗句，
向我提出了下面的问题：

"塞万提斯你是诗坛之魁！
寒酸的衣着简陋的装备，
岂与你庄严的征程般配？"

我这里忙上前开口应答：
"穷文人登旅途怎能奢华？
轻装上路直向诗山进发。"

"你有超群的人品和诗才，

本该名利相伴富贵自在！”
他接着便是一长串感慨：

“你曾经不愧为一名战士，
多年前在战场英勇赴死，
炮火中失去了胳膊一只。

我知你经历了那次海战，
左臂受伤从此不能动弹，
只剩右臂你却荣耀增添。

我清楚你还有超群才情，
奇思异想充满你的心胸，
阿波罗没白白给你恩宠。

你的作品骑着洛西南特①，
走遍了世界上每个角落，
有人忌妒极尽诋毁谣诼。

继续向前你这神来之笔，
用神机妙算助一臂之力，
阿波罗急切地盼望着你。

有那么两万多痴呆之辈，

① 堂吉诃德的坐骑。

想当诗人他们根本不配，
却乌七八糟赴诗山聚会。

大道小径挤得密密麻麻，
这帮蠢货正向诗山进发；
圣地怎能容忍他们践踏！

赶快全身披挂你的诗句，
准备立即上路莫再犹豫，
成就大业命你随我前去。

跟随我保证你一路平安，
也不必为给养操劳心烦，
你只须吩咐便吃喝俱全。

这话真假你可亲自印证，
何不随我上船看个分明，
见到的东西准叫你吃惊。"

我心想他这是信口开河，
船漂亮去看看未尝不可；
怎知道还确实令人惊愕。

从龙骨到主帆好不稀奇！
造船的材料全都是诗句，
而散文很难在其间混迹。

两侧船舷的箭弩发射口，
竟由诠释诗排列和拼凑；
讲述着凶狠悍婆的婚媾。

划桨手则是一曲曲民谣，
无法无天而又必不可少：
放到哪儿他们都能合调。

船尾材料更是杂糅古怪：
规整的十四行诗凑一块，
精雕细刻做工出人意外。

两段三行诗则美妙绝伦，
把左右船舷的内侧垫衬，
挥臂划起长桨甚是称心。

再看看甲板中部的通道，
长长挽歌催人泪下心焦，
欲歌不能发出阵阵哀号。

突然间有想法浮上心头：
无怪乎凡遇人事不顺手，
都说他真倒霉逆水行舟。

还有那朝天矗桅杆一根，

原是长歌一首寓意艰深，
涂沥青掩大义更难辨认。

上面捆绑着挂帆的斜桁，
却是由散板的诗句作成，
这一点我看得很是分明。

帆桁环原本爱唧唧喳喳，
只因为圆圈诗绕就了它，
才变得如此地饶舌多话。

索具都好像是七句短歌，
七拼八凑成的连篇胡说，
抓挠得人心头痒痒难过。

船头通道铺着坚固木板，
任凭严肃的诗篇沉甸甸，
统统搜罗起来垒在上面。

忽听得头顶上哗哗乱响，
原来是小彩旗迎风飘荡：
宽韵诗句正在自由徜徉。

见习水手列队来回奔忙，
似乎是串节诗连成一行，
他们这样干活甚是欢畅。

总之不论诗句轻快庄严，
都能在船上某处把身安，
里里外外任其修饰装点。

总之墨丘利都看在眼里：
我的目光闪着柔情蜜意；
确是一艘可倾慕的舟楫。

他坐在我身旁开口说话，
娓娓道来犹如流水哗哗，
字字都清晰我一一记下：

"天底下的事物林林总总，
千奇百怪谁也难以数清，
其中一件你应特别看重。

我指的就是这一艘帆船，
世上众人无不把它称赞，
近邻远邦甚感心惊胆战。

构成它的并非神妙器械，
它是阿波罗才智的作业；
大神心想事成达此境界。

绝无仅有专门为我建造，

从清亮塔霍到金色河槽，
满载天下诗人不辞辛劳。

暗访的探子送来了消息：
已听到东方的蛮邦鸣镝；
马耳他大统领拿定主意。

他小心翼翼召集起部属；
个个把白十字刻在胸脯，
顿时间勇气增义无反顾。

阿波罗这时候身处窘境，
便依例照办唤诗人精英，
立即前去诗山助战接应。

我自然为他的愁苦担忧，
深知自己该如何帮一手，
登轻舟快如飞怎敢滞留！

倏忽驶过了意大利海岸，
又见法国土地飞越眼前，
西班牙才是我最后一站。

到此处我心里充满欢欣，
达目的已结束旅途困顿，
定能实现我肩负的重任。

你虽然鬓发白慵困乏力，
想必会当帮手助我一臂，
实现我的愿望全要靠你。

准备出发不得一刻迟缓，
帮我确定阿波罗的名单，
你说我记咱俩抓紧时间。"

他掏出纸一张写满姓名，
都是大诗人我一眼看清，
囊括了西班牙南北西东。

安达卢西亚的高手名家，
还有的来自卡斯蒂利亚，
诗坛交椅是他们的天下。

墨丘利命令我一一道出，
雅士高人姓氏不得有误，
因为我深知他们的才赋。

我回说我只能尽力而为，
择其要者历数决不隐讳；
他可向阿波罗称颂赞美。
在一旁他倾听我的应对。

第 二 章

默默注视着我的老嘴巴，
那传话的神衹一言不发；
轮到他静静听别人说话。

哪知道我突然打个嚏喷，
又连忙画十字驱散厄运：
面对墨丘利须十分谨慎。

看一眼名单上头号名字，
原来是我友奥乔亚硕士，
真正的基督徒又会写诗。

我对这位君子赞口不绝，
他的文辞清丽手笔卓越，
一开口敌人便倒入墓穴。

只可惜他经常不务正业，
好咬文嚼字流连语法学，
阿波罗不宠幸未成诗杰。

他的诗作本可天下流传，
尽管命运之轮变幻多端，
也能指望登上荣誉之巅。

这位是喜剧界一盏明灯，
学衔是硕士波约是姓名；
云雾遮不住璀璨的才情。

可是他沉湎于文笔怪诞，
费尽心机奇思妙想不断，
置身隆隆战鼓非他所愿。

这一位你把他排在第三，
贝尔加拉也登上了名单；
想必你打算带他去诗山。

须知道他堪称一支梭镖，
也可充当箭矢火枪大炮，
轰击愚昧无知他最可靠。

戈迪内斯是另一位诗人，
风华正茂似五月小阳春，
崭露头角写出喜剧一本。

还有一位手笔也很高超，

精美诗作令人醉心倾倒；
他为柔情蜜意忽哭忽笑。

他一人抵得过千百猛将，
不管多罕见的亘古较量，
选择召唤他去甚为恰当。

我指的是堂弗朗西斯科，
文武双全美名广为传播，
阿波罗愿与他平起平坐。

大伙都称他卡拉塔尤人，
指出这一点我还能说甚？
忌妒他的人也钦佩至深。

下面这一位堪称为诗圣，
米格尔·熙德是他的姓名；
缪斯众女神也被他震惊。

还有另一位他诗才高超，
可以与大熊座争夺光耀；
因此自始至终备受称道。

他的音韵悦耳人人喜爱，
机敏而庄严铿锵有气派；
阳光普照下唯他是奇才。

他的笔下涌出艺术真谛，
如行云流水能振聋发聩，
走遍天下谁人堪与相比！

提及贡戈拉难免我踟蹰：
即便世间溢美之辞无数，
我孤陋笨拙恐将他玷辱。

而你是仙界的神圣心灵，
如愿以偿受人褒奖品评，
矢志不移本该得此回应。

埃雷拉的追求天公地道，
靠神赐禀赋你不辞辛劳，
自然该赢得上天的回报。

你灿烂的光辉绚丽夺目，
才能如此自信坚定迈步，
你的灵魂必在神界常驻。

你犹如藤萝沿高墙攀缘，
你获得永生何须再挂念，
幽暗尘世芸芸众生卑贱。

还有你豪雷吉志向高尚，

挥动如椽之笔恣肆汪洋；
我只能向苍穹把你仰望。

即便罗马诗杰需你代言，
此刻不妨把他丢在一边：
阿波罗正等待你的支援。

千百个诗人也把你期待，
都是些不自量力的残骸，
自诩沃土却是荒漠一块。

还有菲利克斯·阿里亚斯，
众缪斯视你为天之骄子，
她们正恳求你前去尽职。

要你挺身驱散鄙俗之辈，
免得灵泉诗源遭殃罹罪，
使清冽的流水充满污秽。

甜蜜琼浆一旦受到污染，
诗人吟唱就会打嗝出汗；
你能听任这种事情出现？

你满腹珠玑才思如泉涌，
你灵感无穷开口便成诵，
你怎能容忍瑕疵和阴影？

我求墨丘利去掉下一个：
小伙太糊涂只会瞎搅和，
写的讽刺诗尖酸又刻薄。

这一位你应当好好看重，
巴瓦迪略乃是他的美称；
五体投地我对他很崇敬。

下面这一位请恕我直言：
最好涂去不能叫他上船；
神界信使回说一定照办。

这小伙穿一身哥特服装，
一心仿效宙斯侍童模样；
我看你甩下他最为恰当。

另一位可不能照此办理：
小小卡夫雷拉大有名气，
的确无所不知经天纬地。

无人不知他是史学泰斗，
言之颇有理谁人不颔首！
古有塔西陀他紧随其后。

后面这一位潇洒又英俊，

可惜未逢时沉浮由命运，
气数似前定始终遭困顿。

昔日的财富被岁月销蚀，
如今更富足牢牢手中持；
你应抓住他此人很合适。

巉岩高耸起矗立海岸边，
霎时狂风吼大海恶浪翻，
挺胸迎拍击巍巍自岿然。

雪松贵刚直怎怕北风狂：
立足大地上棵棵气轩昂，
摧折轰然倾也不折腰降。

一生求真理决不离宗旨，
人人奉楷模高山且仰止：
他的名字便是拉米雷斯。

随后的这位可是蒙罗伊？
按我的看法也很了不起：
才情超凡俗彬彬懂礼仪。

无畏的勇士睿智的学者，
都会把他看成最高楷模，
他高风亮节我深信不惑。

这位君子生得仪表堂堂，
面对着古罗马潇洒帝王，
也能平起平坐旗鼓相当。

在这里我是指帕雷德斯，
众缪斯独钟爱不惜恩赐：
幼小的年纪成熟的才思。

看得出你正在想方设法，
要带走这一位叫门多萨，
送给阿波罗决意不丢下。

众缪斯也喜欢下面一人：
笔下能生花为人又谨慎，
若论才智高堪称是上品。

莫拉莱斯便是他的大名，
他诗风高雅载誉满京城，
时常提携我使我好运增。

这一位时不时胡乱评说，
他是大作家埃斯皮内尔，
抚琴和写诗他当数第一。

这一位润笔厚要价甚高，

超越圣山顶飞腾入云霄，
赌咒又发誓呼喊且嚎叫。

这位大诗人不是小白脸，
巴尔加斯的确身手不凡，
我必须指出他不同一般。

对这位的赞扬不会过分，
他文笔优雅且才智超人，
献给缪斯的花果无穷尽。

巴尔马塞达无人不知晓，
他宽厚和蔼庄重旨趣高；
伟大的阿波罗如获至宝。

塔霍河和曼萨纳雷斯河，
都因恩西索而洋洋自得；
有这样的儿子能不快活！

这一位可真是万里挑一，
我是说贝莱斯勇猛无比；
有了他就可以去火顺气。

对这位大诗人不吝盛赞，
诗作无数堪称奇才罕见，
描绘的老家奴妙语不断。

这位是西班牙的堂胡安，
应得神界称颂而非人间：
他的诗作犹如仙乐一般。

卢戈人得到了缪斯宠幸，
他叫西尔韦拉举世闻名；
难怪你急于要带他同行。

下面的这一位也是英华：
大诗人埃雷拉谁人不夸；
才气贯九霄美名扬天下。

这一位曾挖掘遗忘深渊，
美丽的冥后又重返人间，
西班牙杜罗河光彩再现。

你将会看到他投入激战，
这在当今世上并非罕见，
只因我们赶上不幸阶段。

他必展示那勃勃的英气，
这对博士来说无稀奇：
他是法里亚斯庄重严厉。

对先知我一向顶礼膜拜，

格拉纳达太阳神不例外，
我这偏远臣民他也关怀。

还有罗德里格斯、特哈达，
诗句铿锵响亮流水哗哗，
文笔富丽高尚耸入云霞。

这一位汗毛孔喷发诗句，
四海为家到处自在欢愉，
窥他人灵感把宝物撷取。

梅迪尼利亚首次编民谣，
咏叹那幽暗坟墓的曲调；
两行柏树伴他低声吟啸。

贝穆德斯他尚年纪轻轻，
神圣桂冠落向他的头顶，
急于奖掖他睿智和清醒。

这一位诗人为举世纪念，
曾在厄里费勒密林咏叹，
显示敏捷才思诗艺精湛。

名单上另一行这位打头，
紧接着这两位与他相伴；
卑贱如我怎敢喋喋不休！

塞胡多、桑切斯亲密无间，
是无双的一对蜚声诗坛；
有神圣缪斯的垂青照看。

他们用整齐划一的韵脚，
展现罕见的学问和堂奥；
论及庄严题材诗情灵巧。

这一位绅士也很了不起，
专向优秀诗人垂首致意，
也向往圣山的光彩熠熠。

他叫席尔瓦我无须多说；
如若多说更是令人惊愕：
少年老成如今中年已过！

再下面我看到是戈麦斯，
阿波罗定会把胜券恩赐，
即便敌手成群顽劣阴鸷。

这一位是才子风华正茂，
必会扬美名令众人折腰，
一代代传布如日月长照。

巴尔德斯这位杰出人物，

必受到太阳神特殊关注：
标上他你无须犹豫踌躇。

举止高雅倜傥满腹经纶，
文笔委婉细腻才情超人；
太阳神见到他必定欢欣。

菲格罗亚博士是下一位，
曾经把爱情的专一赞美；
他的散文婉约诗如流水。

这下面有四位接踵而至，
金色字母大书各自姓氏；
专论重大事件高远题旨。

这四个名字将永世流传，
千秋万代永为人们怀念：
四位的作品庄重而威严。

阿波罗居住的巍巍神殿，
也难免有一日轰然塌陷；
这四位会给他重新修建。

造物主赠我们四个完人，
馨德齐备个个一片冰心，
高耸入云他们傲世出尘。

萨利纳斯伯爵有口皆碑，
你的高洁行止人人钦佩，
宽厚仁爱堪与神灵媲美。

你是埃斯基拉切的王爷，
声望日增永远不会停歇，
旧日的自我被远远弃绝。

你将做阿波罗的挡箭牌，
得心应手为他消难免灾；
猥琐的对手们肯定惊怪。

萨尔达尼亚伯爵脚步轻，
攀登上平都斯诗山峰顶，
你驾着灵感的翅膀飞腾。

你是火炬一把永不熄灭，
率领渴慕者赴诗山拜谒，
普照众人而不眩目酷烈。

来自比利亚梅迪亚纳镇，
超过所有希腊罗马名人，
头戴幸运桂冠你最相称。

无数大路小径通往诗山；

你将迈开大步一一踏遍，
保证众朝圣者旅途平安。

他们四人犹如高墙矗立，
守护诗山免遭生番侵袭；
彼等一伙愚妄残暴之极。

救危难须依靠他们四人，
溢美词怎可能一一道尽；
辅佐阿波罗他们必胜任！

杰出侯爵如能前去相帮，
阿尔卡尼塞斯是他故乡；
世上便有整整五只凤凰。

他们每人都是坚强支柱，
托举日神殿堂永远稳固，
还将箍上一圈月神光束。

这一位致力于威严行当，
阿波罗器重他给以奖赏：
橄榄枝棕榈叶添彩增光。

在诗坛他本是一朵奇葩，
法学界他同样君临天下：
若问姓名他就叫拉奎瓦。

这一位比荷马毫不逊色：
他就是大作家叫埃雷拉，
文坛一魁首德高为楷模。

这位叫德贝拉紧随其后，
挥笔成鸿篇舞剑善搏斗；
威震九重天称颂不绝口。

这位并非是虔诚基督徒，
身心均超常众人都悦服，
笔耕不懈怠文章传千古。

这时名单从我手中脱落，
那神祇对着我开口便说：
"你所言足够把差事交割，

叫他们琢磨好迈步开拔，
我这里等他们一齐出发；
想必是个个能征战讨伐。"

我担心克维多不能前来；
听这话他开口说得明白：
"没有他我决不迈步走开。

只有他是阿波罗的后嗣，

他才是缪斯的真正儿子；
我发誓没有他决不离此。

唯有他把拙劣诗人鞭挞；
即便诗山遭到他们践踏，
他拳打脚踢一个留不下。"

"大人，"我说，"且慢！
他步履迟钝能走一百年！"
"这件事我知道该怎么办：

大诗人想必是精通骑术，
一骗腿可跨上白云黑雾，
胜骏马转瞬到好不舒服！"

我问："设若万一不行，
阿波罗可送来神车仙乘？
还是名驼骐骥急若流星？"

"你问东问西太放肆饶舌，
赶快闭上嘴听我对你说。"
"遵命，大人，你的主意多！"

我一边回着话一边看他，
只见他突然间为难尴尬；
海面上也同时风急浪大。

我自己面如土死人一般，
我那时一定在心惊胆战：
怯生生等待着天降大难。

我看到一转瞬昼夜相混，
深渊沙石起大海浊浪滚，
咆哮腾空跃寒风吹得紧。

天地万物顷刻动荡不安：
田野江河空气还有火焰；
我看到云隙里电光闪闪。

这里正是一片沸沸扬扬，
云端里落下来诗人一帮，
压得帆船几乎沉入汪洋。

多亏千百水妖前来相助，
鞭打这从天而降的队伍，
逼他们上斜桁蹦跳号哭。

有个大概是癫婆胡安娜，
脖子伸老长肚子又很大；
这种丑八怪早都上了画。

她走了过来开口对我讲：

"千钧一发小船险些遭殃，
幸好有我们跑来帮了忙。

不是唬你我们带来顺风；
它擅离职守干别的事情：
听桑丘·潘沙大谈山海经。"

这时狂风暴雨突然止息：
海面又平静天空更明丽，
徐徐和风驱散狂风凄厉。

我抬起头来向高处张望，
阴冷的乌云逃窜甚仓皇，
天空又重新蔚蓝而明亮。

罕见的奇迹难得的新闻！
虽说亲眼见也不敢置信；
说它是妖术怕不算过分！

我确实看见我确实发现：
天上的云彩一分为两半，
眨眼那工夫开始掉雨点。

天下怪事多件件靠得住，
人人都知晓处处广传布，
正值下雨时便有奇迹出：

雨点滴滴落转瞬生变化，
尘埃飞扬处冒出癞蛤蟆，
蹦跳有快慢一齐往前爬。

天地良心！这回更蹊跷：
雨滴离云层直往地上掉，
转眼变成人接连翻身跳。

我简直不相信这两只眼，
紧盯着看了一遍又一遍，
清清楚楚没有眼屎粘连。

待我仔仔细细一一辨认，
原来都是名单上的诗人，
蜂拥而至谁能抵挡这群！

有些以老实规矩而出名，
有些惹是生非让人头疼，
除了少数大都衣冠不整。

在他们之中我认出一位：
加拉尔萨不是等闲之辈，
阿波罗的宠儿人人敬佩。

不一会这些人挤满帆船，

幸亏它容量大全部容纳；
坐位多我只能连声夸赞。

从一片云里落下了维加，
他擅长诗文是一位大家；
谁能和他比个高低上下！

看看这种场面甚是新鲜：
大小诗人紧紧挤成一团，
争先吟唱着各自的诗篇。

你饥肠辘辘他口干舌燥；
这情景引得我大声喊叫：
"老天哪写诗匠多如牛毛！"

墨丘利也觉得有些过剩，
跑过来想办法灵机一动，
轻轻一跳钻进船舱之中。

他从那里拿出筛子一个，
不知道是新制还是存货；
用它把诗人依次都筛过。

对袍剑诗人他也不宽宥，
仔细筛了他们两千出头，
得到的是黑糊糊的一抔。

佼佼的圣贤都纷纷落下，
筛子上面全是大块矿渣，
他们的诗沙砾一样咯牙。

他们苦苦哀求吁请开恩，
个个言之有据措辞诚恳，
可还是接连在海底沉沦。

有个瞎子他也落水遇难，
恶浪没顶嘴里絮叨不断，
对准了阿波罗诅咒抱怨。

有个裁缝两只脚板无力，
为了开路只能挥动双臂，
也骂阿波罗这猪猡可气。

还有另一个一路气鼓鼓，
当鞋匠手艺高屈指可数，
也同样是满嘴忿詈喷出。

还有个剪绒工浑身大汗，
心焦急只盼望抵达诗山，
为出名哪管他小命完蛋。

这伙人在海里拼命凫水，

眼盯着木帆船紧紧跟随，
苦眉愁脸都觉自己倒霉。

有一个替大伙发泄怨气：
"太阳神派来这背时仆役，
对我们是这般无情无义！"

他还说："我可胆大包天，
新书源源出笔调也新鲜，
定要前去玷污圣地尊严。"

墨丘利忙活计默然无声，
六个舱位备好干干净净，
祈求天助再对船员下令。

这时候号角又重新吹响，
墨丘利露笑容喜气洋洋；
众海豚宣告了此行吉祥，
木桨齐划水扬帆便起航。

第 三 章

我们这艘舰只富丽堂皇，
重音前移的单字做船桨；
整齐划动轻舟驶进海洋。

快速航行风帆全都胀满，
本是细腻思绪挂上桅杆，
条条爱的经纬贯穿其间。

温柔和煦的风阵阵吹来，
众人坐在船尾甚是开怀，
一心指望行程平安愉快。

一群美人鱼在四周跟随，
不时把结实的船儿一推，
就这样帮助它快行如飞。

水面辽阔无际烟波浩淼，
白浪翻滚如同堆堆羊毛，
碧绿海洋上靛蓝闪光跳。

船上众乘客人人不偷闲，
有的吟诗做赋句奇韵险，
有的放声唱有的觅灵感。

还有些人自诩才华出众，
专做十四行诗乐在其中，
诗里谈到了不同的爱情。

另外几个甚是装腔作势，
娇声哆气如同糖腌蜜渍，
都说是越甜越合乎心思。

他们煞有介事声调绵软，
吟唱牧歌追忆山野田园，
却不乏机巧的华彩诗篇。

有的把心中的美人颂扬，
爱人的小嘴融进了柔肠，
尽管它喷出的尽是粪汤。

还有那么一位爱得至深，
居然夸赞起恋人的双肾，
津津乐道而且文笔超群。

这位说是爱情烈焰燃烧，

躲入水中依旧在劫难逃；
他像公牛受伤哞哞哀号。

他们就是这样赋诗不停，
你完了我来个个争输赢，
叽里呱啦还夹杂着拉丁。

这时候轻舟沿水面滑过，
敏捷如飞它把海浪冲破，
超越疾风航行好比穿梭。

这时眼前出现宏伟景观：
是巴伦西亚的无际海滩，
大自然的杰作绚丽灿烂。

有人突然出现带来惊喜：
伟大的费雷尔岸边站立，
胸襟高贵心怀神谕天机。

船上神祇立即迎面登陆，
一次一次拥抱向他祝福，
说是有幸会面得到帮助。

目光一转把另一位搂牢：
是堂纪廉上前致意问好，
迫不及待投入天神怀抱。

克里斯托瓦尔紧随其后，
还有阿吉拉尔相伴左右：
都是巴伦西亚一代名流。

恰逢这难得的一行前来，
伟大的墨丘利喜出望外；
尊贵人物为他增添光彩。

接着岸边走近大队人马，
土生土长个个倜傥潇洒，
要把无双舰只细细明察。

他们手中紧握各种器具：
记事簿子还有锋利刀笔；
智巧超群个个洋洋得意。

死乞白赖也要分享沾光，
哪怕置身于垃圾和粪汤；
自信心想事成无人阻挡。

而墨丘利紧紧闭上大门，
登船同行他可不能应允；
自有道理别人何须多问。

他怕的是到了帕尔纳索，

此等货色又是这么众多，
闹事造反成立专横帝国。

这时看到有人步履矫健：
那便是阿铁达尊贵傲岸，
年事已高却不衰朽绵软。

在场诸君把他团团围住，
伴他登舟随后仔细守护；
他为人忠勇但缺少财富。

于是顷刻间把铁锚拉起，
水手们迅速地各就各位，
紧贴桅杆的风帆又飘飞。

空中重新听到响亮乐音：
催促起航的号角声阵阵；
人鱼各司其职加倍小心。

云隙间太阳神窥望航船，
开口发话人人都能听见：
"仓中所载均合我的心愿。"

依靠船桨和美人鱼推动，
轻舟再次远远甩下疾风，
进展神速一路顺利前行。

船上载满了博学的乘客，
面露笑容心中甚是欢乐；
人逢喜事自然畅快难遏。

有些人怕炎热赤身裸体，
还有人披上朝圣的长衣；
因为不愿显得可笑滑稽。

只见那小船儿飞快行驶，
擦破了海神的殿堂宫室，
好像是那仙鹤凌云展翅。

我们看到一泓海湾宽广，
那便是法国的纳博纳港，
任凭狂风吹打无处躲藏。

伟大的墨丘利完美无缺，
正在六令纸捆上面就座，
手持权杖头顶王冠赫赫。

有块云团像是身怀六甲，
生出四个诗人一齐落下；
更确切地说是雨水哗哗。

其中一人阿波罗信得过，

他就是尊贵的卡萨纳特，
杰出的诗人他非同小可。

阿波罗亲自赞颂他有才，
赞不绝口而且赏赐慷慨，
何须我多嘴来招人嗔怪。

第二个降落的来自北非，
加图怕也难以与他媲美；
太阳神眷顾的除他有谁？

巴里奥努埃沃很会盘算，
颂扬此人我太才疏学浅，
怎能恰当道出赞美之言！

大船上还剩下一块空间，
伟大的里奥哈把它填满：
他也是从天上降落甲板。

我看见德梅萨跪拜不迭，
面对墨丘利盛赞太阳爷；
其实他自己相比无区别。

有一个水手攀上主桅帆，
高声喊道有座城池露面：
热那亚双面门神的家园。

墨丘利便立即下达命令：
船左舷掉向不祥的古城，
船头右转快速继续航行。

我们已越过罗马的险滩，
台伯河的身影还在眼前：
注入海中如同一条白练。

远处可见一股浓浓烟柱：
斯特龙博利火山在喷吐，
硫磺燃烧腾腾烈焰可怖。

人们纷纷逃离混沌之岛，
渴求柔和西风默默祈祷，
但愿旅途顺畅不受煎熬。

这时我们看到一处海港，
永志埃涅阿斯忠孝心肠：
最后在此停泊祭奠乳娘。

一会儿又望见著名山峰，
我们的西半球包容其中，
远处眺望更显袅袅婷婷。

酒神的两随从在此殒灭，

维吉尔圣纳萨若永安歇；
这冈峦便成了众山之杰。

另一个去处在眼前展示，
大自然曾在此孤注一掷；
它杂糅拼凑常气指颐使。

美人鱼正坐在大海岸边，
她的下肢浸入波涛之间，
并非因劳累而郁郁不欢。

古堡塔楼装点那座都会，
那不勒斯如此坚固秀美，
世间人人崇仰众口皆碑。

双脚生翅的天神墨丘利，
命我即刻离船登上陆地，
拜见总督大人传递消息。

禀告他可怕的战火燃烧，
敦请他率部属启程征讨，
凶猛地冲锋把敌人清剿。

我说："请大人细思量，
选派别的使者比我恰当；
定会立即从命二话不讲。

出使成功必合阁下心意。"
墨丘利说不懂我的顾忌，
命我快走莫再延误时机。

我答道只怕我人轻言微；
不过走一趟倒也无所谓。
言听计从怎敢把他违背。

我不记得是谁把我提醒，
想起总督大人他的禀性：
目光短浅什么话都肯听。

否则的话我决不会上路，
鲁莽地承担起这项公务；
那不啻是自甘误入歧途。

我行前蒙总督几多许诺，
践约一二我看也就不错；
上帝佑我带他登你船舶。

他信誓旦旦我长久等候；
恐怕是公干多照应不周，
总之是把诺言脑后一丢。

天神哪这船上同行甚多，

遇危难自有人助你解脱，
快启程又何须把我考核。

天神说还没人跟他论理，
他真想下船去亲自计议，
管他总督伯爵都会归依。

他向来看不惯这些名人：
高居诗坛以为上天腾云，
开一代风气满世界传闻。

他们漫不经心飞扬跋扈，
握住学问欲与天神比附，
就像席卷抽头的狂赌徒。

他以至尊的阿波罗起誓：
"等着瞧！"他怒气火炽，
双手揪着胡子乱拔乱撕。

他又接着讲："我敢赌咒，
米拉博士也会见好就收；
幸亏是伯爵的成命难拗。

小白脸你莫躲藏快露面，
一定前去看他是否情愿，
大不了丢开他不再纠缠。

莫非我的差遣如此不当？
人人躲避不及生怕点将；
更何况有些人鼠目寸光！

难道上天不再造就诗圣？
其实大地时刻都在喷涌，
输送的诗人数也数不清！

天国不再响起庄严颂歌？
大卫不再把那竖琴弹拨，
送来清新音符安慰魂魄？

别磨蹭快扬帆顺风驶船！"
众水手全都是优秀船员，
执行命令他们从不迟延。

顷刻间忽听得嘈杂喧腾，
众乘客只觉得震耳欲聋；
原来是群犬吠吵闹不停。

墨丘利慌乱众人都惊呆：
嚎叫声是如此凄厉可骇，
足以摇撼最无畏的胸怀。

这时候船驶进狭窄水道，

隐蔽着狂暴的六头女妖，
兴风作浪不把性命轻饶。

"仔细看这巨浪绝非等闲，
翻腾跳跃意欲攀登云天，
直撞苍穹才能满足心愿。

机智的漂泊者来过这里，
卡吕普索①赠他柔情蜜意；
他在此战胜了狂涛袭击。

咱们不妨效法他的胆略，
驶入海峡去把恶浪冲决；
这帆船一定会安然飞越。

任凭风浪血盆之口鲸吞，
总会有倒霉蛋海底葬身；
越过这难关是毫无疑问。

且看看这船上哪位诗人，
活该遭殃也是他的命运：
送进狂涛咽喉当作祭品。"

寻来觅去找到洛弗拉索，

---

① 希腊传说人物,欲与奥德修斯(机智的漂泊者)结为夫妻,未能如愿。

撒丁岛的士兵兼把诗做，
奄奄一息藏身一个角落。

此人写过《爱情佳运十章》，
还在百般寻找空闲时光，
增添另外十章他才舒畅。

大伙高喊把他扔进大海，
洛弗拉索赶上是他活该；
墨丘利直赌咒气急败坏。

他嚷嚷不行说良心不安：
抛入海里这成堆的诗篇？
就为了让大家免于沉船？

只要阿波罗还普照大地，
给众人以才思聪慧灵气，
洛弗拉索就该充满生机。

至于你呀我的洛弗拉索，
我的下属赞你机敏洒脱，
这些溢美之辞也不为过。

墨丘利对此君言说一番，
这时那人站在甲板中间，
气势汹汹地高举着皮鞭。

那东西整个由诗句编成，
突然间好像是怪事发生：
洛弗拉索之力还是天功？

我们平安地穿过了海峡，
一个诗人也未曾落水下；
撒丁佬运气好真有造化！

谁知道紧接着又遇险情，
多亏了墨丘利及时提醒，
他大喊大叫让众人吃惊：

"舵手啊你快快转向逆风，
减弱航速立即降下帆篷！"
令行禁止方免全船没顶。

"看见吗眼前的这些山峦？
它们会招引来雷击电闪；
所以才被称做不祥之岩。"

老实人紧握住手中船桨，
柔情满怀之人一齐奔忙，
酒徒嬉笑也都上前相帮。

有人平时冷漠玩世不恭，

也如热心肠者努力协同；
裤长腿肥鼓胀好似灯笼。

大家眼看危险迫在眉睫，
齐心驶船不敢稍有松懈；
不分瘦小孱弱强壮如铁。

航船底下还有活物潜游：
美人鱼们仍在左近守候，
它们同样竭尽全力推舟。

一会儿便驶出相当路程，
科孚岛在海面露出身影；
这壁垒在右舷渐渐朦胧。

航船继续向着左舷转舵，
沿希腊海岸线悠悠漂泊；
只见美丽天空光彩闪烁。

此时浪花显得亲切和蔼，
轻轻推动船儿悠闲自在，
似乎在玩游戏欢畅开怀。

这时候太阳正露出东方，
金色天神冲到地平线上，
额角的发卷儿放射红光。

一名水手高喊道山山山，
大家抬头张望果不其然：
是神驹在那里踏出仙泉。

阿波罗迎下山脚不离地，
先听到洛弗拉索说一气：
"我看是来到了仙泉圣地。

我早就睁双眼瞭望清楚：
草丛间众缪斯互相追逐，
她们正在嬉戏足蹈手舞。

有的是老把势还有新手：
五个步履轻盈随意行走，
四个摇晃蹒跚爬着学狗。"

墨丘利打断了撒丁诗人：
"我宁愿听人家剜去耳根，
当野种也不能把你相信！

告诉我你是否离得远点？
无知的可怜虫听我一劝：
别再吟诗做赋哼唧没完！

干吗胡言乱语碍手碍脚？

拜谒阿波罗要礼数周到；
本是他救了你小命一条！"

这时候只觉得清风吹过，
码头出现光辉的阿波罗；
步行而至没敢驾御马车。

天神撤去了面部的光焰，
身着短裤还有鲜亮小衫，
显然是要赢得众人喜欢。

跟随着他的是众多侍从：
如云仙子翩跹起舞欢腾，
虽身姿纤小却威势雄雄。

过后我才认识这些太太；
大都健壮有的病病歪歪，
专掌管光阴令昼去夜来。

残疾者带来了凄惨时日，
健康的自然是提供福祉；
只不过她们都匆匆消失。

阿波罗这时候喜笑颜开，
迎来了众战士正中下怀：
局势更吃紧怎能再等待！

他虽然逐个地亲吻拥抱，
对有些格外地热情礼貌：
喜欢谁他自己心里知道。

对身份高贵的杰出之辈，
他一次次拥抱极尽赞美，
毕恭毕敬致意尊为精粹。

他特别地拥抱了阿吉霍；
此人突然间来此是为何？
不顾行程艰险长途跋涉。

见了他阿波罗心满意足，
中下怀便一再指画忙碌，
又说又看安排了又反顾。

这次迎客仪式空前未有；
巴拉奥纳在场欣然领受，
他能来此乃因才高八斗。

常青的月桂枝编成冠冕，
阿波罗真诚地向他奉献，
一杯琼浆来自仙泉灵潭。

天神转过身去庄严迈步，

众随从沉思着后拥前呼，
回圣山攀上了缓缓坡路。

一行人来到了仙泉之滨，
顿时间扑上去来客一群，
相争着把清冽玉液痛饮。

有些人不仅仅灌满肚皮，
还把手脚伸进痛快洗涤，
外加其他部位不便提及。

明事理的懂得细细品尝，
一口口清泉水甜蜜芳香，
时饮时停咂摸滋味悠长。

祝酒干杯顿时乱作一团，
匍匐埋头只顾吸吮吞咽，
享用柔美仙醪如狂似癫。

有的双手掬捧权当酒盅；
另有些伸嘴巴不假杯觥，
生怕中途遇阻难以畅通。

圣泉水渐渐地消失干涸，
畅饮者肚皮里依然焦渴；
总难以熄灭那心火折磨。

阿波罗说还有两个泉眼：
神马踢开一个甘美香甜；
缪斯掌管一个享誉世间。

永世喷涌金浆玉醴甜美，
饮用过后奇效无与伦比：
才思倍增笔下立即生辉。

人们争先攀登前去饮用，
穿过棵棵棕榈挺拔雪松，
象征着和平的橄榄树丛。

众随从紧跟阿波罗身后，
心中充满欢乐全无忧愁，
有的蹦跳有的瘸腿行走。

古老橡树底下一人安坐：
那是莱德斯马我没看错；
搜索枯肠制作天国仙乐。

我认出了他便向他跑去，
双臂伸展如与老友相遇；
嘈杂声中他却木然呆踞。

阿波罗说莱德斯马入定，

神魂飞越早已得意忘形，
显然是跟随他寻幽探胜。

依仗着爱神木绿荫掩蔽，
卡斯特罗歇响梦境甜蜜；
此君才智超人无不称奇。

我猜想他正吟赞歌一首，
嗓音柔美可我盘算思谋：
他在马德里却怎来此游？

阿波罗看出了便对我说：
"他这样的勇士怎能埋没；
闲来睡觉不是他的职责。

带他来我自有良策妙计，
什么能抵挡住我的威力？
万重阻隔我也不变主意。"

这工夫我觉得已到时辰，
应该给空肚腹填充食品：
我们都长时间茶饭未进。

可是那太阳神根本不睬，
手下的可怜虫饥饿难耐；
他只管在头里充当将帅。

领我们来到了绚丽花园，
造化神工在此恣意装点，
巧加雕饰更增仪态万千。

远胜过夜神女儿的园林，
空中花园怎能相提并论：
处处美色规模前所未闻。

《奥德修记》曾载御苑一座，
敏锐诗才为之赞声啧啧；
相比之下它也黯然失色。

此处园林不受岁月支配，
一年四季都是春光明媚，
随手摘果心愿当即可遂。

天成和雕琢定要争雌雄，
究竟谁会输又是谁将赢？
是个大难题一时说不清。

世上纵有再灵巧的舌头，
怕支吾嗫嚅夸赞难出口：
虚假的逢迎叫人太难受。

它是一个花园也是果园，

树丛林莽草地秀丽山川；
完美和谐组成浑然一片。

这里的景色宜人而优雅，
放眼望去令人接应不暇，
如同天国一角可以安家。

身处此胜境阿波罗停步，
命众人坐下来不得迟误；
此时是三点整已过正午。

每人的才情和身价有别，
依次就座分出高下优劣，
无须一拥而上争吵喋喋。

不知趣的虽然嘟嘟囔囔，
野心再大神旨不得违抗，
乖乖坐在指给他的地方。

月桂树茂盛成排又成行，
绿荫底下坐得满满当当；
这一群人自然喜气洋洋。

不少人栖身于棕榈叶下；
爱神木常春藤橡树巨大，
荫庇众诗人看来也不差。

凡夫俗子入座顿显高贵，
胜似君主登上赫赫王位。
嫉妒之心在此陡然增倍！

总之棵棵树下都已坐满，
密密麻麻遍布辽阔仙苑；
勤奋诗人无不光彩欣然。

此时众人已经安稳就座，
孑然伫立的只有一个我：
满腹怨恨愤懑憔悴焦灼。

不免自问何以如此倒霉？
厄运无情唯独把我紧追？
戕害众生无人使他后退？

我只好转过身问阿波罗，
内心焦急难免东拉西扯。
第三章到这里就算结束，
有心人且看好戏第四折。

第 四 章

愤世嫉俗者口出好诗篇，
只怕恼怒时变成大笨蛋；
于是字字荒唐一派胡言。

只记得我当时心血来潮，
顺嘴说出三行诗的韵脚；
本都的流放犯①未曾想到。

我对阿波罗说："天神大人，
追随你的俗子默默无闻，
他也打算进入月桂树荫。

世人无知褊狭把他诋毁，
置身于嫉恨谣诼的氛围，
永远得不到幸运的光辉。

我曾经费才智精心裁剪，

---

① 指拉丁诗人奥维德，曾被流放到本都岛。

装扮《伽拉苔亚》美丽鲜艳，
她方能掸积尘重返人间。

《迷茫女人》其实并不丑陋，
多亏我才登台大出风头；
信不信她已经名垂千秋。

我使用相当不错的格调，
创作了出出喜剧真不少；
笔触庄重深受众人爱好。

我的《堂吉诃德》诙谐有趣；
愁眉苦脸的人得到欢愉，
不管何时何地何种境遇。

我的《小说集》开拓了通途：
从此西班牙语挥洒自如，
表现荒诞不经恰到好处。

我的构思奇巧超过常人。
设若某君缺乏此种天分，
理所当然只能默默无闻。

我从幼小年纪热中诗艺，
神往倾心它的柔美甜蜜；
还想用他讨得你的欢喜。

我的鹅毛笔管轻微朴拙，
从未抖翅飘向尖酸刻薄；
恶有恶报必然自食其果。

有首十四行诗这样开头：
'上帝明鉴宏伟令我颤抖！'
集中体现了我一丝不苟。

我写的谣曲也不计其数，
特别欣赏其中那首《嫉妒》；
还有不少当然一塌糊涂。

正因如此我才焦虑忧伤：
孑然伫立没有大树依傍，
给我荫庇才算合理妥当。

常言所说我要豁出老本，
巨著《贝雪莱斯》一定付印，
方能不断推新名声大振。

我怀着规矩的微妙心绪，
颂扬了三个刷锅的使女，
不过是顺口诌出的诗句。

还有费利费莱纳那一对，

他们的名字在山林低徊，
是一首首歌谣愉悦心扉。

我的韵律多变甜美柔顺，
随清风传播着我的诚心，
任意撒下便在沙洲扎根。

感谢苍天我定矢志不渝，
始终从善永世不会逾矩，
阿谀奉承远离我的旨趣。

决心便是永远不迈双脚，
踏入谎言欺骗铺的通道；
那将毁灭一切神圣节操。

尽管命乖运蹇我不抱怨；
然而如同眼下这样罚站，
不公待我怎能闭口无言。

追求虽高我却容易对付。”
听完这恼怒的一番倾诉，
阿波罗和悦地给以答复：

“厄运总是跟在人们身后，
从远处左右着生活潮流；
纵然可畏并非无法补救。

有的人骤然间碰到好运，
也有的没想到早晚遂心；
倒霉事也同样踪迹难寻。

时来运转时要善于守成，
靠的是不懈怠头脑清醒；
并不比苦求索容易轻松。

你也曾亲手赢得过幸运，
我确实见到它伴你逡巡；
可惜你太莽撞欠缺恒心。

设若你真正想摆脱困扰，
满心欢畅舒泰不再烦恼，
卷起披风席地就坐莫吵。

说不定有的人应享福禄，
命途乖巧刁难不知何故，
这比顺境更显光彩夺目。"

"看来大人你还没有发现，
哪有披风为我充当坐垫！"
"没关系能相会我就喜欢。

高风亮节本是一件大氅，

可以遮蔽困顿者的窘况，
还能避免嫉妒小人欺罔。"

一席忠告令我低头无言，
没有座位依然站在一边；
看来这也需要人情金钱。

有人低声议论我的惨相：
太阳神虽说是普照四方，
不给我应得的一丝亮光。

这时候天拂晓朝霞显现，
穹宇增辉一片绚丽灿烂；
空中传来乐音和谐缠绵。

这时候又看到仙苑一角，
走来了众仙子秀色妖娆；
金发的太阳神兴致更高。

在后面压阵的尤为鲜艳，
熠熠光彩四射令人目眩；
犹如太阳出来群星暗淡。

美女之最在她面前消泯，
独自一个光焰弥漫延伸，
压倒群芳令人舒畅欢欣。

为了说明不妨打个比方：
露珠虽晶莹玫瑰更芳香，
怎比黎明女神飘然而上。

她的服饰还有璀璨珠宝，
装点着她从头一直到脚；
与天下最贵重的比光耀。

其他仙子听命身边侍候，
个个优雅飘逸容貌娟秀；
艺术创作正需热情风流。

她们亲切和蔼柔情似水，
对待学识才情更是加倍：
景之仰之满怀虔诚敬畏。

效力为首仙子她们欢欣，
普天之下赞颂她们忠心，
从而备受举世敬仰歌吟。

大海虽是千泉百川之父，
涨潮落潮敞开深厚胸脯，
向她致意表示心悦诚服。

百草为她奉献神奇功效，

树木也把鲜花硕果递交，
顽石揭示它隐蔽的奥妙。

神圣的爱心纯净的柔情，
甜蜜的和平宜人而清明；
苦涩战乱披露全部暴行。

太阳向她展示宽阔行程：
亘古往返奔忙欲罢不能，
抛洒它的光焰日夜不停。

沉重的宿命啊摆向何方？
灾星涌流还是福星煌煌？
左右世界的是什么征象？

她无所不知她安排一切，
美丽的仙子神圣而高洁，
她带来欢乐令众人叫绝。

我向墨丘利提出了问题：
美丽仙子代表什么神祇？
举世膜拜这是为何道理？

她的一身服饰华贵眩目，
她的举止优雅不同凡俗，
定是来自天庭尘世所无。

"你怎么如此地愚昧无知!
你与她交往已无数时日,
何故连诗神也未曾相识?"

"我从来只见她衣衫褴褛,
何曾领略过她光彩如许:
身着华丽服饰缀满珠玉!

我惯常遇到她随随便便,
总是那么一身春天打扮,
不管是在干活还是赴宴。"

"眼前这才是真正的诗神,
庄重智巧而且优雅斯文,
志趣高尚满怀一颗诚心。

她喜欢穿戴得光彩照人,
出入社交场合是她本分;
因为她对事业至为关心。

从来不取悦于卑劣无赖;
淫词俚曲是他们的所爱,
越是无知就越絮叨难耐。

另一个假诗神老朽贪婪,

摇串铃敲扣钟她最喜欢，
走遍大小酒铺和小吃摊。

她高出地面不过几寸长，
喝喜酒吃寿糕最是在行，
到处伸手脑壳里空荡荡。

有时候她竟会兴致大发，
只可惜说不出一句好话，
满嘴胡吣做得很是到家。

只要有她酒神敞开撒欢，
她滔滔不绝小曲成了串，
全是吹牛撒谎呓语连天。

眼前这位懂得洁身自好，
还会装点天地格外妖娆；
诸缪斯很喜欢跟她闲聊。

知识的宝库她任意开关，
摆弄各种学问十分熟练，
不论艰涩深奥还是浅显。

你应该趁机会把她细瞧，
就知道她一身无所不包，
集造化之精粹她领风骚。

还有两位跟她起居相伴：
诲人的哲理是天籁箴言，
文笔晶莹剔透雅致体面。

她能在大白天描绘夜晚；
夜幕浓重不能把她阻拦：
仍叫露珠滚滚黎明璀璨。

她命江河或奔腾或止息，
她能在你胸中煽动怒气，
紧接着又换成柔情蜜意。

切莫说战场上危险重重，
她不怕交锋的刀光剑影，
让你惨败也能让你取胜。

你看她是如何左右逢源：
丛林的绿荫牧人的赞叹，
灾难献丧服欢愉设喜宴。

南海的珍珠阿拉伯香料，
台伯河黄金西西里蜜醪，
米兰的华服葡萄牙心潮。

总之她把一切汇集一身：

用福祉节操愉悦着人心，
增添着天下的命数气运。

她的才思敏捷令人钦佩，
有时候能叫你魄散魂飞：
因为她是那样奥妙深邃！

人人都能听到她的声音，
恶棍气恼忠良为之振奋；
受到敬仰不过也遭多心。

她产出的英雄史诗不朽，
还能抒发情怀甜美温柔，
赋予凡人神性天长日久。

她也会时不时甜言蜜语，
然而格调高雅文采郁郁，
无人诟病反而齐声赞许。

志在奖掖德行严惩恶习，
这是她的宗旨坚定不移，
把才情善心向世间传递。"

他说着我突然抬头张望：
茉莉玫瑰丛中窗口豁亮，
想必是爱神在其中徜徉。

我瞥见有六位教会人士，
个个神情威严庄重矜持，
长长的道袍洁净而整饬。

我便问墨丘利是何缘故：
这些人不露面躲在深处；
看起来本应是尊贵人物。

他回说诸君子躲躲闪闪，
只因为身份高保持尊严，
所以才犯迟疑遮头盖脸。

我求他劳大驾道出姓名，
他回答这件事万万不能：
阿波罗早已经下达命令。

"并非诗人？""无一例外！"
"是何故羞答答不肯出来？
天地广正适宜大展诗才！

为什么痴呆呆故作愚钝？
天赐才能无须羞于见人，
更何况诸仁兄充满自信！"

天哪！干吗要顾虑重重？

莫非是他们怕文人相轻，
才不敢面对着芸芸众生？

普天下哪里有别的技艺，
能够与恢弘的诗学相比？
它挥洒自如可冲决樊篱！

既然如此恕我穷追不懈：
这一帮子干嘛扭扭捏捏？
装腔作势貌似心虚胆怯！

主教大人热中写诗吟赋，
缮客娱众却怕广为传布，
归于别人名下真是何苦！

更何况佳句多便成精品，
作者光彩因此名声大振，
不啻为唱赞歌英名长存。

即便是许多人齐声作证，
说主教会写诗亦属常情；
何至于惊吓得心神不宁！

请看在精明的亲娘面上，
莫拖延快引见这一大帮，
披肩小帽一身教士服装。

要不然莫怪我胡作非为：
扑过去搅乱了就座诸位，
哪管他们暂且安详欣慰。

我的天！墨丘利回答道：
"说什么也不能披露机要；
别逼我怪罪你无理取闹！"

"说吧大人，我一定保证，
再怎么也不会把你招供！
我和你是朋友交情为重。"

"那好吧可别叫旁人打探，
把耳朵凑过来语声悄然；
要说的远超过你的所见。

看到吗那一个脖颈高仰，
身材好精神足气宇轩昂，
又诚实又英武不同凡响。

他姓桑切斯是位大博士，
阿波罗给了他应有赞辞，
抬举他登天庭也很合适。

他才情闻于世前程无量，

绿叶扶疏正处青春韶光，
结出圣洁果实指日可望。

另一个遨游在幻想天国，
他入神迷醉尽享着快乐，
他亦步亦趋地模仿着我。

人称他大师名叫奥伦塞，
文笔流畅华丽是个奇才：
就学于雅典这不足为怪。

因天赐聪颖而满腹珠玑，
他靠博学多能出人头地；
举世都赞誉他无与伦比。

那位圣贤面色焦黄憔悴；
一棵月桂树枝壮叶葳蕤，
正把他的身休严加护卫。

这教士名叫巴普蒂斯塔，
清贫跣足却名声满天下；
远比贵重服饰绚丽光华。

时光无情世事难逃忘却，
他的名字永伴悠悠岁月；
阿波罗众缪斯寄予关切。

老成睿智不落少年轻薄，
依我之见是个神遣学者；
他是杰出博士德尔帕索。

另有一位硕士才情横溢，
虽然身披施恩会的法衣，
众缪斯却对他膜拜顶礼。

这位拉蒙此时必不可少，
太阳神要靠他奋力征讨；
击溃顽敌全看他的一招。

还有一位请看他的鬓旁：
紧束桂冠闪耀荣誉之光；
他的业绩刻在凯旋门上。

在举世闻名的桂冠剧场，
天鹅低吟浅唱抛却悲伤，
把他列在名诗人的头榜。

他还走家串户吃喝戏耍，
有时拘谨有时雍容儒雅；
天鹅不遗余力令他潇洒。

我们到此提及整整六位，

正襟危坐登上神赐坐席，
他们属于我们至圣教会。

耳闻赞美他们坐立不安，
只是乐于接受诗人冠冕，
备受称颂不靠名声自炫。"

"那么为什么，"我又发问，
"他们非得写诗公诸众人，
不断地把华章生养妊娠？

看来才情同样贪得无厌，
面对奉承谁能处之冷淡？
奖掖优秀本属理所当然。

如果有人不以诗人自居，
何苦吟诗做赋给人欢娱？
心中珍视岂能不屑一觑？

本人最是讨厌故作扭捏，
恕我直言不愿有所藏掖：
做了好事总想赞声不绝。"

"不过这是阿波罗的意图，
众教士在此他不愿公布。"
天神使者做了雄辩答复。

这时候突然间号角吹响：
让开让开莫把道路阻挡！
又来一位诗人风流倜傥。

我回头一望身后的山坡，
只见一位骑士还有御者，
正如常言所说风驰电掣。

车夫一路走来高声传令，
并不关注对辇舆的操纵；
在场全体闻声起身立正。

墨丘利问我："能否认出？
这优雅威风的是何人物？
我想你是一定心里有数。"

我便对他说："当然知道：
伟大的德莱瓦谁人不晓！
剑笔并用为阿波罗效劳。

如今既有此人前来助战，
转眼工夫就能手操胜券，
肯定始料莫及犹如梦幻。

另外一支援军非同小可，

及时赶来参加这场拼搏；
充满谋略勇气不必细说。

精锐部队登上山坡左面，
浩浩荡荡已经清晰可见；
众神充分显示威力无边！

那精明的巴斯孔塞罗斯，
率先而至坐骑黄白斑驳；
葡萄牙众缪斯深感愧怍。

塔马约大将领紧随其后，
虽然身患痛风精神抖擞，
曾使敌军丧胆晕厥颤抖。

因他溃不成军望风而逃，
任凭战局莫测胜负难料，
他的谋略惊人武艺高超。

还有一班人马抵达仙境，
银白的旌旗在头顶翻腾，
沿着右侧坡道登上山峰。

辨认他们只在转瞬之间，
阿波罗知道是谁来支援：
洛德尼亚年少走在最前。

诗坛新秀却已誉满天下，
阿波罗深知他博学宏达，
来日里夺战功还要靠他。

威风凛凛他有王者气度，
庄严而至在山脚下止步；
诗山的安危需要他扶助。

贝尔加拉也是一名学者，
跟随来的一伙也很出色，
正在他的四周逡巡观测。

医神诗神携手赐他荣耀，
慷慨的圣马丁把他称道，
众人嫉妒烘托他的高超。

欢迎他自然是掌声雷动，
大博士埃雷拉同享殊荣，
两人轩轾高低难分伯仲。

谁人能不流于虚情奉承，
满心里充溢着爱慕崇敬，
给二人应得的赞美称颂！

这重任落不到我的肩头，

应该由刚到的名人接受：
卡尔沃以及巴尔迪维索。

大海里是一片波光粼粼，
一艘小船慢慢靠岸驶近；
只见那木桨儿摆动甚勤。

一抵达立即有数人走下：
伟大的阿戈特和甘博亚，
随同的还有那阿瓦尔卡。

对他们赞美辞永不干涸，
加上希门尼斯和恩西索，
纵身一跳便从船头降落。

还有三人确实优雅聪明，
掌握了全套的愉悦本领，
手笔不凡揭示高超才情。

德尔巴列身后两人紧随，
他们之中要提帕蒙尼斯：
缪斯见他气得两眼发黑。

因为他涉足于无人禁区：
想象新奇步入梦幻太虚，
令人厌烦哪得称心欢愉。

千里迢迢跋涉荒漠古道，
来了爱尔兰勇士巴特奥，
仿佛波斯大帝托生今朝。

我回头看见了曼图亚人，
贝拉斯科奉他为保护神；
这一招他确实看得很准。

两人的美名在家乡传扬，
飘散到遥远的四面八方；
阿波罗早这样安排妥当。

走在两座膏腴山梁中间，
棕榈月桂布满坡地峰峦：
常言所说耳闻不如眼见。

马卢恩达教长神色庄严，
映照得满山冈光亮璀璨；
似乎克敌制胜就在眼前。

他的才思萌动繁花似锦，
古道热肠善心泽及众人，
所向披靡何患顽敌凶狠！

德巴尔加斯也接着走来，

　　高贵儒雅一派威武气概；

　　请问能否屈尊容我参拜？

　　祖籍热那亚本是外乡人，

　　擅长调遣西班牙缪斯神，

　　惊倒了在座的赳赳诸君。

　　蒙特斯多卡是我的旧故，

　　来自遥远的印第安国度，

　　残缺的《阿劳科》由他修复。①"

　　面对他两人阿波罗说道：

　　"二位应捍卫华章的精妙，

　　不受寡廉鲜耻之辈侵扰。

　　他们大谬不然轻薄狂妄，

　　不学无术公然自我张扬，

　　推愚昧无知入不朽殿堂。

　　有的人竟如此不自量力，

　　半吊子一个却沾沾自喜，

　　硬充大诗人拼命争名气。"

_____

　① 指佩德罗·德·奥尼亚（1570—1643）续写埃尔西利亚所著史诗《阿劳科》一
　　事。

这时候新奇迹露出海面，
不啻是惊人的神灵显现；
请容我道出来意赅言简。

一艘航船已经逼近海岸；
我在陆上一切尽入眼帘，
装载着什么即刻能明断。

超过四千吨位船真不小，
人说个大载货知有多少！
肚腹甚宽广舷帮也很高。

正像那些满载的大货船，
来往东印度里斯本之间，
均为庞然大物举世赞叹。

只见那众诗人济济林立，
从船头到船尾密密逶迤；
东印度运来了货物成批。

红脸神骤然间兴头大振，
不承想迎来了这么一群：
到诗山来充当助战援军。

暗自里默默地虔诚祈祷，
盼望着大木匣沉进波涛；

海神的三叉戟不可缺少。

新来的有一个饥腹愁肠，
一下子爬上了大船舷帮，
分明是不痛快嘟嘟囔囔。

说话的腔调真是不客气，
哪里有一丁点柔情蜜意，
怒吼起来十分声色俱厉。

我战战兢兢等着他开口，
他的话语像锋利的箭头，
刺进我的灵魂把心穿透：

"我说你这个可恶的奸贼！
长长的名单上都选了谁？
我看动机手段无不暧昧！

你真是个该死的大叛徒！
哪里有昔日的明锐天赋？
比起伪史作者你更盲目。

你这混蛋我当然不否认，
你确实选对了不少诗人，
不惧权威不为哀告动心。

你把他们放进恰当地位，
我敢说你有时可没做对：
有的人过分地得到赞美。

你把一些人捧到了天上；
他们早已经被遗忘埋葬，
见不着阳光看不到月亮。

这些古董早已无人问津：
贝尔纳多《伊比里亚牧人》，
要论姓氏可与维加攀亲。

你曾满怀嫉妒粗心迟钝，
《埃纳雷斯的精灵和牧人》，
被你用短刀刺得好凶狠！

你搜罗了一群蹩脚货色，
有人比这些个更要不得：
哪怕大汗淋漓也难升格。

但愿我还没有气得发昏：
在远处我看到了六个人，
唱酸曲最在行张口胡吣。

若论词章华丽立意新鲜，
他们可是一点也不沾边；

你却把他们高高捧上天。

你呀随心所欲胡作非为，
或迟或早你将羞惭抱愧，
奉劝你知趣些及早反悔。"

见他气势汹汹出言不逊，
我的心里真是又怕又恨，
火气顿起失去平素柔顺。

我转向阿波罗怒不可遏；
这把年纪实在有些出格，
嗓音颤抖脸面勃然变色：

"这可真是一场无妄之灾：
为你效劳怎么招致祸害？
只怕日后更有乱子飞来！

阁下请你当众宣读名单，
我是在西班牙遵旨招贤，
是墨丘利带去与我何干？

如若是神仙你自己弄错，
我做个召集人只听他说；
这混蛋为什么冲我发火？

我当然有理由心烦意乱：
眼看着众狂人把我埋怨，
吓得我战兢兢坐卧不安。

上了名单的也把我辱骂，
没上名单的那就更可怕：
变着法折磨我凶狠到家。

我不懂怎么能八面讨好！
点中的抱怨未点的嚎叫；
吓得我在当间差点晕倒。

阁下是神明该安排妥当，
按各人才情快造册写榜；
且看哪些人伶俐而在行。

我只怕这官司一时难断，
还求你用大氅把我遮掩，
免得我惊吓得一命归天。

要不然做标记向人说明：
本是你造就我把我认领，
也免得遭别人随意欺凌。"

"转过脸好好地看看那边！"
阿波罗回答时怒容满面，

眼看着愤愤然火气冲天。

我回头发现了场面稀奇：
若说狂欢却又悲惨凄厉，
今生来世难见此等怪异。

不过写到这里我得停止，
要不然第五章没了故事；
到时候我一定清理嗓音，
唱起来就好像天鹅将死。

第 五 章

海神手持湿漉漉三叉戟，
听到了阿波罗念叨的话，
顿时胸怀慈悲善心大发。

两眼一眨巴抬脚推波浪，
在场众诗人惊奇又迷惘，
只见狂涛起冲天势难挡。

他沿着隐蔽的神秘通道，
钻到了船底下无人知晓，
暗地里施展开鬼蜮花招。

三叉戟刺穿了舱底龙骨，
霎时间船肚子水声汩汩，
洪流泛滥味道又咸又苦。

船上客临灭顶一阵慌乱，
人人恐惧绝望呼声震天，
四下里只听得哭嚎一片。

可怜的木船儿渐渐下沉，
蔚蓝的海面上浪卷白鳞，
几多生灵在巨腹中葬身。

一声声哭喊弥漫了空间，
可怜虫们只有唏嘘哀叹，
末日临近无人可望幸免。

手忙脚乱沿着绳索攀缘，
东张西望觅船体最高点；
谁知那里早已挤成一团。

惊恐慌乱他们手足无措，
昏头涨脑仍盼侥幸存活，
生死之界怎能轻易跨过！

他们求生无门无计可施，
总得设法推延与世长辞，
干脆凫水兴许能免一死。

纷纷跳海一阵扑里扑通，
就像路边青蛙听到响动，
接二连三朝水塘里猛冲。

他们钻进波涛白沫四溅，

挥臂蹬腿只顾紧赶慢赶，
哪管是瘸子胳膊不齐全。

他们处境危急险象丛生，
眼望海岸充满无限亲情，
迫切期盼把它拥入怀中。

这伙人可真是倒霉透顶：
钻进塞维利亚斜叉胡同，
也强似登上岸死里逃生。

说什么也不愿葬身海底，
这点上他们还明白事理；
可就是到头来白费力气。

万水之父仍然余怒未消，
陡然从战车中挺立站牢，
横眉竖目咄咄杀气凶暴。

四只海豚个个奇形怪状，
海草编的缰绳套在身上，
一齐奋力拉车趾高气扬。

众仙子虽蛰居水中闺房，
也因无情神祇狂怒惊慌，
只见红润顿时退下脸庞。

有个泅渡诗人满心以为：
眼看抵达岸边安然回归；
他已精疲力尽哀叹低微。

虽然近在咫尺突遭阻隔：
锋利的三叉戟寒光闪烁，
杀人嗜血何其冷酷凶恶。

犹如馋嘴孩童贪得无厌，
急匆匆扑向那甜食糕点；
这比喻可真是妥帖自然：

摘下的葡萄粒放进草帽，
再重新串起来仔细咀嚼；
钉子用得上钢针也很好。

海神火头上也是这么干：
急赤白脸把诗人穿成串，
还幸灾乐祸地狞笑不断。

他乘的战车是一色水晶，
长须间缀满了海中生灵，
粗大的七鳃鳗盘在头顶。

海生物在须间安家落户：

蛤蜊贻贝章鱼螃蟹无数，
就好像找到了岩石洞府。

他是一位老者神色庄重，
蓝绿银灰服饰色彩纷呈，
身板粗壮强劲精力旺盛。

脸颊青紫似乎怒不可遏，
因嗜血心切改变了面色：
气昏了头脑他举止难测。

他猛扑过去要尽情泄愤，
专门堵截灵巧的凫水人，
以卑劣行径为光荣功勋。

这时候新奇迹再次出现，
必须细细讲来不可怠慢；
大诗人塔索最好在眼前！

到此时我没有请求援助，
众缪斯我需要你们佑护，
我遇到大难题胆怯发慄。

为了我百宝箱不妨打开，
让勇气快填满我的胸怀；
须知道我并非微贱庸才。

美丽的维纳斯从天而降，
拨云揭雾踏着空气飘荡；
且看谁有本事把她阻挡。

她腰间的系带一色绛红，
宽大的长纱裙飘逸轻盈，
不仅合体当时也最时兴。

她正为美少年哀悼服孝：
有一只大野猪獠牙凶暴，
刺穿他大腿根一命报销。

太可惜小伙子没长心眼，
本应该朝猛兽伸出小脸，
也好叫俊模样一起完蛋。

这青年可真是有勇无谋：
明知道事不妙还往前凑，
死得惨烈可怖令人难受！

这时候有几只驯良白鸽，
牵引着女神的轻盈凤车，
在海面驰骋把浪脊碾破。

只见它们急促东奔西跑，

终于把尼普顿海神遇到；
这正是它们追寻的目标。

神祇会面一再频频致意，
模仿着摩尔人弯腰敬礼，
表明了他们聚首的欢喜。

仪态威严颇具王者风度；
塞浦路斯爱神曲尽礼数，
更欲将自身的妩媚显露。

她有意无意张开了裙撑，
抬脚提腿顿时衣裾翕动，
惹得海神乱方寸心怦怦。

有个诗人名叫金科塞斯，
半死不活在咸水里摇摆，
无力嚎叫只有叹声哀哀。

开口说话只是语句含混：
"塞浦路斯岛的爱情女神，
还有两个名岛向你称臣：

你眼见我这里手脚痉挛，
马上要淹死莫非不可怜？
须知这不是罐装的清泉！

这里是柴堆判我以火刑，
金科塞斯埋此一生葬送；
我这人曾领教名师启蒙。"

可怜虫一口气把话说完，
女神听了不禁悯人悲天，
便立即把裙撑整理妥善。

紧接着站起来慈眉善眼，
目不转睛盯着老头脸面，
嗓子里吐出来话音一串。

只见她微蹙眉稍显鄙夷，
气恼严肃地说出话一席，
弄得那水中神瞠目惊奇。

一番论理虽然并不冗长，
提醒了他莫把身世遗忘：
谁人是父辈谁人是兄长。

进而告诫他此举不光彩：
戕害可怜人实在不应该，
用心凶险残忍虽胜犹败。

他回答："可是天意难违：

神旨早已下达如何挽回？
只能怪众愚氓固执昏聩。

否则只须夫人稍许露面，
令我窥见你那秀丽容颜，
我便不再如此强硬凶残。

可是如今已经为时太晚：
虽说我的双手慈祥和善，
也必须显示出威力无边。

这些人只配受无情惩处：
他们成千上万吟诗咏赋，
正把苍老海神尽情荼毒。"

"你未遭荼毒也不显苍老。"
维纳斯说完海神便答道：
"我为你动心不为你动摇；

这些个倒霉蛋灾星高照，
怨只怨命里定在劫难逃；
你对我再斥责终属无效。

你明白命定的气数难拗，
我怎敢随便地差池丝毫！
我必须马上把他们除掉。"

"除掉你倒应该在这之前！"
贵妇人掌握着钥匙成串，
开启心愿之门她很方便。

"气数纵然严酷成命难改，
处死他们不能由你安排；
杀人抵命想必你也明白。"

千顷泽国此时翻滚奔腾，
又重新掀起了狂涛汹汹，
只听得呼啸着一阵暴风。

成片饿殍无须担忧干渴，
狂飙骤至他们束手无策，
宁肯立即死去免受折磨。

惊人奇观真是前所未闻：
维纳斯确实会花样翻新，
居庙堂不愧为女神之尊。

转眼间海面上漂满葫芦，
有许多够尺寸庞大坚固，
超过了两三寻个头十足。

另外还夹杂着鼓胀皮囊，

漂浮在白浪间气宇轩昂，
大小不一随意东摇西晃。

一句话维纳斯恣肆点化，
濒危的众诗人免遭戕杀；
尼普顿他休想称心自夸。

水中王求日神供他飞箭，
从远处投过去稳妥保险；
哪怕她维纳斯诡计多端。

阿波罗不答应气坏老头，
举起了三叉戟初衷依旧：
他要把众诗人腹背穿透。

哪知道他们都东躲西藏，
没一个遭受到致命创伤；
海霸王无奈何肝火甚旺。

这时候北风神鼓腮狂吹，
驱赶着那一群你挤我推，
如同猪猡惊慌乱作一堆。

好心的女神祇出面求情：
有诗人娘娘腔唱曲助兴，
可怜见饶他们一条性命。

个个白净娇嫩柔顺甜蜜，
只可惜到如今人心不齐，
分裂成众团伙互相攻击。

于是诸路风神即刻息怒，
丽质女神哀告谁能不服！
一口气儿海面平静如初。

嗡嗡一片犹如猪群哼叫，
钻进葫芦皮囊性命可保，
背向黎明女神朝西飘摇。

这可是一丛可爱的根苗，
说实话西班牙拥有不少，
所以才名声振举世知晓。

国内确实文武精英辈出，
州府县镇各地蕴藏无数，
此类根苗最能光耀故土。

维纳斯施计策局势突变，
或许是天意权且不去管；
容我细细讲来一如从前。

每个葫芦瓢都令我遐想：

准有某诗人其中弓身藏，
弯腰紧蜷腿缩脖避祸殃。

看到皮囊漂我也乱思忖：
轻薄如纸壳岂能载活人？
但愿非梦幻个个均遂心！

尿脬开口处自有绳索捆，
酷似头和脸肿胀难区分；
莫非是神力点化众诗人？

从此害得我不敢见诗人：
即便文章好诚恳笔耕勤，
穿着颇考究裤子也崭新。

映入我眼帘只是臭皮囊，
要么是葫芦实在太荒唐，
尽管我拼命不去这样想。

毛病在哪里终归不明白：
葫芦皮囊还是诗人脑袋？
乱成一锅粥叫我甚无奈！

红隼下等货只捕四脚蛇，
怎敢比山鹰专事富贵者；
穷人无福禄垂涎永不得。

太阳神的麻烦总算平息：
改头换面把诗人们处理，
变成身轻腹空的怪东西。

风平了浪静了一片安详；
尼普顿沉下去嘟嘟囔囔，
也只好回到那水晶殿堂。

温顺的白鸽群随风飞舞，
美丽的维纳斯打道回府，
安然地踏上了本乡本土。

奏凯歌归故里雀跃欢腾，
这一仗打下来还是她赢，
便脱下丧服裙庆贺得胜。

赤条条她更是秀美健壮；
听说是那一天战神很忙：
在后面跟着她紧追不放。

这期间在场的诗人诸君，
静观着那一伙凄惨沉沦，
目睹那变幻的倒霉一群。

阿波罗一看到海域平静，

不速之客已经全部扫清，
便决定尽快地结束战争。

突然间响起了一阵轰鸣，
那群人听到了不免骚动，
全都竖着耳朵凝神倾听。

原来是有一辆大车走近，
华盖绚丽装载着一个人，
他名叫门多萨庄重沉稳。

多才多艺堪称得天独厚，
英勇无畏举止又文绉绉，
真是稀世珍宝外俊内秀。

雷豪勒也乘车跟在后面，
巴伦西亚地界数他卓然；
矢志不遗余力捍卫诗坛。

他右边坐的是一位旅伴：
索里斯风华茂潇洒达观，
年龄小才情高世上罕见。

名医卡瓦哈尔也坐车上，
三人同车行分量已超过，
骅骝步履轻奔驰如电掣。

车上面坐的是三位名士，
天赐智勇无双都是才子；
任凭山高岭峻也难阻止。

他们飞奔攀上陡峭山坡，
腾云驾雾欲把苍穹触摸，
踏进乐土心里十分快活。

接着又走来莫拉和拉索，
他们也同样心切而执着，
结伴来圣山落脚在天国。

帕尔纳索斯峰巅添贵宾：
迭戈·席尔瓦也是大名人，
大步走过来喜色颇欣欣。

此人才情高名声也无双，
学识甚渊博熟谙诸行当，
出神又入化凌驾众人上。

此时白昼尽暮色掩天地，
夜幕黑沉沉万物皆寂寂，
天穹缀群星闪烁光熠熠。

站了整天的这群志愿兵，

这时候已经是睡眼惺忪，
饥渴疲惫懒懒进入梦境。

阿波罗也不再光辉灿烂，
蹦跳着跑到地球对跖点，
向西方继续无奈地游览。

不过行前颁布了退役令：
五位名诗人获准登回程；
他们心急切苦求没个停。

他们只觉得此行太可笑，
荒唐如儿戏简直瞎胡闹；
阿波罗很干脆点头说好。

太阳神本是个多情恋人，
唯有他对别人礼貌恭顺，
远近亲疏他从不加区分。

他钻进漆黑处翻箱倒柜，
拿出奄奄睡神一把麈尾；
人们遇它无不昏昏欲睡。

用麈尾沾上点失记琼浆，
本来自遗忘泉汩汩流淌；
朝每人眼皮上泼洒停当。

连日断炊者即刻入梦乡，
饥馑和瞌睡折磨苦难当，
可怜众诗人只剩这两样。

倒下我就睡像根大木头，
胸中心绪乱入梦荡悠悠。
诸君请放心我不违诺言：
接着讲下去不管多艰难。

第 六 章

有三种原因造成白日梦，
不过某些人把它叫梦境：
是那些出口成章的先生。

日常所为所思是头一件，
最容易在梦里反复再现；
第二件可是跟医学有关：

就看哪种黏液充斥体内；
第三件要解释得靠谶纬，
天启神谕带来福祉恩惠。

第三种原因带我入梦乡，
开头挺不错满意又舒畅，
突然口舌燥胃疼肚子胀。

病人发高烧自然生玄想：
腹中一团火干渴实难当，
梦见清泉水嘴巴忙凑上。

水面明如镜缓缓唇前流，
梦里饮甘露止渴又解忧，
哪知顿时间燥热更难受。

勇猛将士也会梦里搏斗，
更比醒时显得精神抖擞，
挥舞百般兵器得心应手。

恋人赴约一片柔情似水，
睡意朦胧适宜情人相会，
安然入港免去旅途颠沛。

财迷心窍也能如愿以偿：
金银珠宝由你塞满钱囊，
这心愿多年来梦劳魂想。

我这人可从来看重体面，
醒着梦里不会轻浮随便；
不像蛮子和洞里的生番。

我心灵的窗扉大敞四开，
美梦便进双眼大步走来，
天国一游岂不无比痛快。

四千件战利品梦里涌现，

挨个数过我看不缺一件；
捞到一大笔岂能不喜欢？

真是恰逢其时机会难得，
地点也合适尽情享快乐：
样样齐全天时地利人和。

整整两小时睡得甚满足，
噩梦未搅扰心头烦恼无，
平静又安详甭提多舒服。

甜蜜的梦幻带我随意游，
只见鲜花绿茵野趣悠悠，
福地的芳香弥漫在四周。

这样的好去处风光宜人，
两眼应接不暇八方探寻，
比醒时更显得敏锐清纯。

清晰目睹但是落笔迟疑：
莫叫世人嗔我杜撰神奇；
荒唐事鹅毛管不愿触及。

哪怕稍微有点牢靠可信，
使众人感觉到愉悦亲近，
乱涂鸦我也要低唱浅斟。

我虽愚鲁不向芜杂开路，
凡是遇到和谐可人之物，
我的短浅见识大敞门户。

信口胡诌岂能给人快意？
除非巧加编织费尽心机，
笔调优雅定把通道开辟。

谎言常常使人心满意足，
貌似真话谁个能不折服？
伶牙俐齿取悦智愚无数。

咱们还是赶紧回到正题：
熙攘人群漫步那片草地，
欢声笑语喧阗一片欣喜。

个个身披朝服穿着考究，
也有一些故作捉襟见肘，
不过整洁行止颇具劲头。

还有一些服饰绚丽光灿，
闪耀夺目犹如晨曦初现，
凉爽黎明甩出辉煌发辫。

春天来临万物蓬勃多彩，

姹紫嫣红尽把大地覆盖，
目光所及令人舒泰畅快。

绿色原野一片生机盎然，
炫耀造物者的糜费散漫；
华服下往往是粗鄙脸面。

地面上有一截低矮树桩，
（何谓文胜其质且听我讲，
金玉宝物也难免于遭殃）。

有个小姑娘坐在树桩上，
从头到脚下仔细巧梳妆，
能娱人耳目心神皆摇荡。

只见她端坐神色颇庄严，
一眼望过去高大甚巍然，
匀称又苗条一副好身段。

远处眺望她容貌也娇艳，
走近细端详光彩稍许减，
可能是举止难以如人愿。

我心怀崇敬惶惑又紧张，
两眼不转睛意欲看周详：
长年胡诌诗多亏她帮忙。

刚才我说过她是小姑娘，
不知怎的突然犯思量；
遇到这类事眼光会失常。

人不怀好意难免判断错，
无理抢三分开口尽胡说：
眼看碗盏新却道杯子破。

她的双眸秀高洁情脉脉，
眉睫常低垂微露娇羞色，
更是百媚生令人动心魄。

不知是有意还是无意间，
她的明眸里突然光彩添，
转瞬眼迷离顿时显暗淡。

另有两仙女身旁常侍候，
优雅好风度容颜也俊秀；
有幸相觑见能把心魂勾。

树桩上坐着的沉默无言，
她们俩嘴唇动说话抢先，
空洞无教益入耳怪缠绵。

徽记捧在手高高举向天，

纹章难辨认模糊一大片；
她们的声名被遗忘吹散。

两人正忙着细语款款说，
中间那一位不愿长久坐；
要是论容貌还数她出色。

噌地站起来吓我一大跳：
确实不骗人个头出奇高，
身体一挺直脑袋出云霄。

不过没因此失去好容貌，
个头虽然大照样很妖娆，
身材往上长脸蛋更美妙。

她的两只玉臂也在伸展，
腋窝到指尖你猜有多远？
一头黑夜里一头大白天。

她害一种病名字叫水肿，
肚子鼓起来庞大难形容：
能把汪洋水全都装其中。

身体各部位都在一起长，
刚才已点明重复也无妨：
她虽是巨人秀丽仍无双。

目瞪口又呆我欲知究竟，
豁出指甲盖定把结局等，
罕见大怪事哪能不弄清！

这时有个人是谁说不清，
凑近我耳朵字字都分明：
"你想知道的我说你细听。

你见这个女人越长越大，
哪里还有地方把她装下；
一心只想着把众人凌驾。

你看她朝云端上升攀缘，
一直要到达空中月晕圈；
究竟咋回事我也存疑团。

她深信自己的洪福无边，
不担心命数的飞轮乱转，
抓住轴心就会听她指点。

她这人从不怕摧折失败，
一直是胆子大潇洒自在，
慷慨有肚量幸运常开怀。

这女人心气高主意古怪，

非得要一点点长大起来，
瞧见吗她已是巨人身材。

长高再长高永远不停息，
决心开创建树杰出奇迹，
就看她的肢体伸到哪里。

你或许听说过古代遗迹：
拱门斗兽场庙宇温泉浴，
澡堂和檐廊城墙更稀奇。

时光虽无情岁月催天老，
名胜仍矗立巍峨插云霄，
沧桑经兴亡依旧傲然笑!"

我便回答说:"所言极有理：
历代遗存多样样我熟悉，
如同用铁钉牢牢嵌脑际。

漂亮寡妇建陵悼念亡夫，
罗得岛铜像也在它近处，
灯塔如北斗航船不迷途。①

---

① 此处列举了所谓"世界七大奇迹"中的摩索拉斯陵墓、罗得岛铜像和亚历山大港的灯塔。

不过恳求你马上告诉我，
眼前这女人使我太迷惑。"
"不必着急。"他低声对我说。

"除非是瞎子，"那人接着讲，
"太太是何人一眼看清爽；
可惜你老兄孤陋又愚妄。

你看这女子高攀碰天顶，
腹内怀六甲狂风播孽种，
欲望配名望交合将她生。

她的手段强屡屡建殊勋，
只因有了她世人耳目新：
奇迹非七件成百往出端。

上百算什么还要比这多！
千万亿兆件尽你随口说，
这帐难算清夸口不过火。

她能引人走向不朽目标，
丰碑高耸在大地上站牢，
遥遥插入苍穹穿破云霄。

哪怕你清平世国泰民安，
她也能任意把战火点燃，

缩手缩脚不是她的习惯。

古罗马曾有人大胆无畏，
把铁臂伸向那熊熊火堆；
正是她一口气消弭祸祟。

可是另有一位罗马勇士，
被她推进火坑焚毁烧死；
那人钢剑在手寒光决眦。

这女人可真是雄心勃勃，
自会把新功业不断开拓，
险阻难关无不被她闯过。

炎热的非洲寒冷的极地，
她的声威处处有人铭记，
她的伟业不断扩散传递。

总之她就是高傲的虚荣，
专门插手帮人们建奇功，
让他们垂千古世代传诵。

她深信自己能所向披靡，
战无不胜永远可心遂意，
不必揪机遇光秃的头皮。

空气当饭食清风是饮料，
却能转眼间长得比天高，
怎么丈量她巨尺无处找。

另外两仙子脸蛋也迷人，
大仙巡游时两边紧相跟，
全靠她们俩辅佐擎地神。

莺声娇滴滴秋波美绝伦，
貌比淑女贤出语惊煞人，
谁个不倾慕俗子思念勤。

本应天上住常在凡界游，
立刻道姓名不必你发愁：
姊妹成双对拍马和吹牛。

她们侍候主人殷勤周全，
时常耳边细语句句忠言，
看起来都那么老谋深算。

而她呢不知道是聋是瞎：
只当作送来的都是香花，
哪管内藏蛇蝎张着毒牙。

一向毫无顾忌稀里糊涂，
哪管水晶杯里注满剧毒，

仰起头灌下去惧色全无。

多少人自以为机灵活泛，
听恭维便浑身飘飘欲仙，
清风吹一刹那渺若云烟。"

只听他絮叨着东拉西扯，
突然轰隆一声好景隐没，
甜梦中断心里实在窝火。

这时候正赶上晨曦初露，
鲜花遍地缀满晶莹水珠，
万物生机盎然赏心悦目。

纤小的黄莺儿歌喉圆润，
无师自通曲儿唱得起劲，
说是它们倾慕黎明女神。

朱顶雀也引吭争相答对，
百灵鸟欢歌起嘹亮清脆，
百鸟齐鸣仙乐四处飘飞。

志愿兵队伍中一阵慌乱：
因为有的人睡相太难看，
怎能叫日神撞到这场面。

正好在这时老爷露了面，
满脸红通通像个大醉汉，
慢慢爬到凉爽朝霞身边。

时而雄赳赳时而懒洋洋，
早盼这一刻临场又惊慌：
大概他是怕当众出洋相。

张嘴口音纯字正腔又圆，
道声早上好彬彬礼数全，
接着转正题显得很为难。

攀到巨石上面对众人站，
嗓音颇响亮神色也庄严，
说出一席话实录在下边：

“我说诸位你们得天独厚，
你们词章华美对答如流，
学海无涯纵情访胜探幽。

诗赋本有天成神韵浑然，
无须借助矫饰雕凿增颜，
从头到脚只靠自身光灿。

为了援助我也为了自救，
（我阿波罗从不露尾藏头）：

必须击溃顽敌奋起战斗。

一帮混蛋来犯气势汹汹，
仗着千军万马有恃无恐，
要么自取灭亡要么得胜。

我看你们犹如群星灿烂，
或生来如此或得自后天；
反正都映射着我的光焰。

难道你们容忍这群流氓，
任意施展诡计骗人撒谎，
胡言乱语对我侮慢轻狂？

趁机显示你们骁勇无敌，
给对手以惩戒夺取胜利，
也为自己赢得千秋名气。

要让义愤填满你们胸膛，
一往无前猛扑乌合匪帮；
他们无所事事四处游荡。

他们扰乱了咱们的安宁，
决不能对他们手下留情，
叫他们输得一个子不剩。

你们赶快擂起隆隆战鼓，
短笛高奏号角声声急促，
振奋士气消弭胆怯恐怖。

此法奏奇效顿使斗志昂，
有人若昏睡警醒莫彷徨，
激战迫眉睫即刻整戎装。

我耳中已听到嗡嗡轰鸣，
敌军朝着咱们逼近靠拢，
狂呼乱叫发起猛烈冲锋。

我看无须一再催促督战，
你们都是勇士饱经磨练，
不会心血来潮临阵丧胆。

军令如山立即整队迎敌，
各司其职拿出满腔勇气，
直至战死或把对手击毙。"

只见从西边人马已出现，
浩浩荡荡涌来何止千万；
褴褛的一群鲁莽又野蛮。

我方队伍中立刻有人喊：
"冲啊！"豪情充溢畅快舒展。

刹那间只听得杀声震天，
战死沙场也要一往无前。

第 七 章

这位缪斯你是如此好战，
嗓音像铜钟舌头金属片，
来此放声唱把战神召唤。

只因有了你生灵遭涂炭，
只因有了你丁口便锐减；
秃笔虽愚钝靠你来削尖。

你慷慨好施你大手大脚，
恳请惠赐恩泽把我照料，
此事决不损你一根毫毛。

我看见有一群鲁莽之辈，
既狂妄又恶毒想入非非，
已在那边露面吼声如雷。

赏给我一副合适的嗓音，
再把我的笔管削尖浸润，
别让它感情用事忘责任。

便于我握住它详细叙述，
激情重振作不把神明渎，
立志说真话刚正不屈服。

两军摆开阵势不共戴天，
都想吃掉对方怒火烈焰，
各自的旌旗在风中招展。

天主教兵团定睛仔细看：
异教大部队已到山脚边，
他们鼓足劲欲把高峰攀。

个个迈大步面容也坚定，
山野全布满攻势甚凶猛，
孤注此一掷显然发了疯。

那些骁勇者奋力冲上前，
兵法贵神速降敌须抢先，
报仇雪旧耻得胜英名传。

阿波罗恶狠狠心急火燎，
一眼看到了漂亮的大纛，
命下属快举起空中飘摇。

一侯爵斗志昂充当旗手，

那模样像战神精神抖擞，
只可惜缺少点韬略计谋。

他是位大诗人遐迩闻名，
至尊的阿波罗对他钟情：
靠此人他自己荣耀倍增。

秀丽的白天鹅便是旗徽，
那么栩栩如生令你感喟：
仿佛欢歌一曲四野飘飞。

大纛后面紧随一片旌旗，
众旗手好英俊神采奕奕；
丝丝缕缕展现往日战绩。

突然战鼓擂响人心振奋，
笨拙的士兵瞬间变机敏，
吹号回应发出清越声音。

德莫拉这时候恰恰赶来，
画家兼诗人真是个奇才，
丹青配华章潇洒又自在。

只见他手持着短矛一根，
当队长率士兵他很胜任，
急匆匆登沙场惊煞敌军。

进攻者人马众凶狠强悍，
到此刻受震惊恐惧慌乱：
不朽的别德马大将出现。

阿维拉紧跟随冲上战场，
供奉阿波罗挥笔著词章；
大画家怀恨名诗人惊慌。

接着赶到的是梅斯坦萨，
头号博学之士风流儒雅，
年岁和死亡不可奈何他。

家住危地马拉硬被拽出，
阿波罗召来他是为求助，
顽敌险恶还得靠他对付。

塞佩达也参战欲立奇功，
梅希亚陪伴他置身兵戎；
两诗人都值得大加赞颂。

还有位安达卢西亚明星，
在拉曼查他也无双绝顶：
加林多驾到了庄严威风。

从平都斯名山高高顶端，

走下三个葡萄牙的好汉；
我服服帖帖把他们夸赞。

那人两脚敏捷双臂强壮，
他是拉塞尔达一名骁将；
随后洛沃踏过平野山冈。

太阳神可真会未雨绸缪：
伟大的阿塔德也来战斗，
只见他怒火燃却不昏头。

阿波罗掂量了对方实力，
再看自身兵员甚是满意，
便立刻下命令发动攻击。

螺号发出一阵沉闷声响，
围猎的器具也用到战场；
太阳神下令众人听周详。

脚掌下面大地开始震颤：
无数诗人践踏难以承担；
他们发起攻势争夺圣山。

一名猛将率领轻狂顽敌，
乌鸦在旌旗上充当徽记：
象征蹩脚诗人本性难移。

山脚下摆开了敌方军团，
我方居上相持虎视眈眈，
战神亲临沙场也会震颤。

这时候一群人看似精明，
身为基督徒却投向敌营；
数一数大概有二十挂零。

我瞪眼紧盯着他们奔跑，
他们意欲何为我想知道，
面对太阳神我语塞心跳：

"什么怪事情实在太蹊跷！
说得清楚点不是好征兆。
我怕要晕厥勇气全失掉！"

那个叛逃者跑在最前头，
都说是诗人夸他不绝口，
每逢张开嘴悬河滚滚流。

身后那一个腿脚也灵便，
我在马德里多次曾遇见，
围在人群中吟诗声音甜。

还有第三个狂窜挺机灵，

尖酸不饶人蠢话太可憎，
谁个见了他心里不各漾！

我不懂墨丘利在干什么：
名单上搜罗了这么一伙！
阿波罗回答："受骗的是我。"

一眼看上去才气都不小，
单凭这一点心想准挺好，
所以招募来参加大征讨。

"大神仙，"我说，"原本我以为，
上界诸圣明不吃蒙骗亏，
说得明白些一点不愚昧。

凡人上岁数方才知谨慎，
人情世故多从此不混沌；
天国众神祇早已脱迷津。"

阿波罗应道："说句良心话，
混蛋二十多让你害了怕，
伤心昏了头不知该说啥。

洛弗拉索是撒丁岛士兵，
跟着开小差也是糊涂虫；
临阵忙溜走助敌长威风。"

按理说起来损失够惨重，
基督义士军岿然不动容：
诗坛混多年自然都出众。

他们见此景义愤顿填膺，
扑向逃亡者士气骤然升，
砍杀又屠戮手下不留情。

这些卖唱的伪善该诅咒，
自封大诗人才高够八斗，
其实如粪土蹩脚又猥陋。

你们摇唇鼓舌满口胡言，
不断拼凑歪诗不厌其烦，
践踏美好德行怙恶不悛。

你们这些诗人放肆阴险，
且看你们还能张狂几天！
你们惧怕的时刻在眼前。

乱糟糟一团混成了和声，
乱糟糟一片在空中轰鸣；
狂风呼呼吹漫天乌云浓。

山坡有群人四脚着地爬，

敌方诗人军欲攀高山崖，
哪管防守紧严阵等着它。

交战者时不时弓腿蹬脚，
弹弓连连发射飕飕呼啸：
原来整摞书本当了枪炮。

别看那不是灼热的铅丸，
射击迅疾令人眼花缭乱，
杀伤致命照样力大无边。

有本书石头一样硬撅撅，
打在巴尔加斯的太阳穴；
吓他一大跳恼怒气欲绝。

他对一首十四行诗大喊：
"刻薄的笔射出你这毒箭，
怎不半路打住你的恶念？"

挨了石子的狗蹦跳怒吼，
不去咬人却去追赶砖头，
认定它才是作孽的祸首。

他伸开两只手十指秀美，
抓住轻狂诗篇撕个粉碎；
谁让它把旭日明星诋毁！

墨丘利嗔他:"别暴跳如雷!
就算满腔义愤两眼发黑,
何至气急败坏恼怒怨怼!

无敌的巨手快握起剑柄,
扑向那边方显好汉本性!
危险来自何处理应看清。"

只见小本一册迎面飞来,
薄如祈祷书随风直摇摆,
非文又非诗敌方顺手甩。

文也罢诗也罢一派胡言,
那位大师还真手笔不凡,
陈年老帐他能写个没完。

这时候又过来一串韵脚,
只印了第一次再版不了,
要不然基督徒在劫难逃。

墨丘利右手上挨了一击:
古老的讽喻诗放肆无忌,
全不顾体面笔触却犀利。

佩德罗萨射出小说四部,

行文甚蹩脚混乱又模糊，
题材既枯燥华彩也阙如。

飕飕一阵呼啸穿风破雾，
飞来另一本韵脚贯全书，
只是粗心大意写作马虎。

阿波罗一看到便发议论：
"上帝宽宥作者我真操心：
西班牙有些人太会押韵！"

《伊比利亚牧人》迟迟赶到，
我方十四个人被他打倒；
尽意把计谋和膂力炫耀。

可是两名大师两名勇士，
阿波罗的明星两名战士，
口才好武艺高言行一致。

他们俩一直在山头守卫，
猛扑向黑压压敌人部队；
那些人刚上坡匆忙撤退。

一勇士安古洛埋葬顽敌，
德索托这时候跟他一起；
两位奇才都是书香苗裔。

他们博士一位硕士一名，
拔尖的人物阿波罗垂青；
他们业绩煌煌敬神虔诚。

对方两个贼坏气急败坏，
挥起利剑凶猛扑将过来，
不顾死活争个你胜我败。

他们嘴啃牙咬伸手抓挠，
比起野兽还更凶狠残暴，
要把慈悲心肠彻底抛掉。

有人大汗淋漓喘息不止：
原来是对方的在俗牧师，
曾写过《胡斯蒂娜鬼女子》。

他一甩手射出一串蛇炮，
原来是一本书部头不小，
几乎把我军团全都清扫。

好样格拉西安失去臂膀；
梅迪尼利亚掉一颗大牙，
一整块大腿肉不知去向。

我们的值勤哨还算清醒，

高喊道快低头弯下脖颈：
对方又把一部小说抛扔！

有两人交上手扭成一团，
拳打加脚踢疯狂又凶残，
推过来搡过去机灵活泛。

其中一人抓起六首短歌，
塞进对方嘴里挤出魂魄；
亡灵逍遥去空余皮囊壳。

战场杀气腾太阳袖手看，
双方拼搏激胜负实难辨，
不知谁得手最终夺桂冠。

阴森乌鸦幡输给天鹅旗：
他们突然有人滚翻在地，
心脏被穿透前胸通后脊。

旗手本是安达卢西亚人，
小伙唱曲子顺口编得神，
狂得没法说以为能腾云。

浑身鲜血热顷刻凝成冰，
呜呼哀哉去死人难复生；
顽敌见此景恼怒蛮劲增。

可惜卢佩西奥不在现场，
大人写诗只需要十四行，
足以显出他的恢弘气量。

敌方哪怕派十四个纵队，
他能一一冲散瓦解击溃，
捎带杀伤美洲白人杂碎。

科尔多瓦伟人抄起一摞，
全是刻薄话真诚耐琢磨；
一经抛出四名旗手胆破。

蛮人一伙顿时士气锐减，
显然无精打采心灰意懒，
无力还手行动疲塌迟缓。

血战已天定此时生巨变：
双方交上手肉搏乱一团，
铁甲有何用金铠成破烂！

五个甜嘴儿跨在神驹上，
侧翼攻过来迅猛实难挡，
我方五勇士顿时把命丧。

只见这几人一身摩尔装，

满腹是经纶写信也便当，
俯首又帖耳匡助敌酋王。

喷出一长串摩尔小民谣，
如同连锁弹飕飕在呼啸，
猛烈射过来杀人不轻饶。

我方两纵队早已准备好，
开火甚及时凶狠且灵巧；
不然难逃脱溃散烟云消。

阿波罗横下心孤注一掷，
豁出全部威力哪怕拼死，
也要叫敌人把苦果吞食。

这时一曲圣歌陡然唱响，
是融会丽词的天才华章：
是阿尔亨索拉正在歌唱。

阿波罗像扔出一把炮仗，
投向肉搏战最凶的地方；
双方难舍难分激烈紧张。

"每当我审视自己的处境……"
歌声起阿波罗顺手抛扔，
总能把制高点准准击中。

他像百眼神定睛看四周，
下令忙排解设法堵纰漏，
敌军诡计多他会巧运筹。

只是混战中双方紧纠缠，
难以辨别清好人和坏蛋，
谁是本地造谁是外国产。

有一少年郎早已脱蒙昧，
专攻历史书务求全领会，
挥笔如闪电嗓音赛春雷。

此时正赶到心头储万卷，
坦荡志气高聪颖具慧眼，
日神和缪斯早把他期盼。

我方有了他顷刻操胜券；
只听他开口："由我来裁判：
这个挨板子那个得桂冠。"

任凭他指点界限划得清，
参战诸勇士正邪全分明；
有人称心意有人心口疼。

曼图阿诺呀你真了不起！

乱糟糟一团良莠难离析；
你挑出勇士把懦夫清洗。

阿尔门达里斯虽然迟到，
可他也不愿意这趟白跑，
立刻用诗才向日神效劳。

抓住花白胡子我敢发誓：
要看捣鬼闹剧是咋回事，
当成神界仙乐招摇过市。

就算喜剧大师全国第一，
满脸大胡子干净又整齐，
扮演这种戏砸锅准无疑。

果然庙会上啥也没捞着：
京城老百姓总算有头脑，
尽管如常人日子也无聊。

你别指望他把诗写清楚，
照样得恭维哪怕乌涂涂；
你可别妄想引他上正路！

任何人也休想把你模仿：
你的优雅文笔举世无双，
你能寻幽探微使之辉煌。

我方增添了这样的装备，
自然实力加强大壮声威；
敌人只好投降自认倒霉。

他们气势汹汹跌了大跤，
从峰巅滚下去落入山坳；
曾几时爬坡地咄咄叫嚣。

曾几时嗡嗡叫吼声如雷，
到如今遭挫折命运难违，
只听见声凄苦哭天抹泪。

竟有人跌落时手忙脚乱，
紧抓住刺蒺藜且延残喘，
顷刻间涕泗涌化做泪泉。

有四人悬挂在野葡萄藤，
好像是蜜蜂群骤然受惊；
满以为夺到了桂冠一顶。

一支分队论剑术未破身，
娇生惯养而且出言不逊，
也在葡萄藤下寻求庇荫。

巴托洛梅姓氏是塞古拉，

想起这一招堪称优胜者：
瞧他多聪明懂事知取舍。

微风徐吹拂送来欢呼声，
人群已鼎沸众口庆得胜，
我方均佼佼歌吟吐字清。

清亮阴沟里钻出众诗神，
可怜命不济坠落变阴魂，
岁月恒长久唏嘘泪沾襟。

天哪泪河滚滚注入小溪；
盛产鱼儿鲜美众口皆碑，
从此之后不得片刻安谧。

胜利的欢呼声更加高涨，
胜利了胜利了四处回响。
我们的战士们打了胜仗，
要把光荣业绩放声高唱。

第 八 章

敌方诗人军团十分庞大，
所以趾高气扬毫不惧怕，
依仗人多势众胜券稳拿。

有个黄口小儿初学诗艺，
他说："我倒下丝毫没关系；
迟早只靠我也能夺胜利。

我将再一次把剑锋磨利，
当然指的是我的这支笔。
且看我砍杀顽强举世奇。

都知写喜剧挥洒尽才情，
驰骋天地阔轻易便脱颖，
任凭岁月逝千古留英名。"

这方面的楷模蒂莫内达，
因捐资出书青史放光华：
鲁埃达的喜剧多亏有他。

我愿在地狱连栽五跟头，
也把这名著字字都背熟：
《萨莱诺的私生子大名流》。

瘸子留神阿波罗要小心：
潇洒的大巴掌伸来打人；
地老天荒难见这种奇闻。

这时小号响声音颇清脆，
败兵听到后双脚插翅飞，
此辈本懈怠畏首又畏尾。

他们一败涂地无望取胜，
如今只恨脚步不够轻盈，
还顾什么面子需保性命。

打帕尔纳索斯峰巅跳下，
有人一蹦到了瓜达拉马；
大新闻是真事不是谎话。

扬名女神嘴巴从来不闲，
忙把胜利喜讯八方宣传，
从爱琴海到哈拉马河边。

埃斯格瓦河闻讯号啕哭，

匹苏埃尔加笑塔霍欢呼；
听说这大川河床金沙铺。

日神辛劳疲惫风尘仆仆，
满头的金丝发光灿全无，
一片暗红色好似劣金属。

不过大功告成心满意足，
墨丘利弹吉他奏乐庆祝，
日神随节拍跳起持帽舞。

圣山坡底下清泉汩汩流，
日神洗把脸绚丽仍依旧，
钢斧经磨损重新开刃口。

仔细巧整饬打扮换面容，
略露微笑甜也不失庄重，
终于得欢畅自然兴冲冲。

专司凡界佳丽的众女神，
鏖战期间她们纷纷逃遁，
这时也走出藏身的绿荫。

她们用青翠枝叶做冠冕，
打扮得华丽入时又新鲜，
把诗艺女神围在正当间。

墨尔波墨涅、欧忒耳珀、
波吕许尼亚等九位缪斯，
个个美绝伦何须细评说。

她们洋洋得意展示风采，
我抚琴伴奏她们踏节拍，
舞步颇新颖队形合又开。

说是我抚琴纯粹属谎言，
不觉沾染了文人坏习惯，
剽窃他人佳句沽名方便。

草地绿油油平野阔无边，
密密麻麻遍布奏捷师团：
众人归附强者本属自然。

个个都在等待论功行赏，
按说这个心愿完全正当：
淌大汗六小时危险紧张。

谁不想置身于精粹行列，
得头奖发大财焦躁心切，
哪管他人评说自封豪杰。

谁也不看实际身价如何，

人人觉得各自才情超绝；
万众害吃症四人得愉悦。

太阳神不愿叫一人失望，
便向黎明女神交代周详，
要她立即把事情办妥当。

花神的花园里长满花朵，
摘下四篮子玫瑰红似火，
它们洒下的泪珠也留着。

还要向那九位绝代佳丽，
讨来九顶桂冠务必牢记，
她们立即交出痛快爽利。

其中三顶桂冠漂亮非凡，
却偏偏送给了妖乐女仙；
派遣了墨丘利前去参见。

当场在圣山分发另三顶，
三位仁兄得到真是荣幸，
本人增光彩家乡也扬名。

西班牙也得到三顶桂冠，
三位非凡诗人隆重加冕；
殊荣轮到他们理所当然。

人的本性里隐匿着魔鬼：
忌妒之火狠狠焚烧心肺，
神的恩赐遭到诽谤诋毁。

有人说："在西班牙我的天！
只有九个诗人得了桂冠？
阿波罗了不起真会盘算！"

乌压压的一群大失所望，
盼了半天奖品没能得上，
便把忌妒之歌一再乱唱。

事先一个个想得美滋滋：
桂冠准到手踌躇满心志；
此刻冲天怨咬牙又切齿。

还有大诗人专门写民谣，
终归心不死定把重奖讨，
哪管阿波罗早已安排好。

另外诸仁兄精通拉丁文，
伸手抓桂叶心急如火焚，
机会太难得落魄又失魂。

越是慌手脚越是难遂心，

只好摸摸头要么挠两鬓，
就算加了冕理理弄平顺。

不管众人多么胡搅蛮缠，
阿波罗公平地满足心愿：
军团众诗人把奖品分摊。

玫瑰加茉莉还有白花苋，
花神奉送来整整五大篮，
黎明又馈赠五筐珍珠串。

亲爱读者君庆典已结束，
日神手头宽人人都照顾，
济济诗人群个个心满足。

全场都高兴欢喜笑开颜，
紧握玫瑰花佩上珍珠串，
奖品实珍贵人间何曾见。

赏赐已完结余兴又开场：
胜利不易得战绩颇辉煌，
欣喜意未尽狂欢理应当。

好一个杰出的诗艺女神，
当即命令牵来著名神骏：
蹄子踏开圣泉清冽宜人。

牵它过来的是一名马弁，
它披挂一块细腻的红毯，
勒紧的银嚼子白光闪闪。

这匹双翼神骏英姿勃勃，
恼煞了著名的洛西南特；
罗尔丹的坐骑低头称诺。

不知有多少只大小翅膀，
插满千里驹的前蹄后掌，
足以见它能够迎风翱翔。

为了表明它的快捷轻盈，
跳起来四丈高霄时凌空，
姿势优美潇洒神态从容。

诸君细听待我款款吟诵，
这次长途跋涉故事无穷，
后面还有新闻意味隽永。

再说说漂亮骐骥的掌钉：
全是银白钻石十分坚硬，
踏遍大地不怕碰撞磨蹭。

还有一块青紫色的绸缎，

做成袋子把尾巴包得严；
否则一旦松开直垂地面。

它的鬃毛也是非同一般：
比玫瑰和罂粟更为鲜艳；
加上粗尾巴天地一奇观。

它时而飞奔时而又慢行，
突然一跃而起前蹄腾空，
要么沉寂要么引颈嘶鸣。

众诗人可真是走了好运，
都忙着弯下腰收集马粪，
塞满了大皮兜身上一捆。

我便问这些人在干什么，
太阳神做鬼脸回答了我，
显然是流露出讥讽神色：

"他们要这东西当作烟草，
专门治头晕症很是有效：
诗人们脑汁枯这病常闹。

天文缪斯懂得如何调制，
然后就粘贴在病人鼻子，
沉疴立即痊愈健康舒适。"

我听了不由得双眉紧皱，
这药品太古怪令人作呕；
论治病这办法实在过头。

阿波罗把我的想法猜透：
"朋友啊你可是寡闻孤陋，
这剂药医晕眩功效立奏。

这匹好马吃的并非草料，
不像困守将士那么潦倒，
饥馁死神夹击灾祸难逃。

它的刍秣本是精选细馔：
龙涎麝香裹成柔软棉团，
饮用水是露珠取自草尖。

它的食槽是用淀粉捏成，
装满豌豆能把肚腹填充；
不得便秘也不拉稀胃疼。"

我说："就算这样谢天谢地！
可是我的脑瓜充实有力，
不怕晕眩折磨得我喘气。"

这时候我们大伙的女皇：

诗艺女神才是真的君王，
伴随日神缪斯住在天堂。

只见她薄衣轻裳走过来，
沿山冈把众人拥抱入怀，
美艳绝伦一副奕奕神采。

"哦，哥特人的无敌血脉！
从今后将得到特殊对待：
一定彬彬有礼亲切和蔼。

我自己也希望受人尊崇，
不许无知之辈对我不恭：
我虽穷酸可是非常正经。

我承诺的财富只可企望，
稳拿的利禄会使人荒唐，
堕入闲散无为恣意徜徉。

我敢以这秀丽山林为证，
哪怕末流诗人我愿馈赠，
十万年金让他安度余生。

可是此处沟壑没有宝藏，
泉水挺多洁净给人健康，
猴子的身段比天鹅漂亮。

诸位将重睹塔霍的沙滩，
金色的大河会永享平安，
甜蜜度日摆脱痛苦忧烦。

你们创立了空前的业绩，
必然千古不朽永世铭记，
伴随纯净阳光辉映大地。"

这罕见的奇迹闻所未闻！
惊俗骇世令人落魄失魂；
此等怪异使我愕然出神。

魔幻般的梦神摩耳甫斯，
佩带花冠倏忽飘然而至；
他用天仙子枝条巧装饰。

只见他软绵绵迷离恍惚；
迟钝的懒虫在一旁搀扶，
白天黑夜不离开他一步。

寂静之神在他右侧相伴，
无忧精灵在他左边照看，
身披一套白色羊毛衣衫。

梦神不断甩动一把麈尾，

一口大锅装满忘川之水，
看来他早已经有所准备。

他揪住众诗人的头发梢，
这一招太突然谁能想到，
个个面红耳赤十分气恼。

紧接着朝我们泼洒凉水，
顷刻间人人都昏昏入睡，
好几天过去了鼾声如雷。

这琼浆可真是法力无边，
忘川水有灵验名不虚传；
人生只一死天天须睡眠。

神力本无边摆布随心意，
真假相混淆谁个能辨析，
上界寻常事人间称奇迹。

猝然入梦乡终于醒过来：
山阴山阳男神女仙何在？
诗人无踪影你说怪不怪！

这桩奇闻真是从来未有，
举目张望我想仔细追究：
名城一座环绕我的四周。

顿时间我感到茫然失措，
八方环顾莫非着了疯魔，
害得我头发昏糊涂迷惑？

我暗自思忖："看来没弄错；
这是那不勒斯名城一座，
一年前我还在街巷走过。"

光照意大利名扬四海间，
世上的都会虽有万万千，
唯有它最杰出遥遥领先。

安享和平但也骁勇征战，
民丰物阜气质高雅傲岸，
沃野秀丽依傍宜人山峦。

但愿我还没有晕头转向，
我觉得这城池变了模样，
当然是美色增更加漂亮。

不知道那边是什么剧场，
矗立在城中间壮丽辉煌，
又华贵又雄伟精巧无双。

看来我依然是睡眼惺忪，

想象的这大厦本在梦中；
人世间哪能够巧夺天工！

这时有人走来步履悄然，
是我老朋友名字叫高坎，
他年纪虽轻却久经征战。

我不禁又一次骇怪愕然：
那不勒斯摸得着看得见，
我惊魂未定又迷茫再三。

朋友亲亲热热把我拥抱，
一搂进他怀里对我说道：
我居然在那里出乎意料。

他称我父亲我叫他儿子，
这一来我俩人都很合适，
看样子话说完到此为止。

高坎接着说："我正在琢磨，
父亲你花白头为何跋涉？
定为大事如此不顾死活！"

"想当初少壮时青春年华，
也曾这方羁留，"我回答他，
"何等英姿勃勃意气风发。

只是神旨统御众生命数，
天意难违携我飘泊四处；
随遇而安欢愉多于悲苦。"

突然乐声骤起未能畅言：
只听鸣笛吹号锣鼓喧阗，
震我心扉双耳顿感欣然。

闻声回眸方见热闹非凡：
即使罗马盛世如日经天，
也未曾见识过这般庆典。

我对朋友说："你看那个人，
越过鼓鼓山包已经走近，
威风凛凛足以震慑战神。

是位贤达高士君子气派，
小人嫉恨只能切齿无奈：
坚守德操正道从不懈怠。

他威严庄重却待人和蔼，
他令人敬畏也带来欢快；
听他忠告智者茅塞顿开。

不过在你前去看个究竟，

还望你仔细地把我倾听：
我准备讲周全此人生平。

我想从塔西斯其人讲起，
实指望话出口足够达意，
说过后使别人永远铭记。

这位仁人宽厚慷慨超群，
封伯爵掌管着一方府郡，
论行止他颇具王者风韵。

从不隐匿手中万贯家财，
惯于四处施舍八方赏赉，
无心过问落入何人钱袋。

他的声誉因此登上峰巅，
英名大振高高耸入云天，
乐善好施宁把千金尽散。

慷慨大方此时也不吝啬，
出资操办比武是头一个；
盛大庆典人世未曾有过。

他见西法两国喜结姻缘，
幸福欢畅不禁充满心间，
财大志高定要称心如愿。

你听吧这一阵欢快轰鸣，
比武式已开场我敢肯定，
华丽铺张会使众人吃惊。

阿基米德大师深感羞愧：
眼见戏台搭起无比宏伟，
他的天才设计无法媲美。

看见吗那一位潇洒青年，
鲜红银白服饰正在下山，
气势勇猛难挡步履矫健。

他是杰出的莱莫斯伯爵，
功名遍布寰宇众口称绝，
身为凡人威震天国仙界。

他虽然率众人首先出现，
但应算第二个武林好汉；
这身份仍值得备加称赞。

诺塞拉大侯爵身居第三，
论武艺他也是明星灿烂，
支撑着今日的欢快庆典。

卡斯蒂利亚壮士第四位，

桑特尔莫才是诸将之魁，
再现了战神的赫赫声威。

第五个是埃涅阿斯再生：
阿罗西奥洛是更加英勇，
真特洛伊王也甘拜下风。"

英雄众多人群熙熙攘攘，
我的叙述半截受到阻挡，
使我无法继续评论周详。

因此上我求他带我走开，
到一处好位置放眼无碍，
且看这大比武如何铺排。

紧接着我突然心血来潮：
用长诗把一切吟诵称道，
趁身边太阳神悉心照料。

多亏朋友我才有幸看见，
想也未曾想的精彩场面，
吟咏它我自知嘴拙才浅。

当此刻我最好沉默无言，
叹为观止方能弥补缺陷，
景象壮伟令人惊魂丧胆。

事过后我方才有所风闻：
某人文笔优雅流水行云，
增字减字都会破坏匀称。

奥基纳写文章堪称奇才，
在书里记此事刊印出来，
光彩辉耀了我们的时代。

尽管信史万卷传奇无数，
未把此等庆典详尽记述，
后人永远铭记世代传布。

不知怎的我被突然带走，
来到帕斯特拉纳家门口；
公爵大人迎出热情问候。

他的美誉真是名不虚传，
为人谦恭礼数十分周全，
与他相遇令人愉快喜欢。

他是亚历山大再生转世，
慷慨大方对人乐善好施，
王者风度常给众生恩赐。

我喜出望外还大吃一惊，

一身朝圣装安然入京城，
貌似虔诚真是好处无穷。

远处有人向我脱帽敬礼，
名士阿塞韦多这样致意：
"绅士，我欢迎你来这里！

我说热那亚和托斯卡语。"①
我回答："阁下无须过虑；
奴仆祝愿大人健康无虞。"②

我碰见贝莱斯光彩奕奕；
处世聪颖谨慎彬彬有礼，
我在大街上向他伸双臂。

我敞开了心扉披沥魂魄，
把莫拉莱斯的双手紧握，
欣喜拥抱胡斯蒂尼亚诺。

我正打算绕过一个拐角，
脖子却被一只胳膊紧抱。
认出那人不知是哭是笑：

原来他曾（我看直说无妨）

①② 原文为意大利语。

跟随着一伙向敌人投降，
只因胆小怯懦临阵逃亡。

还有两个蔫不唧地走来，
龇牙假笑想比兔子可爱，
甜言蜜语对我一通表白。

作为诗坛老手我很世故，
柔声柔气照样回答招呼，
不撇嘴皱眉把脸色显露。

亲爱的读者你应该知道：
装腔作势通常十分必要，
能够增添你的所有德操。

大卫当初如何装疯卖傻，
才逃脱了亚吉王的管辖；
癫狂的清醒更显其伟大。

我看还是让他们等一等，
有了恰当时机我再决定，
严厉斥责他们怯懦昏庸。

在街上凡遇到个把诗人，
总琢磨是不是逃跑诸君，
扬长而过不跟他们谈论。

我时常惊吓得发梢直竖，
诗人多得数也数不清楚，
跟他们相遇真叫我发憷。

有人会举起锋利的匕首，
或者是三棱刀把我刺透，
深深地直刺进我的心口。

这本不是我期盼的奖赏；
众人里我早已名声传扬，
而且灵魂高洁心胸坦荡。

有一个黄口儿挺胸腆肚，
专门写诗行头华丽十足，
百步外就知道是个富户。

趾高气扬不知天高地厚，
他说："塞万提斯先生稍候，
我是侍童当诗人也足够。

你载走的诗人蹩脚无才，
唯独不许我去圣山朝拜；
我多想瞻仰诗泉的风采！

我看你老准是糊涂悖晦；

其实说我看还不算太对：
我不过道出了真理精髓。"

另一个写出诗珠玑成串，
如同水晶莹莹金镶银嵌，
而且下笔如神卷帙浩繁。

对我大吼仿佛公牛发怒：
"为什么我未曾登记入簿？
登异教圣山我名分也足。"

"英明的阿波罗一手操办，"
我答复二人，"与我无干，
非我无知或者成心捣乱。"

我说完就走开满心烦恼，
摸索到老客店又黑又潮，
精疲力竭一头滚到床上，
这次远游累得我真够呛。

《帕尔纳索斯之旅》附录

经过这次长途旅行，我着实将养休整了几天，然后才出门去见人，也让人们见见我；去领受朋友们招呼道贺和仇敌们冷眼睥睨。不过我觉得自己并没有跟任何人结怨，因为我还不至于如此落俗套。总而言之，一天早上，我刚走出阿托恰修道院，就见有个小伙子迎面而至。看来也就是二十四岁上下，干干净净，整整齐齐，浑身的绫罗绸缎窸窣作响；衣领又高又大，而且浆得直挺挺，我怕只有擎地神的双肩才能托得住。跟这衣领配套的是两只宽宽的翻折袖口：从手腕开始，顺着胳膊一直攀缘上升，似乎要朝胡子猛扑过去。我倒是见过城墙脚下的常春藤，迫不及待地攀登想爬上雉堞，可是怎么也比不上这双袖口跟胳膊肘子抢拳头的韧劲儿。总之，衣领和袖口硕大无比，前者掩盖遮蔽了面孔，后者吞没了双臂。就是这么个小伙子走到我跟前，安详庄重地对我说：

"阁下莫非就是米格尔·德·塞万提斯·萨阿维德拉先生，几天前刚从帕尔纳索斯回来？"

经他这么一问，我想自己肯定是脸上血色全无，因为我当即闪过一个念头，心里嘀咕："他别不是我在《帕尔纳索斯之旅》里写过或者漏掉的某位诗人，自认理所当然，这会儿找我来交割人情帐了？……"不过，我还是强打精神，回答他说：

"先生，我正是您说的那个人。请问有什么指教？"

他听到这话,马上伸开胳膊,一把搂住我的脖子,而且要不是肥大的衣领碍事,他准会亲吻我的额头。他对我说:

"塞万提斯先生阁下,您就权当我是个愿意尽心效力的朋友吧。我敬爱你很有些时日了,不光是因为您的作品,还因为您人所共知的和顺禀性。"

我这才终于喘了一口气,紧张了半天的神经一下子放松了。我也拥抱了他,不过尽量小心不揉搓他的衣领。我对他说:

"我不认识阁下,不过很乐意效劳。看样子,我觉得您是位明事理的贵人。如此德高显达之士必定使人肃然起敬。"

开了这个头,接着就是好一阵客套寒暄,互相竭力表示愿为对方效力。这么东一句西一句,最后他对我说:

"塞万提斯先生,您或许知道,托阿波罗的福,我也是个诗人,至少这是我的愿望。我的名字是潘克拉西奥·德·隆塞斯瓦耶斯。"

米格尔:"要不是听您亲口说,我简直不敢相信。"

潘克拉西奥:"为什么您不敢相信?"

米格尔:"因为穿着这么考究的诗人实在太罕见;由于他们才情高超出众,通常更关注精神方面的事情,而忽略自己的肉身。"

"可我呢,先生,"他说,"我年少,富有,多情。这些特点驱散了诗神给我灌注的懒怠。我风华正茂,所以精力充沛;我又有足够的财富来展示这一点;缱绻的情爱也不允许我不修边幅。"

"看来有两样东西,"我对他说,"引导您一路顺风,终于成了优秀诗人。"

潘克拉西奥:"哪两样?"

米格尔:"财富和爱情。凡是富有而多情者,他那才思的产儿定能喝退悭吝,激励慷慨大度的情怀。可是穷苦的诗人必须花去一半的灵感和思虑,想方设法糊口度日。不过劳您大驾,请告诉我,您最喜欢享用什么样的诗文杂烩?"

于是他回答我:

"我不懂什么叫诗文杂烩。"

米格尔:"我是说您更倾心于什么样的诗作:抒情诗、英雄史诗还是诙谐诗?"

"我样样都挺拿手。"他回答,"不过我更多的是写诙谐诗。"

米格尔:"这么说,您一定创作了不少喜剧喽。"

潘克拉西奥:"好多好多,可是只上演了一出。"

米格尔:"效果还好吗?"

潘克拉西奥:"鄙俗之辈不喜欢。"

米格尔:"那么高雅之士呢?"

潘克拉西奥:"也不喜欢。"

米格尔:"什么原因?"

潘克拉西奥:"原因嘛,他们都抱怨说,议论太冗长,诗句不纯正,情节很沉闷。"

"要是这样的话,"我回答,"就连普劳图斯①的喜剧也会叫人觉得糟透了。"

"这还不算,"他说,"他们根本就没法全面评价:台底下又喊又嘘,戏都没演完。最后剧团总管只好决定改天再演,可是他再三央告,勉强有五个人到场。"

"您听我说,"我告诉他,"喜剧也有它的好日子,就像漂亮女人一样。能不能赶上好日子,不光靠才情,还得看运气。我看过一些喜剧,在马德里挨了砖头,可在托莱多却得了桂冠。您可别因为

---

① 普劳图斯(约公元前254—前184),古罗马著名喜剧作家。

初次受挫就停止创作。指不定什么时候,就会有一出戏给您带来名声和钱财。"

"钱财我倒不在意,"他回答说,"我更看重名声,越大越好。这才是大大称心的事,可要紧了:眼看人们成群走出剧场,全都心满意足;编写剧本的诗人站在门口,一一领受大伙儿的祝贺。"

"可也有大扫其兴的时候,"我说,"说不定剧作极糟,谁也不抬头看一眼诗人;而他本人,走出剧场四条街之后,也不敢抬头;就连演员也臊得垂头丧气,后悔不该上当受骗,以为什么好玩意儿选了这么一出。"

"那么阁下您,塞万提斯先生,"他问,"是不是也喜好过插科打诨这一套? 您也写过喜剧吗?"

"是的,"我说,"写了不少呢。要不是因为出自鄙人之手,我觉得本该大受赞扬,比方《阿尔及尔的交易》《努曼西亚》《苏丹王后》《海战》《耶路撒冷》《阿玛兰塔》(也叫《五月之花》),《爱情的密林》《独一无二的女子》(也叫《出众的女子》),还有好些,我都记不清了,不过我最看重、最引以为荣的始终只有一出,题为《迷茫女人》。① 这出戏,恕我直言,在至今上演过的袍剑剧当中,它完全可以身居显位,堪称精粹。"

潘克拉西奥:"眼下您手头还有别的吗?"

米格尔:"有六出,外加六出幕间短剧。"

潘克拉西奥:"那怎么不上演呢?"

米格尔:"剧团总管不来找我嘛! 我也懒得去找他们。"

潘克拉西奥:"他们或许不知道您手头有这些剧本。"

米格尔:"他们当然知道,只是有些诗人是他们的心头肉,用

---

① 自《海战》以下六个剧本,并不见于他的著作之中,作者罗列于此,其意不明。

起来得心应手,何必到处去打野食儿呢。我打算把手头这些刊印出来,让大伙儿仔细鉴赏,免得在戏台上一晃而过,看不懂装懂。喜剧得赶上节气和时令,就跟唱小曲一样。"

我们俩的话说到这儿,潘克拉西奥伸手从怀里掏出封好的信,还亲了一下,便交到我手里。我一看信封,见是这么写的:"烦交马德里果园街摩洛哥王子行宫对门米格尔·德·塞万提斯·萨阿维德拉。"邮资半雷阿尔,就是说,十七马拉维迪。

这邮资吓了我一跳,公然索要半雷阿尔,就是说,十七马拉维迪。于是我对他说:

"我在巴利亚多利德的时候,有封给我的信寄到我家,邮资一雷阿尔。我的外甥女收下了,也付了钱。她实在不该这么做;可是她辩解说,我屡次告诉她,有三种场合不怕花钱:为穷人施舍,给大夫报酬,付来信邮资,不管是朋友寄的还是仇人寄的。朋友来信会是忠告,仇人来信会透露他的念头。她把信交给我,里面是一首蹩脚的十四行诗,索然无味,既不优雅也不犀利,尽说《堂吉诃德》的坏话。最让我心疼的是那一雷阿尔,所以从此打定主意,凡是付邮资的信一律不收。因此呀,要是阁下愿意,还是请您原信退回。我知道反正没什么大不了的事,倒是索取的这半雷阿尔更要紧一些。"

隆塞斯瓦耶斯先生开怀大笑,对我说:

"我倒也是诗人,可还不至于潦倒到舍不得十七个马拉维迪。告诉您吧,塞万提斯先生,这可是一封阿波罗的亲笔信。他是二十天以前在帕尔纳索斯写的,托我转交给您。请您好歹看一看,肯定会高兴的。"

"那我就听您的了。"我回答他,"不过在看信之前,劳驾告诉我,您是什么时候、怎么、为什么去帕尔纳索斯的?"

他回答说：

"怎么去的？自然是走的海路，我和另外十名诗人在巴塞罗那登上一艘三桅船；什么时候？就是好坏诗人那场大战之后六天；至于为什么去那儿，完全是迫于职业需要不得不去。"

"毫无疑问，"我说，"诸位肯定受到阿波罗先生的热情接待。"

潘克拉西奥："是这样。不过我们见他很忙，跟几位缪斯太太在打过仗的那块原野上犁地撒盐。我们问他这是干什么，他回答说，昔日从底比斯王的那条蛇齿间生出了一群武士；被赫丘利砍掉头的海怪又长出了七个脑袋；蛇发女妖头顶的血滴使利比亚毒蛇成堆；一样道理，这里死了那么多蹩脚诗人，他们的臭血正在孕育贼坏诗匠，一个个只有老鼠那么大小。这些孽种很快就会布满大地了，所以必须把这块土地好好犁一犁，再撒上盐，就像对付奸臣巢穴那样。"

听他这一席话，我赶紧拆开信，见里面说：

特尔菲的阿波罗
致意米格尔·德·塞万提斯·萨阿维德拉

"今烦潘克拉西奥·德·隆塞斯瓦耶斯先生携去此函并转告米格尔·德·塞万提斯先生阁下，他随众友人抵达之日，曾见我正在为何事奔忙。我得告诉您，对您礼数欠周，离开圣山时竟不与我及我的女儿们告别，我甚为不满。您该清楚，我很喜爱您，几个缪斯当然也一样。不过如果您说事出有因，急于要在那不勒斯的著名庆典上见到自己的靠山莱莫斯伯爵，倒也说得过去，可以原谅。

"阁下走后，这里又发生了许多不幸事件，弄得我十分狼狈，特别是得清剿和消灭从死在这里的蹩脚诗人的血污中不断滋生的后代。幸好上天照应，再加上我自己勤谨，总算把这祸害制止了。

"我还不明白,究竟是战场的厮杀声还是浸透敌人血水的大地散发出的毒气,弄得我头昏脑涨,真像个傻瓜一样,写不出一句顺畅有用的话。所以,万一您在那儿遇到个把诗人,即便是最杰出的,编写拼凑一些胡言乱语、无稽之谈,可千万别错怪和小看他们。您瞧,连我这个创始人、诗艺之父都会口出谵语,像个白痴,他们这样就更不足为怪了。

"随信捎去一些专为诗人订立的特许、章程和规范,还望阁下好生保管,严格照章行事。凡涉及权益之处,我将毫无保留地支持您。

"潘克拉西奥·德·隆塞斯瓦耶斯先生随行的诗人当中,有人抱怨墨丘利带到西班牙的名单上没有他们,阁下也没在《帕尔纳索斯之旅》中提到他们。我告诉他们这都怪我,跟阁下无涉。不过我又说,弥补这一缺憾的唯一办法就是努力靠作品出名;神来之笔自会带来声誉和昭著的名望,用不着四处乞求别人赞扬。

"人来人往的,一旦有机会碰到合适的送信人,我再给您捎去一些特许证,同时通告您圣山的情况。也希望阁下照此办理,通告我您本人和诸多友人是否健康无恙。

"请代我向闻名遐迩的比森特·埃斯皮内尔致意,他也算是我的一位真挚的老朋友了。

"如果堂弗朗西斯科·德·克维多还没有启程赴有众人恭候的西西里,那就请握住手对他说,反正我们离得很近,千万米看我一趟。上次他来这里走得很急,我都没能跟他搭上话。

"要是投奔敌人营垒的二十个人当中,让你碰见个把,就别再说什么难为他们的话了。他们已经够倒霉的了,像冤魂似的,走到哪儿都又凄惨又迷茫。

"望阁下多保重,注意自己的身体,特别是盛夏的时候躲我远点。虽说咱们是朋友,可是这段日子我身不由己,职责呀交情什么的也都顾不得了。

"劝您跟潘克拉西奥·德·隆塞斯瓦耶斯先生交上朋友,多跟他来往。他很有钱,那就别管他是不是蹩脚诗人了。最后,祝愿您如我所望,得到上帝庇佑。一六一四年六月二十二日,我已佩好马刺准备登上天狼星。愿为您效劳。

光彩的阿波罗于帕尔纳索斯"

看完信,我又发现另一张纸上写着:

阿波罗向西班牙诗人颁发特许、章程和规范

"首先,有些诗人邋邋遢遢,不过诗艺超群,应该同样受到敬重。

"又,如若有诗人声称自己很穷,仅凭言辞,便应坚信不疑,无须指天发誓,更不必调查证实。

"特规定:所有诗人必须性情柔顺温和,不应关注鸡毛蒜皮的小事,包括开绽的破袜上露出的缕缕线头。

"又,如果诗人走进朋友或熟人家,正赶上吃饭时间并受到邀请,那么不管他本人如何赌咒发誓已经用过餐,千万不能相信,必须强迫他入席;实际上,也无须费力强求。

"又,世上最潦倒的诗人,只要不是黄口儿和寿星佬,也有权无中生有声称自己情思绵绵,可以随心所欲给意中人命名,不是叫她阿玛里丽,就是叫她安娜尔达,再不就是什么克洛里,什么菲丽斯,什么菲丽达,或者什么胡安娜·特列斯,总之悉听尊便,不该因此跟他较真追问。

"又,特规定:无论什么身份和资格的诗人,鉴于他从事的高

尚行业,都必须以贵族苗裔相待,正如所有弃婴一律被看作老牌正宗基督徒一样。

"又,特告诫:任何诗人休得赋诗恭维皇亲贵胄。朕已明令传旨:阿谀奉承不得跨入本宫门户。

"又,任何诙谐诗人,如有幸出版了两三出喜剧,便可免费进入剧场;至少允许他从旨在照顾穷人的后门进入。

"又,须说明:凡诗人欲将其著作付印,只需注明特以此书奉献于某君王,便应视为珍品,因为倘非如此,即使直接投书瓜达卢佩修道院院长,他也无从得到准确的通讯地址。

"又,特告诫:凡诗人不得羞于披露身份;杰出者自会受到赞美,蹩脚之辈亦不乏吹捧者;古有敝帚自珍云云。

"又,我本人以及天界的一切均可供优秀诗人随意支配。特此宣布:可摘取我的灿烂金发,将其施与各自的意中人;亦可将她的双眼制成两颗太阳,加上我本人凑足三个,世界可因此变得更为明亮;亦可出人意表地调遣六合天体星辰,将恋人置于二十八宿之中。

"又,凡因著作而知名的诗人必当自尊自重,正如常言说:自相轻贱,无人待见。

"又,特规定:凡庄重的诗人不得在街头巷尾聚众吟诗;杰出诗人应赴雅典庙堂诵读,务必远离露天广场。

"又,必须着重宣告:凡母亲遇刁钻小儿哭泣不止,便以鬼怪恫吓威胁,喝道:'孩子,老实点,诗人某某来了,他那些蹩脚诗句一出口,就会把你扔进山羊黑洞或是无底深井里去。'

"又,诗人逢斋戒之日啮指苦思搜索诗句,不得斥之以有违教规。

"又,凡诗人冒充打手好汉,胆大包天,必将因此勇气泄尽,而由诗作珍品所获的名声也将全部丧失。

"又,特说明:凡剽窃他人诗句,并将其塞入自己作品者,未必均为盗贼,因为并非抄袭整个构思和全篇诗作;当然如若确属此类情况,则应以卡柯式扒手论处。

"又,凡优秀诗人,即使未曾创作过英雄史诗,也未曾在人间舞台上演过鸿篇巨制,但只要有所著述,哪怕寥寥无几,亦可功成名就,置身圣坛;比如加尔西拉索·德拉·维加,弗朗西斯科·德·费格罗亚,弗朗西斯科·德·阿尔达纳将军以及埃尔南多·德·埃雷拉即属此类。

"又,特通告:凡诗人受到皇族宠幸,切勿经常造访,亦勿前去求助;而应听由他一帆风顺。有人得天独厚能够供养地上的蛆虫和水里的虾蟹,自然也情愿喂饱任何诗人,哪怕他只不过是一条蛆。"

总之,我全文照录了阿波罗寄给我的特许、章程和规范。我还跟受托送信的潘克拉西奥·德·隆塞斯瓦耶斯先生成了至交,两人当下商定亲笔回复阿波罗先生,并告知他京城种种新闻。迟早也会公布追随者何日给他写信最为适宜。

阿尔及尔的交易

（拟喜剧）

序　言

　　据我们了解,按时间顺序,《阿尔及尔的交易》是塞万提斯最早的喜剧作品,十分动人,其自传和稗史特征具有重要价值。从剧中提到的历史事件来看,大约写成于一五八〇年间。作品记载了作者被俘期间的一系列亲身经历。一六一二年,修道士迭戈·德·阿埃多①在巴利亚多利德②出版了收有五篇论文的文集《阿尔及尔地貌和通史》,证明了塞万提斯熔铸于《阿尔及尔的交易》中的许多剧情的真实性,也证明了他本人被俘期间的遭遇。剧中的战俘萨阿维德拉毫无疑问是塞万提斯本人的化身。就像在文艺复兴时期的著名绘画中一样,画家时常把自己画进去,当然不在中心位置,而是闪在一旁,谦卑地躲进不起眼的角落。剧中那个萨阿维德拉不仅和塞万提斯姓氏一致,其他许多细节都透露出他究竟是谁。比如,他的台词中的三行诗篇,实际上是塞万提斯上书费利佩二世的秘书马特奥·巴斯克斯的部分慷慨陈词的内容,只不过稍加改变罢了。作品中提到的修道士米格尔·德·阿兰达在阿尔及尔遇难一事也取材于发生在一五七七年五月十八日的一件史实;阿埃多在上述《地貌》一书中也有记载。该书还提及被命名为

---

①　迭戈·德·阿埃多(? —1608),西班牙教士和历史学家。
②　巴利亚多利德,西班牙北部城市。

"圣保罗"的马耳他战船惨败一事,剧本中也谈到了。《阿尔及尔的交易》一剧中有许多"纯塞万提斯主题",比如对"黄金时代"的颂扬和怀念:

> 我们的日子充满祸患和灾害,
>
> 再也无法挽回逝去的神圣岁月,
>
> 我们的先辈向往地称之为黄金时代。

这话是囚徒奥雷利奥口中说出的,酷似堂吉诃德在牧羊人中间发表的那篇著名议论。

爱情的纠葛和纷至沓来的痛苦和折磨交织在一起,始终产生着强烈的感染力,不过,就诗剧的韵味而言,当然还比不上塞万提斯戏剧创作成熟期的作品《被囚禁在阿尔及尔》。法蒂玛的妖术很奇特,只是过于浅露,她的咒语是漫画式的夸张多于蛊惑力。阿埃多也津津乐道摩尔人的这种巫术本领,说:"他们的心灵能向他们揭示种种天机,替他们释疑解难并预先提出他们准备讯问的事情。"《阿尔及尔的交易》一剧中,法蒂玛召唤出的魔鬼引来了"窘况精灵"和"机遇精灵",企图迫使一个基督教囚徒改换教门。就是说,塞万提斯已经在这部早期剧作中借助了道德寓意式形象。阿埃多同样也提到过法蒂玛的名字。

塞万提斯的许多词语是直接从现实生活中移植来的,比如摩尔人嘲笑基督徒的顺口溜:

> 堂胡安别过来,这儿把你宰……

洛佩·德·维加①写于一五九八年的《阿尔及尔的奴隶们》,

----

① 洛佩·德·维加,即维加·卡尔皮奥(1562—1635),西班牙"黄金世纪"新戏剧的奠基人。

完全是模仿塞万提斯的《阿尔及尔的交易》一剧,其中也有一个叫作萨阿维德拉的人物出场,不少细节显然是从模仿对象中抄来的。《阿尔及尔的交易》中有一段对我们民族性格的夸张描写:

国　王　狗囚徒什么种我不知道。

西班牙人安分吗? 光想逃跑!

西班牙人好治吗? 铁链难锁!

西班牙人老实吗? 偷我毁我!

西班牙人改悔吗? 死不回头!

西班牙人铁心肠,老天造就。

生来禀性倔强怎耐拘束,

不管功过善恶我行我素。

洛佩的《阿尔及尔的奴隶们》一剧中也有一段,请两相对比:

国　王　若论坑蒙拐骗无人匹敌,

西班牙人忠厚? 笑藏杀机!

西班牙人认输? 转眼蹦起!

西班牙人胆小? 临危不惧!

西班牙人落网? 顷刻逃离!

西班牙人为奴? 依然富贵!

西班牙人臣服? 我命危殆!

西班牙人软弱? 力大无比!

西班牙人退缩? 豪气永存!

在爱情主题上,洛佩也师承塞万提斯。受我们论及的这部喜剧影响的,可能还有安东尼奥·巴利亚达雷斯·德·索托马约尔①的《女囚马格达莱娜》(1796)和柯梅利亚②的《幸福的奴隶》。后者自称他的这部作品为一幕严肃歌剧,如同他所有的作品一样,仅属下乘。

安赫尔·巴尔布埃纳·普拉特

---

① 安东尼奥·巴利亚达雷斯·德·索托马约尔(1737—1820),西班牙诗剧作家,其作品流行于十八世纪末。
② 柯梅利亚(1716—1779),西班牙诗剧作家。

剧 中 人 物

奥雷利奥——囚徒

萨阿拉——奥雷利奥的女主人

西尔维亚——尤素福的女囚奴

尤素福——叛教者,奥雷利奥的主人

马米(阿依达尔)——海盗士兵

法蒂玛——萨阿拉的女仆

萨阿维德拉——战俘

佩德罗——囚徒

塞瓦斯蒂安——少年囚徒

叫卖者

父亲、母亲和两名少年

囚徒(小胡安和弗朗西斯科)

囚童

机遇精灵

窘况精灵

佩德罗·阿尔瓦雷斯——囚徒

魔鬼

阿桑——阿尔及尔国王

两名摩尔商人(甲、乙)

摩尔人

两名摩尔儿童

摩尔幼童

两名基督徒奴隶

基督徒

三名基督徒奴隶

两名粗汉

一只狮子

几名摩尔人

四名土耳其人

第 一 幕

〔奥雷利奥，奥雷利奥的女主人萨阿拉，萨阿拉的女仆法
　蒂玛和奥雷利奥的主人尤素福上场。

奥雷利奥　多么凄惨不幸的境地！

　　　　　多么凄惨痛苦的奴隶！

　　　　　漫长无尽的煎熬难忍，

　　　　　转瞬即逝的幸福丢弃！

　　　　　啊！活生生堕入炼狱，

　　　　　地府把人世严严遮蔽！

　　　　　遭难如我者世无二人，

　　　　　途艰路狭我怎能逃逸！

　　　　　所有他人痛苦的总和，

　　　　　不及我一人所受的折磨。

　　　　　只怕天下最险恶的劫数，

　　　　　也超不过我眼下的困厄！

　　　　　难以置信的饥寒交迫，

　　　　　死神已近正把我抚摩。

　　　　　呵斥凌辱待我如猪狗，

　　　　　身前身后魑魅影憧憧。

　　　　　莫非有心要探询究竟，

欲知我是否志强意坚，
加之以肩上苦役劳作，
是否追悔往昔的罪愆？
算了！何苦心烦意乱，
既然已知道时乖命蹇，
何须在此自悲自叹，
丝毫无减心头苦难！
我含辛茹苦以泪洗面，
只消一句披沥肝胆：
摩尔人俘虏了我的身躯，
可心儿仍然是爱神圣殿。
受折磨遭熬煎身心交瘁，
为人奴仰鼻息身不由己；
怎奈何爱之链将我紧缚，
想当初意绵绵心儿破碎。
囚徒微贱本应万念俱灰，
奴隶鄙陋怎禁爱神施威！
丘比特射万箭穿透我心，
比以往更执着实难迂回。
爱神啊，你追逼何故？
沦为囚徒只待饥寒凌辱，
苟活也好，死去也罢，
终不过缺衣食日夜劳苦。
爱之网紧缚我虽然牢固，
怎敌过无休止风蚀虫蛀！
未见我在此处饮食匮乏，

死期临近,指日可数?
我身陷绝境前景凄凉,
你却不愿弃我于一旁;
只因为你深知衣衫虽破,
求生欲在胸中深深埋藏。
此时此刻我终于领悟:
世上无人敢与你抵忤,
你神力无边覆盖天地,
我人微智浅谨表折服。
今有一事,切盼相助:
你虽狂放,千古跋扈,
总有一瞬冷静一丝怜悯,
倾听不幸者的满腹辛酸;
即便初衷难改决心已定,
执意折磨,伤我性命,
不要你中止这无尽的刑罚,
但求你赐予我短暂的平静。
不祈求你离开我的胸臆,
违你意愿,枉费气力;
内心里实指望你我同在,
遭此难还盼你助我一臂。
请看我正面临新的灾难,
祸不单行又是一场苦战。
但愿我有力量克敌制胜,
盼只盼你送我有益忠告。
你指引我登上忠贞的峰顶,

风波起欲将我推入陷阱。

不过,且慢,既承你抬举,

任何人想拽下也难得逞。

萨阿拉过来了,废话连篇;

唉,没完没了的争斗叫人意乱心烦。

为什么盼白昼久久不至?

为什么怕黑夜偏又降临?

心上人西尔维亚帮我一把!

在此刻唯有你神通广大,

扶持我面对这险恶战斗,

降服顽敌,稳操胜算。

〔奥雷利奥的女主人萨阿拉和她的女仆法蒂玛上场。

萨阿拉　奥雷利奥!

奥雷利奥　夫人请吩咐……

萨阿拉　如你果真听我摆布,

　　　　只怕早已遂我心愿,

　　　　何至仍叫我央求良苦。

奥雷利奥　你的所愿我必遵从,

　　　　身为贱奴岂敢不恭。

萨阿拉　你的话语令我欢喜,

　　　　你的举动有违我心。

奥雷利奥　何事不周将你冒犯?

　　　　尚望指示以遂尊愿!

萨阿拉　那件事未见你照办,

　　　　因此令我苦恼心酸。

奥雷利奥　夫人原谅容我告辞,

　　　　　　　　前去运水不得延迟。

萨阿拉　　欲焰正需别样清水,
　　　　　　你莫远去也可尽职。
　　　　　　快停步,别走开。

奥雷利奥　　家里烧火需要干柴。

萨阿拉　　我自炽烈何需干柴。

奥雷利奥　　主人来了!

萨阿拉　　不必惊慌。

奥雷利奥　　杂务繁忙夫人包涵;
　　　　　　老爷回府岂敢怠慢。

萨阿拉　　身坠情网痴心一片,
　　　　　　怎能任你离我而去。

奥雷利奥　　此事不妥莫再继续,
　　　　　　夫人啊,放过我吧。

萨阿拉　　奥雷利奥快来这里。

奥雷利奥　　恕我直言劝你尊重。

萨阿拉　　狠心给我如此回报?

奥雷利奥　　为你着想好言相劝,
　　　　　　保你名声实我所愿,
　　　　　　切莫轻率怀恨抱怨。
　　　　　　我虽不幸沦为贱奴,
　　　　　　恪守礼仪笃信基督。

萨阿拉　　爱河漫漫贵贱无分,
　　　　　　委身于你尊为主人。

法蒂玛　　萨阿拉,我的夫人,
　　　　　　有话要说莫怪不尊:

胡思乱想眼花头晕，
为何如此不顾身份？
仔细想想确实有趣，
此事稀罕世上少见。
异教男子粗鄙低微，
摩尔佳人以身相许。
更有甚者百思莫解：
爱之至深盼之甚切，
俯首拜倒仆役脚下，
不顾教规有违圣戒。
到头来，所得为何？
异教狗奴面冷情薄。
听我一言免受折磨。

萨阿拉　你去哪里？

法蒂玛　我自知道。

萨阿拉　亲密友伴真诚关照，
所言有理谆谆开导。
无奈情焰熊熊燃起，
我心如脂任其燔燎。
明知此事凶多吉少，
后患无穷前景不妙。
解脱无计自拔乏力，
相思万千心头萦绕。
求你鼓动如簧巧舌，
说服他那岩石冥顽。
如若真能把他征服，

　　　　　　　何羡骁将奏凯而还！

法蒂玛　只有设法遂你心愿，
　　　　　身为仆妇应听调遣。
　　　　　异教狗奴转身看我，
　　　　　我非死神为何躲闪？

奥雷利奥　你的威逼陷人不义，
　　　　　与之相比何惧死神。
　　　　　我心事够多你快走开，
　　　　　你摇唇鼓舌枉费心机。

法蒂玛　看见吗？他想逃跑。
　　　　　异教狗奴也知自尊！
　　　　　何必对他倾诉爱情，
　　　　　简直不如对牛弹琴！

奥雷利奥　奴隶锁链捆紧灵肉，
　　　　　谈情说爱怎来胃口？

萨阿拉　何须为此忧心如焚，
　　　　　解去锁链举手之劳，
　　　　　两个女人还你逍遥。

奥雷利奥　宁愿枷锁束我身心，
　　　　　何须二位费力劳神，
　　　　　锁链除去钢索加身。

萨阿拉　锁链既除何来钢索？

奥雷利奥　只怕摆脱这副枷锁，
　　　　　更大苦涩立即加身，
　　　　　灵魂遭劫死无归所。

法蒂玛　信奉异端也有灵魂？

奥雷利奥　　更为博大更为精纯，
　　　　　　皈依上帝高贵绝伦。
法蒂玛　　　荒唐念头一派胡言！
　　　　　　纵有灵魂终归枉然，
　　　　　　若非坚如钻石一般，
　　　　　　爱火焚烧必化青烟。
　　　　　　奥雷利奥快作抉择！
　　　　　　听我事先把你规劝：
　　　　　　莫要固执过分自信，
　　　　　　你的想法实在荒谬。
　　　　　　沦为贱奴怎有自由，
　　　　　　铁锁禁锢当马作牛，
　　　　　　穷途潦倒缺食少衣，
　　　　　　终日辛苦劳作无休，
　　　　　　千灾万难与你为伴，
　　　　　　棍棒耳光家常便饭，
　　　　　　时时光顾监狱牢房，
　　　　　　无论日夜一片黑暗。
　　　　　　现在应允为你赎身，
　　　　　　除去铁镣穿戴整洁，
　　　　　　再不担忧牢房阴森。
　　　　　　库斯库斯①雪白面包，
　　　　　　鸡肉鲜嫩足够充饥，
　　　　　　你若嗜好杯中之物，

---

① 库斯库斯，阿拉伯人的一种面食，用面粉搀和蜂蜜或鸡肉蒸熟而食。

法国美酒任你挑选。
并非要你上天揽月，
无须劳作汗流浃背，
轻易便当唾手可得，
甜美舒适供你享乐。
机会难得失不再来，
命运之神笑逐颜开。
何苦执拗装聋作哑，
你本灵巧心里明白。
睁眼看，萨阿拉，
女主人，美如花。
玉颜熠熠炫人目，
太阳遇她失光华。
青春年少正值妙龄，
家财万贯遐迩闻名。
上天垂青赐福于你，
喜事临门万勿迟疑。
时来运转望你熟虑，
切莫失算悲叹哀鸣。
你若伸脚践踏珍宝，
自有千人趋之若鹜。

奥雷利奥　就是这些，法蒂玛？

法蒂玛　对。

奥雷利奥　你是说，我该回答？

法蒂玛　我正听着。

奥雷利奥　我说不可。

萨阿拉　我的真主,他说什么?

奥雷利奥　我是在说此事不妥,

　　　　　就此住手莫再纠缠。

　　　　　聪明如你应当看出:

　　　　　险象环生危及你我。

法蒂玛　我不明白有何灾祸,

　　　　夫人要你谁敢奈何?

奥雷利奥　摩尔少妇皈依清真,

　　　　　违背圣训有辱教门。

萨阿拉　教规圣训由我设法,

　　　　真主万能我也不怕。

　　　　俯首帖耳供奉爱神,

　　　　为奴为婢投入身心。

　　　　胸内傲气赶快摆脱,

　　　　我将携你进入天国!

奥雷利奥　夫人,我怀有疑虑,

　　　　　心惊胆战充满恐惧。

法蒂玛　说吧,因何事忧愁?

奥雷利奥　夫人,我举目四顾,

　　　　　并未看到大道曲径,

　　　　　实恐难以将你侍候。

　　　　　我国律条载有明令,

　　　　　你的心愿恐难实行。

　　　　　若有违者严加惩戒,

　　　　　刑讯酷烈法规无情。

　　　　　即便你欲受洗皈依,

有夫之妇身不由己，
一女二男成何体统，
望你三思莫再提起。
决心已定不容更改，
宁肯死去免除灾害。
你之所求恕我难从，
坚守礼仪你也无奈。

萨阿拉　奥雷利奥你未疯癫？

奥雷利奥　头脑清醒思绪井然，
正因如此不讳直言。

萨阿拉　啊！命运何等不幸！
苦苦央求如遇坚冰，
这副心肠如此僵硬！

法蒂玛　依我看来他虽冥顽，
头脑清醒毫不疯癫。
狗奴才，莫胡言！
细听我们诚心相劝，
否则今朝未及日没，
必遭非命雷殛天谴！
下贱奴仆愚钝狂妄，
生性鄙俗未经教养！
未曾交战欲脱罗网，
狗性难易得意扬扬。
不过且看我来对付，
他有本领继续张狂？
只怕迟早低头认输：

"夫人心愿本该满足！"

萨阿拉，莫啼哭；

此事好办听我安排。

异教野狗我会处置，

不出多时叫他悔悟。

萨阿拉　强人所难似乎欠妥。

法蒂玛　遂其所愿亦属失策。

萨阿拉　奥雷利奥莫再执拗。

法蒂玛　且看狗奴张狂多久。

夫人随我返回深闺，

何苦在此嗟叹伤悲。

舍我性命解决难题，

只为夫人笑靥生辉。

〔两个女人下场，留下奥雷利奥一人。

奥雷利奥　伸臂膀动手掌天父吾王，

统驭着宇宙间四海八荒，

权力广大无边充溢六合，

施恩泽主正义博爱慈祥！

望圣辉盼神助把我拯救，

脱窘境离苦海仰仗庇佑。

遭不幸为囚徒身受羁绊，

更顾虑祸成双灵魂罹难。

手扪心急声呼圣母玛利亚，

为天父渡众生不遗余力。

你本是天地间慈悲化身，

指引我离苦海扶危济困。

啊！圣母玛利亚望你施恩，
除却你有何人救我灵魂。
明灯举道路清引我前行，
离深渊越崎岖奋力攀登。
我深知你有责普渡众生，
我卑微如草芥冒昧难容。
只是我年纪轻风华正茂，
且初尝爱之果甜蜜美妙。
施博爱布恩泽从不迟延，
还望你携带我走出灾难。
至今日已多时路绝途穷，
前门狼后门虎何处逢生！
我身为奴心灵却无羁绊，
西尔维亚给我生的气息。
瞩望着不败的爱之花环，
西尔维亚使我生意盎然。
萨阿拉诉衷肠终属徒劳，
我心诚意志坚无可动摇。
敬上帝念情侣忠贞不变，
女主人虽貌美未看一眼。
西尔维亚，你在哪里？
啊命运！是何恶毒势力，
截断了我们的平坦路径，
如此无理，多么蛮横！
啊，灾星、命运、天意、气数！
哪一个带给我偌大苦楚？

入绝路无尽期举目凄凉？
我只有咒诅他满腹愁怨。
宁死去也不能违心屈从，
悖礼仪伤风俗忍辱偷生。
意志坚如磐石不改初衷，
狂风吹惊涛打傲立从容。
今日生明朝死问心无愧，
美名在远胜过长命百岁。
舍身躯守忠贞与世长存，
忍屈辱求苟全无处葬身。

〔战俘萨阿维德拉，囚徒佩德罗，奥雷利奥的主人尤素
　福，少年囚徒塞瓦斯蒂安上场。

萨阿维德拉　　时日流转似飞镝，
　　　　　　　光阴逝去不复回，
　　　　　　　命蹇时乖实可悲。
　　　　　　　前途渺茫夙愿在，
　　　　　　　切盼生还徒感慨，
　　　　　　　痛苦煎熬难忍耐。
　　　　　　　灾星冷酷行不义，
　　　　　　　提耳牵发逼何急，
　　　　　　　百般折磨无尽期。

佩德罗　　此时此刻哀叹有何用？
　　　　　天若有情早已受感动，
　　　　　怎不见我泪水如泉涌？
　　　　　面对厄运从容露欢颜，
　　　　　不辱男儿胸襟慨而慷，

　　　　　　化险为夷绝境逢生路。

萨阿维德拉　　赢弱的脖子套进铁枷锁，

　　　　　　奴隶的时日艰难又苦涩，

　　　　　　身躯受磨难心灵遭灾祸；

　　　　　　如若心高洁矢志保操守，

　　　　　　宁可丧性命也不沾污垢，

　　　　　　雪上更加霜跋前又踬后。

佩德罗　　我若随你守节操，

　　　　　　饥寒交迫万事了，

　　　　　　倒卧路旁为饿殍。

　　　　　　既为囚徒凄苦人，

　　　　　　更应排解觅欢欣，

　　　　　　何故徒然常呻吟？

　　　　　　我与女主结友情，

　　　　　　悠闲自得乐盈盈，

　　　　　　沦为囚徒亦安宁。

萨阿维德拉　　得意吧,朋友,尝够甜头。

　　　　　　居然庆幸为奴当猪狗！

　　　　　　愚蠢可悲又令人作呕！

佩德罗　　请老兄听我言勿拿腔调，

　　　　　　这块国土上无人听说教，

　　　　　　何须费唇舌口沫也白耗。

　　　　　　议论且收起容我通消息：

　　　　　　吾圣王腓力开战动剑戟，

　　　　　　但愿闻讯后胸中驱怨艾。

据闻有战船开抵比塞大①,

携带一囚徒今夜已到达,

我心如死灰此时重奋发。

船由马拉加至巴塞罗那,

途中遇海盗囚徒命不佳,

从此无自由马米俘获他。

此人举止高雅潇洒不俗,

身魁伟膂力强必常习武,

不畏当兵苦征战当谙熟。

此人消息确你我听分明:

扶持西班牙邻国派援兵,

本土三个团也待命出征。

名门贵王孙公侯伯子男,

国人固踊跃他乡来支援,

效忠吾圣王不惜捐身躯。

巴达霍斯②城人潮真壮观,

吾王集兵力鼓号齐喧天,

基督王国众威力大无边。

无奈世人不解明主心意,

纷纷自揣度人人费猜疑,

岂知唯此举强弱均受益。

　萨阿维德拉　苍穹骤开裂顷刻遣天将,

苦战今朝始胜券当有望,

---

① 比塞大,突尼斯港口城市,位于地中海南岸,是突尼斯历史最悠久的城市。

② 巴达霍斯,西班牙西南部城市。

统帅至人间诸神未相忘。
自我遭俘虏沦落到此方，
早知此国度恶名广传扬，
海盗接踵至四处可躲藏，
脚踏险恶地泪水自成行，
面色顿憔悴涕泗漫脸庞，
悲痛情难禁心神且迷惘。
双眼忽望见海岸绵延长，
山丘拔地起思古忆辉煌，
先王查理①帝此处旌旗扬。
征战旷日久武功震四方，
大海也含怨不耐战船忙，
掀起万顷波霎时风雨狂。
往事涌胸臆怀旧欲断肠，
双眼泪如注心酸神亦伤，
思古抚今日灾祸永成双。
仰首呼苍天何故苦折磨？
但愿气运转命数即易辙，
死神悯残生容我且苟活，
有幸得生还安然返故国，
福星当头照机遇垂青我，
跪谒腓力王心曲尽诉说；
常年寡言语口舌已笨拙，
愿当圣主面直谏不畏缩，

---

① 查理，指查理五世（1500—1558），即西班牙国王卡洛斯一世，腓力二世之父。

坦率无禁忌非为颂功德：
"圣主在上，威震四海，
外邦蛮族，近悦远来，
俯首归顺，称臣参拜。
荒僻新大陆黝黑土著人，
相继携贡品心悦自称臣，
路遥险阻多前来献黄金。
圣王胸膛中仍有怒火烧，
只因一蛮邦卑劣且逞骄，
时时来侵凌野心从未消；
军民虽众多兵力实薄弱，
饥馁衣露体武器更低劣，
不知筑壁垒城防亦松懈；
平时无戒备人人空观望，
待到王师至双脚插翅膀，
只顾保性命何曾论抵抗。
阴森牢房里终日受荼毒，
一万五千人都是基督徒，
陛下掌钥匙速来解桎梏。
全体苦囚徒与我同祝告，
长跪身匍匐啼泣涕泗流；
囹圄暗无日刑罚折磨苦，
威力能回天希望寄圣主；
浩荡慈爱心举目望此处：
臣民遭不幸流泪乞君助。
国家告统一境内无纠葛，

不必劳心志昼夜苦思索，

时势已太平陛下享安乐，

先王创伟业后人应开拓，

英武有气概不辱父辈名，

继世日月长永远保王祚。

圣主如降临蛮族人惊慌，

身处此境内何须费估量，

胜负已有定敌人必灭亡。"

漫漫时日长囚徒满辛酸，

苦苦诉不幸絮絮道幽怨，

但愿圣心动慈悲尚垂怜！

啊，卑贱的囚徒，

愚钝的头颅，

面对圣上，不当乞求哭诉！

处境凄惨，还望宽恕。

深恐聒聒不休遭厌烦，

立即紧闭双唇不赘言，

莫若前去服役受摧残。

〔此时，身着囚服的少年塞瓦斯蒂安上场。

塞瓦斯蒂安　何曾见识过此等歹毒？

哪里有更不义的国土？

人乏慈善心，

暴力行无阻。

多么蛮横的习俗，

谁人能宽恕！

罪犯受惩戒，

无辜遭报复。

天啊,我看到了什么?

这个民族是不义的恶徒,

杀害基督的仆人,

人人怡然自得!

啊,西班牙,我的祖国,

我们沦入何等困厄!

我们那里依法处死罪人,

这里把无辜者的生命剥夺。

佩德罗　塞瓦斯蒂安,为何伤感?

　　　　一人自言自语口中喃喃。

塞瓦斯蒂安　灾难不胜枚举,

　　　　　　幸运百年不遇。

佩德罗　既然沦为奴隶,

　　　　痛苦怎可胜计?

塞瓦斯蒂安　还有更大哀伤,

　　　　　　令我痛心断肠。

萨阿维德拉　哀伤来何处,

　　　　　　使你如此痛苦?

塞瓦斯蒂安　来自步入终点的生命,

　　　　　　将在瞬间化为永恒。

　　　　　　须知巴伦西亚①的消息

　　　　　　已使阿尔及尔沸腾:

　　　　　　一个本地摩尔人,

①　巴伦西亚,西班牙东部地区及其首府名。

在那里被判死刑。

此人虽居住本地，

却在阿拉贡①出生。

早已移居柏柏尔②，

狗恋故土难改本性。

在此立即入海为盗，

灵巧的双手残暴无情，

无数基督徒的鲜血，

满足了他嗜血的心灵。

横行海上臭名昭著，

恶贯满盈终成俘虏。

宗教裁判所把他拿获，

开庭审讯十恶难赦；

查明早年曾经受洗，

信奉基督宣誓皈依；

未经多时反悔叛教，

迁徙非洲投身为盗；

他为人狡黠心毒手辣，

精于骗术利诱恐吓；

六百多名基督信徒，

经他运筹被囚为奴。

如许劣迹既经查明，

宗教法官执法无情，

---

① 阿拉贡，西班牙东北部地区。

② 柏柏尔，古时用来称呼北非一带及其土著居民。

判处火刑立即执行。
摩尔人得知此事，
其时他已被处死，
住在当地的摩尔后裔，
及时通信把消息传递。
撕心裂肺的悲惨音讯，
立即震动了远近亲戚，
一致发誓雪恨报仇，
烧死一人方能罢休。
着手寻觅基督教徒，
由他偿付这笔费用。
他们找到一名教士，
巴伦西亚是他故土。
他们迅速把他捕获，
准备完成预谋罪恶。
教士胸佩十字一枚，
乃蒙特萨教派会徽。
这个无往不胜的标记，
赐于他的不知是悲是喜：
他在地上因此丧生，
却在天上获得光荣。
异教徒们愚昧混沌，
自以为得到基督的化身，
只要杀死十字的主人，
耶稣自然随之殒灭。
他们个个穷困潦倒，

一起动手四处乞讨，
终于聚集了足够赎金，
分文不差支付给主人。
在我们的天主国度，
以上帝名义向人们求助，
为的是救治老弱残疾，
绝不为把健壮者杀戮。
在这块该死的土地，
人们并不信仰上帝，
他们不为生命祈求，
而是要把生命屠戮。
我刚才亲眼看到，
上帝的奴仆落入魔爪，
折磨他的不止两个恶棍，
整整两千把他围绕。
教士为人正直善良，
四周无数邪恶流氓。
他面色憔悴神情谦卑，
献身上帝死去何妨！
为了加倍增添他的苦难，
人人献计，个个争先：
有的把他的白发揪断，
有的手掌翻飞打他耳光。
千百次侍奉上帝的双手，
如今被套入紧紧的环扣，
两根牢牢拧搓的绳索，

把它们死死捆绑在身后。
另一根无情的链条，
把恭顺的脖子缠绕，
六名高大的摩尔壮汉，
用力拖拉在前奔跑。
举目四望人潮喧阗，
千百面孔无一友善，
敌意的目光冷眼旁观，
仇恨围绕令人胆寒。
残忍的心胸冷酷无情，
不遗余力施虐欺凌，
若有某人挥拳迟疑，
就将有愧摩尔美名。
人群蜂拥来到海滩，
准备处置无辜囚犯，
身上缚紧一根铁锚，
疯狂野蛮地施以磨难。
我却看到两根铁锚，
有形无形各有功效：
插进地面的是钢铁打制，
矗立心头的是信仰铸造。
两根铁锚并肩而立，
钢铁的一根腾腾杀气，
戕害生灵快当便捷，
信仰的那根是永生标记。
这是一场心灵的争战，

两根铁锚功效相反，
一根自天上高高垂悬，
另一根深深插进地面。
这个场面如此严酷，
肉体震颤心灵怵惕，
教士坦然镇静自若，
无意摆脱两根刑柱。
无羁的意志被铁枷束缚，
怎能奈何上帝的奴仆，
绳索缠绕的身躯里面，
坦荡的灵魂遨游自如。
虽然肉体无力稍动，
绳索捆绑怎能放纵？
可是灵魂依然自由，
九天上下随它驰骋。
卑劣的暴民如痴如狂，
施暴的欢欣要再次品尝，
匆匆堆积干柴火媒，
个个动手人人奔忙。
茅草薪木数量可观，
立即筑起宽大的圆环，
神圣谦卑的教士，
被驱赶进入这道围栏。
暴徒个个早已疲于等待，
为看死者咽气急不可耐，
却把篝火在远处点燃，

以便延长刑罚慢慢残害。
他们要像高明的厨师，
精工细作用心炮制：
文火慢烤不生不煳，
羊肉鲜嫩方上档次。
青烟袅袅升向空中，
时而刺痛受刑者的眼睛；
火焰伸出炽热的舌头，
开始舔舐袍角和衣领。
灼人的气浪益发猛烈，
周身服饰皱缩开裂，
贪婪的火舌并未停步，
长驱直入凶狠急切。
等着吧，天真的羔羊，
这片炙手歹毒的火光，
已经烧尽你的绒毛，
还将烤焦你的皮囊。
折磨他的有两种火焰：
人手点燃的清晰可见，
另外还有无形的圣火，
便是那对上帝的炽热爱恋。
不知道哪一个向他索债，
两种火都使他痛苦难耐：
一边是烤炙躯体的火舌，
一边是燃烧心灵的挚爱。
四周观看的人群，

凶残狂暴头脑发昏，

不惜死去也要置他于死地，

只有结果他才觉开怀。

刑罚折磨长久持续，

高贵的圣人从未言语，

他不愿翻动舌头，

把心声倾诉一句。

可是听说，我也看出，

他确实开口嗫嚅，

于是空中响起一声，

对基督轻轻的称呼；

最后的时刻来临，

弥留之际的可怜人，

喊出圣母玛利亚的名字，

三番五次呼喊不停。

一阵狂风骤，火光冲天起，

热浪翻滚，烈焰熠熠，

一点点吞噬受难的圣徒，

尸体渐渐在灰烬中消失。

那人虽已被杀害，

空中却飞起石块，

石块终于摧毁了

火焰留下的残骸。

哦，圣蒂斯特万①再现，

———————————

① 圣蒂斯特万，基督教传说中被施以火刑的殉道者。

你的忠贞坚定了我的信念：
你看到天国向你打开，
在离开这个世界之前！
尸体横卧在海滩，
烈火焚烧，石块摧残；
可是灵魂得以飞升，
飘向天主身边。
犯下如此野蛮的罪行，
摩尔人个个雀跃欢腾，
土耳其人也心满意足，
只有基督徒忧心忡忡。
我已经向你说完，
你们没看到的罪愆，
我的泪水和叹息，
说明绝非谵语胡言。

萨阿维德拉　我的朋友莫再哭泣，
凡有人在天国享到安谧，
就不应为他们流涕，
该担忧的是这里的兄弟。
按照一般常人眼光，
有些说法或许不当：
其实教士如此死去，
是永生之境向他开放。
你应该为别事担忧，
想想眼前的一切缘由：
在巴伦西亚处死罪犯，

何故执意在此为他复仇？
须知我们那里执法公道，
使用正义惩戒残暴；
这里却一切大相径庭，
不义和狠毒结伴作恶。

塞瓦斯蒂安　在此受尽痛苦煎熬，
如何平息悲泣哀嚎？
他们死去罪有应得，
我们无辜面对屠刀。

佩德罗　只因我们身为奴隶，
任人宰割何须问罪。
我们那里焚烧尸体，
这里燃柴让活人变鬼。
为了惩办叛教之徒，
巴伦西亚自有习俗，
只要不经公开审讯，
处决的办法就是叛教。
有个摩尔人向这儿走来，
我们最好各自分开。
萨阿维德拉跟我一起，
塞瓦斯蒂安那边躲避。

第 二 幕

〔尤素福和奥雷利奥上场。

尤素福　我花费了三百金币，

才终于为那姑娘赎身。

交给土耳其人钱财，

却向姑娘奉献了身心，

美女到手，何吝金银。

卖主此举实出无奈，

姑娘归他一年半载，

他虽使出浑身解数，

女子冷漠志坚不改，

冰霜满面任他求爱。

一个摩尔人替我代管，

领她回家，我还不敢；

可是只要她一天只身在外，

就等于我失去幸福和家产，

还有那爱情带来的温暖。

她是那样善良温顺，

又是那样冷酷残忍，

水火交融，世上少见；

美色迷人却贞洁谨慎，
交互辉映，恰到分寸。
任凭你万般甜言蜜语，
铁石心肠也不柔软少许。
虽然见我泪水纵横，
赌咒定叫她随心所欲，
只当耳旁风轻轻拂面去。
她还看不到自己的幸运，
也不知痛苦把我吸吮，
令我不断呻吟叹息；
然而我越是温柔诚恳，
她就益发寒风凛凛。
我想把她带回家中，
能否登上爱情的顶峰，
就看你的手段和本领；
你们同把基督信奉，
或许她会被你说动。
我在这里对你发誓，
倘若你办成此事，
医治好我的苦苦相思，
你的自由近在咫尺，
还有莫逆之交伴你一世。

奥雷利奥　老爷，请你尽管吩咐，
我会努力使你心满意足，
既然我是你府上的奴仆。
没想到女人家装腔作势，

竟让你如此痛苦。

来自何处,这位小姐?

点燃的情焰竟如此猛烈,

不负责任,何等罪孽!

尤素福　都说她是西班牙人。

奥雷利奥　名叫什么?

尤素福　西尔维亚是她名字。

奥雷利奥　西尔维亚?难道是她

也来到我服役的人家?

这个女子我曾见过,

当时并不十分惊诧。

尤素福　对了,我买的就是她。

奥雷利奥　果真是她,我敢肯定,

她的美貌信而有征。

不能说她冷漠孤傲,

只不过对人有点生硬,

远远不会要人性命。

老爷,赶快带她来家,

你也不必心乱如麻。

且看我自有手段摆布,

好言规劝,絮絮说合,

管保她不再羞羞答答。

尤素福　我去叫人带她前来。

你的诺言使我开怀:

为了表达我的欢欣,

就去寻找总管听差,

你的镣铐由他打开。

〔尤素福下场,只剩奥雷利奥一人。

奥雷利奥　天哪！我听到了什么？

是我的西尔维亚？没有弄错？

怎么可能？啊,多变的命运！

终于见到你了,就在此刻！

我为你死去活来不死不活！

她就是西尔维亚,我不停地呼唤,

我不断地思念,我不休地眷恋,

对于我,她超过世上的一切。

我深深感谢上天的看承,

让我们在一个主人身边相见！

我的忧伤总算有了间歇,

再多的苦难也感到宽解；

千载难逢的福星,

送来你举世无双的秀色,

我的双眼要消除久旱的饥渴。

无怪我主人为她倾倒,

其实世人早已知晓：

只需看她一眼,

谁都没有力量逃跑,

只能甘当俘虏柔肠缠绕。

我的主人正因此坐卧不宁,

毫无顾忌地透露了他的心情。

一旦你我得以相见,

他或许能平息心头的纷争,

我深深爱你,谁能抗衡!

无论如何总有一段时间,

尽享你的秀色,你的绰约风韵,

让我心头的创痛稍稍平息;

然后且待上天何时垂怜,

决定你我两人的苦涩酸甜。

〔奥雷利奥下场。上场的有:摩尔商人甲、乙,父亲、母亲、两个儿子(全家均为囚徒),以及海盗马米(即阿依达尔)。

商人甲　这么说,阿依达尔,是在撒丁岛

你捡到这批洋落儿?

马　米　是的,而且成色不错,

只要看看货单就知道。

商人甲　我们听说在那不勒斯海面,

有只战船紧紧把你们追赶。

马　米　确有其事,可是徒劳无功,

船上载货太多行动不便。

凡是偷东西的窃贼,

都应该快步如飞,

为了逃脱追捕,

往来轻装动作迅疾。

说给你听真新鲜:

基督徒的海船,

笨拙沉重航行艰难,

又缺乏人手把舵使帆;

只需看看它的船舱甲板,

全被大小货包堆满，
即使航行两天两夜，
连木筏也无力赶上。
可我们一直轻装前进，
像炮火一样快捷灵敏。
为了避开他们的捕捉，
迎风使船，裸身赤膊，
沉重的货包投进海里，
风帆张满，桅杆嘎吱。
我们就这样快速航行，
逆风前进，如梭飞驰。
全体船员齐心协力，
智愚强弱各显其能，
人人扭动赤裸的身躯，
紧握长桨拍浪击风。
基督教徒真是荒唐，
生怕名誉受到损伤，
处境危急也不握桨：
服此贱役羞愧难当。
我们自然暗暗称好，
听任他们保存荣耀，
俘获他们满载而归，
辱没名声何须烦恼！

商人甲　他们的名声和虚荣，
　　　　从来离不开他们的心胸，
　　　　他们自己因此遭殃，

　　　　　我们却得到益处无穷。

　　　　　我见一名稚嫩的少年，

　　　　　意欲购买携回家园。

马　米　叫卖者带着他们，

　　　　　沿街拍卖城中盘桓。

商人甲　他们之中可有西班牙人？

马　米　有啊，许多西班牙人在其间，

　　　　　他们总数二十四；

　　　　　我们俘获了一只战船。

　〔叫卖者上场，身后跟随着父亲、母亲、两名少年和一名
　怀中婴儿。

叫卖者　有人愿要小狗崽？

　　　　　这只老狗也拍卖，

　　　　　还有婆娘和婴孩，

　　　　　个个健壮货不赖！

　　　　　这个一百零二块，

　　　　　这个底码整两百。

　　　　　好像无人愿购买，

　　　　　嗨，老狗快过来！

儿　子　母亲，怎么回事？

　　　　　摩尔人要卖我们？

母　亲　是的，孩子，我们背运，

　　　　　只会增添他们的金银。

叫卖者　有人愿买便宜货？

　　　　　儿子搭妈莫错过！

母　亲　多么痛苦可怕的时刻，

倒不如死去干净利索!

父　亲　我的夫人,安静一点,

这都是上帝的意愿,

他老人家想必知道,

为什么要我们受难。

母　亲　我心疼的是这些孩子,

不知会如何把他们处置。

父　亲　夫人,听命吧,

不能违抗上天的意志。

商人甲　这个的底码是多少?

叫卖者　一百零二个金币不算高。

商人甲　我出一百一十,怎么样?

叫卖者　不行,从这往上才能成交。

商人甲　身体怎样?

叫卖者　你亲自瞧瞧。

〔掰开儿子的嘴巴。

商人甲　张开嘴,别害怕。

儿　子　老爷,别拔我的牙,

它自己迟早会掉下!

商人甲　你这小傻瓜,

以为我要拔你的牙?

儿　子　老爷,放开手,我很疼。

别碰了,我简直活不成!

商人乙　这另一个什么价?

叫卖者　二百金币是底码。

商人乙　我付多少可成交?

叫卖者	三百金币不能少。
商人乙	我买了你,你可乖?
儿　子	不管老爷你买不买,
	我都乖。
商人乙	好小孩?
儿　子	何必等你买,本来就不坏。
商人甲	我买这个,一百三。
叫卖者	归你了,递过钱!
商人甲	跟我回家去取款。
母　亲	我的心碎肠已断!
商人甲	老兄,快把另一个买下。
	过来,孩子,跟我不会差。
儿　子	不,老爷,不能跟着别人,
	把我母亲丢下。
母　亲	去吧,孩子,你已经卖给别人,
	不能再跟着你的妈妈。
儿　子	啊,母亲,你把我丢给别人?
母　亲	啊,老天,为什么这么狠心!
摩尔人	快点,小东西,随我离开。
儿　子	哥哥,我要你一起来。
哥　哥	不行,我作不了主,
	愿上帝把你佑护。
母　亲	我的宝贝,我的安慰,
	上帝绝不会把你丢弃!
儿　子	我愿和父亲母亲在一起!
	他们要把我带往哪里?

父　亲　老爷,能不能允许我,
　　　　给儿子短短几句嘱咐?
　　　　请给我这眨眼间的快乐,
　　　　今后是无穷尽的痛苦。

摩尔人　尽管说出全部心思,
　　　　这将是最后的一次。

父　亲　是的,可我是第一遭
　　　　把这种悲苦尝试。

儿　子　母亲,我要跟你在一起,
　　　　无论哪里我也不去。

母　亲　孩子,我不该让你出生,
　　　　命运对你实在不公。

父　亲　天地顿时黑暗无光,
　　　　世间万物混乱一片,
　　　　巨涛骤起狂风大作,
　　　　只因我儿遭此大难。
　　　　你不知自己有多不幸,
　　　　尽管你身在其中;
　　　　令人羡慕的浑沌无知啊,
　　　　是你不幸中的大幸。

母　亲　生离死别已经来临,
　　　　几句话你要牢记在心:
　　　　时时祈祷圣母玛利亚,
　　　　不可忘记,要专注凝神。
　　　　她是我们心中的女王,
　　　　宽厚慈悲,温柔善良,

　　　　她将锉断你的枷锁，

　　　　让自由重新回到身旁。

摩尔人　异教娘儿们狗东西，

　　　　废话太多快收起！

　　　　孩子幸好没发昏，

　　　　像你那样醉醺醺。

儿　子　这么说母亲不再把我收留？

　　　　却听任摩尔人把我带走？

母　亲　我的全部财富随你而去。

儿　子　我的心里充满了恐惧。

母　亲　恐惧心情更加把我折磨，

　　　　眼看你被带往未知之处。

　　　　你将什么也不会记起，

　　　　无论是上帝、你自己还是我。

　　　　因为你如此小小年纪，

　　　　这一切都是必然结果，

　　　　更何况你四周邪恶的人们，

　　　　还不断用谎言把你迷惑。

叫卖者　住嘴，说三道四的婆娘！

　　　　难道你不怕遭受更大的灾殃：

　　　　你用舌头说出的一切，

　　　　要用脑袋付出抵偿！

　　　　谁愿为这小子出更高价钱？

　　　　他是更加漂亮壮健，

　　　　简直就像是她弟弟。

商人乙　好啊，你出价多少？

叫卖者　我不是已经对你说过：

　　　　三百金币难道太多？

商人乙　二百五十可肯脱手？

叫卖者　这样出价你是白费气力！

商人乙　这小子长得真帅，

　　　　我打心眼里喜爱。

　　　　按你说的成交吧。

叫卖者　付现钱或先付定金都行。

商人乙　告诉我你的姓名。

儿　子　弗朗西斯科，请老爷听清。

商人乙　既然你已经改换了主人，

　　　　今后就给你改名叫"马米"。

儿　子　即使给我改换了名字，

　　　　也不能动摇我的信仰。

商人乙　这个现在还很难说。

儿　子　啊，多么严酷的惩治！

商人乙　够了，快跟我走。

儿　子　别了，亲爱的父母！

父　亲　他跟你在一起！

母　亲　弗朗西斯科！

商人乙　不对，他叫马米！

儿　子　叫马米万万不行，老板先生；

　　　　弗朗西斯科，才是我的名字。

商人乙　棍棒自会叫你更名改姓，

　　　　还会使你的怪念头一点不剩。

儿　子　癫狂的命运把你我分开，

父亲,你对我没有话儿吩咐?

父　亲　只望你走好生活路途,

为人善良,笃信基督。

母　亲　孩子,不管是恐吓威逼,

不管是礼品和笑脸,

不管是鞭子和棍棒,

不管是什么骗人伎俩,

哪怕有人答应给你的钱财

可以把天地全部覆盖;

你都不能把基督抛掉,

跟着摩尔人相信异教。

儿　子　我将努力坚定意志,

愿耶稣把我扶持;

别让我的信仰改道,

叫威逼利诱都无效。

叫卖者　基督教徒真虔诚!

小东西,我可以保证:

你会举起手来弯弓箭,

满怀激情,参加圣战!

基督教徒的小狗崽,

哭天抹泪最厉害;

很快变成摩尔人,

老爹老妈不相信。

〔众人下场,尤素福和西尔维亚上场。

尤素福　西尔维亚,不要哭泣,

心中的忧伤可以忘记,

你现在是我的女主人，
我并非买你当奴隶。
你猜我心里怎么想？
不要以为你遭了殃；
前番虽然费周折，
你我相见便呈祥。
幸运女神向你垂青
用的还是以往的规定：
奴隶也可以成为君王，
可你比君王更神圣。
快快擦干泪汪汪的双眼，
它们所到之处人人就范，
可是一旦它们转向别方，
又使个个心灵魂飞魄散。
别放下洁白的面纱，
去遮盖神圣美丽的脸颊，
别让那层幽暗的云雾，
阻碍天国的光彩焕发。

西尔维亚　老爷，我早已经习惯，
遭受折磨，泪眼涟涟。
偶而降临的片刻安宁，
会使我更加痛苦辛酸。
尽管如此，我将准备
心甘情愿由你支配，
你无故为我花费钱财，
我虽不解，可内心有愧。

或许你以为我的家人，
会为我付出大笔赎金；
如果这真是你的意图，
只怕你很难得到分文。
老爷，我必须向你说清，
若论困顿中的悲苦贫穷，
我确实是应有尽有丰足充盈，
我的财富就是忧心忡忡。
就痛苦而言我无比富有；
为了不断吊起我的胃口，
这笔家产还利用机会
日益增添，扩大不休。

尤素福　西尔维亚，这全是误会，
你的意愿我不想违背，
如同你想听命于我，
我也将把你尊崇追随。
我为你花费了钱财，
并不想从中得到外快，
只盼看到你无双的笑靥，
无意再把银库充塞。
不断增长的强大爱情，
已经证明它威力无穷；
我成了我女奴的奴仆，
女奴却做了我的主人。
我虽然沦为俘虏，
却十分心满意足，

我赞颂这奇特的处境，

尽管它残忍地把我荼毒。

为了证实我的真情实意，

西尔维亚，我告诉你：

不要再称我老爷，

唤我挚友或者仆役。

西尔维亚　　即使幸运女神施恩，

彻底改变我的身份，

也应遵循礼仪规矩：

主仆有别贵贱莫混。

我知道怎样将你称呼，

更知道我身上的义务：

你的一切正当要求，

我要尽力予以满足。

尤素福　　西尔维亚，你娴静的谈吐，

你的人品、俏丽和风度，

都使我清清楚楚看到，

你出身于一个高贵的家族。

我完全可以从你身上，

得一大笔赎金作为补偿；

不料我自己却陷入绝境，

要依靠你提挈相帮。

来日方长，你迟早会明白，

我为你所作的一切。

不过现在你跟我来，

去把女主人萨阿拉参拜。

西尔维亚　　来了,老爷,正是时候。

尤素福　　西尔维亚,别再"老爷老爷"不休。

　　　　　我的爱情和命运,

　　　　　叫我把你当主人侍候。

　　　　〔萨阿拉上场。

萨阿拉　　尤素福,你一路辛苦。

　　　　　这是谁的异教女奴?

西尔维亚　　我的太太,我来听你吩咐。

尤素福　　是的,我刚买到的尤物。

萨阿拉　　你确实买了一个漂亮姑娘,

　　　　　但愿她的品行和相貌一样。

　　　　　告诉我,老爷,你花费了多少?

尤素福　　整整一千金币花在了她身上。

萨阿拉　　会不会有人为她支付赎金?

尤素福　　她家是遐迩闻名的富人。

萨阿拉　　她的名字?

尤素福　　西尔维亚。

萨阿拉　　是姑娘呢还是已经出嫁?

西尔维亚　　我已经出嫁,可还是姑娘。

萨阿拉　　怎么回事? 快给我讲讲。

西尔维亚　　夫人,听我细细讲来,

　　　　　这也是我命里活该。

　　　　　上天给了我丈夫,

　　　　　却不让我们夫妻恩爱,

　　　　　而是把我推进浩劫,

　　　　　他的消息也石沉大海。

〔这时一摩尔人上场。

摩尔人　尤素福,国王阿桑有令传,

　　　　叫你火速前去晋见。

尤素福　他现在哪里?

摩尔人　在杜兰,

　　　　正忧心忡忡焦虑不安。

　　　　阿麦德,禁卫军统帅

　　　　和帝国军团主将在他身边;

　　　　陪伴他的还有各路骁将,

　　　　以及司令、指挥、各级军官。

　　　　他们聚集起来商讨,

　　　　如何对待刚得到的情报:

　　　　西班牙国王调兵遣将,

　　　　为一场大战吹响了号角。

　　　　说是准备征讨葡萄牙,

　　　　恐怕只不过是个障眼法:

　　　　实际刀口对着阿尔及尔,

　　　　这才是他多年的眼中沙。

　　　　打起仗来千变万化,

　　　　古往今来兵不厌诈:

　　　　雷声在东边轰鸣,

　　　　闪电却向西边劈下。

尤素福　咱们走吧,苍天恢恢,

　　　　它必然会把我们保卫。

　　　　穆罕默德将扼住进犯者,

　　　　把西班牙降服击溃。

夫人,西尔维亚归你,

该做什么由你支配。

西尔维亚,你也听着:

服从主命,不得有违。

〔两个男子下场,只留下西尔维亚和萨阿拉。

萨阿拉　基督女子,你是何方人氏?

出身贫寒还是万贯家资?

福星高照还是生不逢时?

爽快道来,无须饰词。

我跟你一样也是女人,

绝不会那样刻薄狠心;

你的种种不幸遭遇,

必将使我热泪沾襟。

西尔维亚　夫人,我的家乡格拉纳达,

我真是生来命运不佳;

你已看到我的处境:

买来卖去由人打发。

据说我曾是富家闺秀,

可我的财产骤然化为乌有;

我顿时变得一贫如洗,

恍如隔世,荣华难长久。

萨阿拉　你是否有过一段时刻,

心头燃烧起爱情的烈火?

西尔维亚　我的境遇如此凄惨,

都是不幸爱情的结果。

萨阿拉　你是否被人深深爱恋?

西尔维亚　是的；我的感情更缱绻，

恐怕只有冰冷的裹尸布，

才能把无尽相思切断。

萨阿拉　是别人先向你倾心，

还是你先爱上了别人？

西尔维亚　是他先倾吐的衷情，

我也爱他，深远无穷。

萨阿拉　他青春年少？

西尔维亚　风度翩翩。

萨阿拉　是基督教徒？

西尔维亚　理所当然！

基督教徒怎能丢弃，

自己的名声和尊严！

萨阿拉　要是爱上一个摩尔人，

你将获罪？

西尔维亚　从未想过。

不过基督徒会因此遭到谴责，

这种事一向依法严禁。

萨阿拉　摩尔女子不能喜欢基督徒？

西尔维亚　对此事你应比我更清楚。

萨阿拉　西尔维亚，你叫我气闷，

这么快，就给我当头一棍！

西尔维亚　我？夫人！从何说起？

萨阿拉　听着，我立即告诉你：

相信你一旦知道我的遭遇，

一定会为我痛苦悲戚。

你想必知道,几天以前,

从这里的海港开出十二只船;

满载海盗驶进平静的海面。

一路顺风,船儿扬起篷帆,

很快就到达撒丁岛岸边。

他们在岛屿四周逡巡,

寻找海沟、陆架以及港湾,

终于躲进一处小心观看。

他们注视热那亚、西班牙方向,

盼望船只在海面上出现,

来自别的国家也算可以,

唯独不愿跟法国人见面。

这时,一阵狂风刮起,

这疾风是如此力大无比,

船员纷纷主张迅速躲避。

任凭你风帆厚实绳索坚韧,

不管你船体牢固结构紧密,

面对狂暴大风统统无能为力。

必须立即就近躲藏,

只怕很难调转方向。

呼啸的狂风,

翻腾的巨浪,

迫使海盗船驶进小港,

再不能向远处眺望。

骤起的狂风残暴无情,

施虐海上咆哮不停。
一只基督徒的海船,
满载货物,飞速向前;
无桨无舵,在海面沉浮,
失魂落魄,任狂涛摆布,
眼看就在沸腾的海里颠覆。
经过三个日夜的苦斗,
摆脱了狂风巨浪的虎口,
终于发现了坚实的土地,
更大的灾难却已在恭候。
在这同一个岛屿上,
早已有人暗中躲藏;
敌船上的凶狠海盗,
向猎物投去贪婪的目光。
他们迎面扑去势如猛虎,
货船顷刻间粉身碎骨,
尽管船员们剽悍勇武。
一颗枪弹击中船长,
当场穿透他的胸膛。
他旁边一起赳武士,
也在同时倒地身亡。
回回海盗洗劫货船,
抢夺财物俘虏人员;
其中一名基督教徒,
身为囚犯却慑人心魄:
奴隶,剥夺了主人的自由,

主人，却向奴隶屈膝乞求。

就是这个基督徒，就是他，

这个基督徒啊，西尔维亚，

使我忘记摩尔女子的身价；

没有欢乐，没有幸福，

茶饭不思，含辛茹苦，

失魂落魄，神志恍惚。

他被我丈夫买来带回家里，

我再三哀求，不断哭泣，

我叹息，我赔笑，我送礼，

为的是能融化那颗坚硬的心；

任凭我柔肠寸断一片赤忱，

却无法撼动那钻石般的灵魂。

西尔维亚，你刚说过：

基督教徒不得肇祸，

与摩尔女子拉拉扯扯。

你的道理使我心儿伤透，

同样的话语也出自那人之口：

奥雷利奥，顽固的基督教徒，

他是上天降给我的诅咒。

西尔维亚　奥雷利奥就是那个基督教徒？

这是他的名字？

萨阿拉　是他的称呼。

西尔维亚　你说的货船，我如果没有弄错，

崭新鲜亮，名叫圣保罗，

为马耳他教团来往运货。

　　　　　我正是乘坐它时遇了难，

　　　　　那个奥雷利奥我也曾看见，

　　　　　西班牙人，一张漂亮的脸。

萨阿拉　你说得很对，毫无疑问！

　　　　　他是谁？我安适生活的敌人。

　　　　　村夫一个还是出身名门？

　　　　　他把两者集于一身：

　　　　　风度翩翩，很像士绅，

　　　　　执拗粗鲁，酷似山民。

西尔维亚　依我看，他是个小小侍从，

　　　　　在船上他十分温驯谦恭；

　　　　　家产几何？我无法禀明。

萨阿拉　哦，西尔维亚，怎么说才好！

　　　　　总之我已经不可救药：

　　　　　管他是谁，反正我为之倾倒。

　　　　　现在要求你帮我一把：

　　　　　把这桀骜的野性驯化，

　　　　　用款款的柔情感动他；

　　　　　我这可怜的妇人五内如焚，

　　　　　只求作他仆人的仆人。

　　　　　你一旦帮成了这个忙，

　　　　　指《可兰经》发誓给你报偿：

　　　　　管叫你在不久的将来，

　　　　　欢天喜地踏上思念的故乡。

西尔维亚　这件事放心交我去办，

　　　　　你会看到我的高明手段，

讨你欢喜也满足我的心愿。

〔两个女人下场。奥雷利奥一人上场。

奥雷利奥　我们的日子充满祸患和灾害，

再也无法挽回逝去的神圣岁月，

我们的先辈向往地称之为黄金时代。

人们自由而安详地四处漫游，

走遍东西南北整个地球，

同样生老病死却古朴无忧。

天地上下平静而安谧，

从来听不到囚徒凄惨的哀泣，

声声抱怨自己的命运不济。

甜蜜的自由笼罩着四方，

无论谁的脑际耳旁，

都没有奴隶锁链的响声。

世人很快失去理智和信仰，

贪得无厌，鼠目寸光，

尘寰的烦扰压弯了他们的背脊；

他们发现了光灿灿的矿石，

埋藏地下深处的黄色金子，

我们的一切灾难从此开始。

你手中的金子太少太少，

便忌妒邻人为何那么灵巧，

万贯家财用不了。

刻骨的仇恨在胸中萌发，

我偷盗，你欺骗，他敲诈，

交易不公平，待人手段辣。

可这都比不上战争的灾难：
造成千里饿殍杀人不眨眼，
敌我双方无一幸免。
它吞噬、焚烧、毁坏一切，
物阜民安的帝国灰飞烟灭，
甜美的和平被逐出国界。
战争狂人贪婪残暴，
攫取黄金是唯一的信条，
我们的幸福和安宁备受骚扰。
可怖的血腥战争；
闪亮的无用剑锋，
结束我们危在旦夕的生命；
把我们锁进牢房，
要我们以血汗钱为抵偿，
获取释放重见阳光。
如果你我身无分文，
可又不幸受制于这群恶棍，
只有等待上帝的慈悲之心；
或者权当自己身殒魂消，
就像船破浪大独自海上飘，
港湾在哪里？何处可抛锚？
钱多门路广，何尝比我强！
依然不知怎样如愿以偿，
同样一筹莫展前途渺茫；
这里人歹毒，冷酷无心肝，
言而无信，从不汗颜，

伪善阴险尚异端无法无天。

权宜之计就是他们的上帝，

既然这里无人崇奉神威，

怎能看到德行善举大发慈悲！

随时都有各派教士惨遭屠戮，

只因他们尽职尽责侍奉天父，

尤招忌恨，备受凌辱。

最可叹的是基督教少年，

耳濡目染被恶习纠缠；

狗男女们都这样取乐寻欢。

神圣的天父，可爱的家园！

西尔维亚，我心中的甘泉！

何时能重见你悦目的红颜？

有脚步走近，我没听错，

主人尤素福从这里经过，

神志恍惚，失魂落魄！

〔奥雷利奥躲在一角，尤素福上场。

尤素福　我遭受苦涩爱情的折磨，

它坚固的锁链正把我触摸，

我伸过脖子无可奈何。

如果上天不送来一丝光线，

用理智之灯的粲粲火焰，

把我心头的黑夜驱散；

一切挣扎都将徒劳无益，

包括至亲好友的睿智道理，

均如清风过耳不留痕迹。

有更老练和能干的士兵，

为国王服役效忠，

宽免我吧，我正忧心忡忡。

挖壕沟筑营垒种种苦差，

由别人来承担难道不该？

最好是未尝爱情苦果的少男，

我面临更残酷的争战熬煎：

每时每刻被无情命运戕害，

我的心灵将受到彻底摧残。

西尔维亚，美丽的女王，

为了你我把臣民义务丢弃不管，

失去荣誉和财富不感遗憾。

我盲目而疯狂，信口胡言！

时时沐浴着你双目的流盼，

胜似去西班牙把黄金聚敛。

让我双膝跪下，膜拜你无双的容颜。

〔奥雷利奥走近，见尤素福跪在地上。

奥雷利奥　老爷，为何如此一蹶不振？

我已应允解除你的郁闷！

说真话，这可算不得明智：

不必轻易把希望丢失。

你要有信心，善于等待，

不必这样气急败坏。

尤素福　我的忧伤没有丝毫减退，

好言相劝不能把我安慰。

你可曾见识我那女神的相貌？

奥雷利奥　没有,老爷,莫非她已来到?
　　　　　　果真如此,当在府内休憩。

尤素福　是的,不如说她在我心里。

奥雷利奥　放心吧,从今起幸福向你靠近。

尤素福　去吧,见见她,别忘了你的责任,
　　　　　奥雷利奥老兄,咱们一言为定。

奥雷利奥　苍天在上会为我作证。

〔两人下场,法蒂玛上场。

法蒂玛　盼望已久的时刻来到,
　　　　　且看罕见魔法的功效:
　　　　　征服不屈的心灵,
　　　　　我的妖术最可靠。
　　　　　夜晚张开星光闪闪的车篷,
　　　　　遮盖了漆黑寒冷的天空。
　　　　　正是我施展本领的时刻,
　　　　　呼神唤鬼令人胆战心惊。
　　　　　蓬乱的长发随风飘舞,
　　　　　宽衣解带手脚无拘束,
　　　　　双足赤裸,面向大海,
　　　　　太阳早已沉没在远处;
　　　　　这串石子组成的链条,
　　　　　沾满鸳巢的血腥在臂上缠绕,
　　　　　我还要摆弄这根绳索,
　　　　　让它乖乖显示奇效;
　　　　　在一个满月的夜晚,
　　　　　我亲手把五根芦苇砍断,

现在整整齐齐摆好，

也会帮我实现心愿。

我还在烈日炎炎的利比亚，

用投枪把这些蛇头取下，

这会儿也能派上用场，

还有这把谷粒应抛撒地上；

我切下一块血淋淋的鲜肉，

来自初生牛犊的额头，

它也神奇灵验前所未见，

定会满足我的一切要求；

我用来包裹它的草叶，

刚经羊羔牙齿的啃啮，

它自会让奥雷利奥，

像羊羔一样温顺和悦。

这只蜡制的小人，

是奥雷利奥的化身；

柔软的手紧握利箭，

必将穿透胸中的心。

萨阿拉自会心满意足，

终于把不驯的灵魂征服，

使那冷面郎君基督徒

情焰猛烈，爱火熊熊。

公正的拉达曼迪斯①，

---

① 拉达曼迪斯，希腊神话中冥土三判官之一。

　　　　铁面无私的米诺斯①，

　　　　阴森幽暗冥界的主宰，

　　　　把可怜的受难灵魂控制；

　　　　你们是惧怕嘶哑的狂吼，

　　　　还是不祥的喃喃诅咒？

　　　　总之我向你们呼喊哀求：

　　　　铁石心肠也有软化的时候。

　　　　呼拉拉扑腾腾劈啪砰，

　　　　嘎吱吱轰隆隆叮当冬；

　　　　吃人的疯狗变形的妖怪，

　　　　野岗子上臭烘烘的蕲艾；

　　　　生养大头鬼的妖魔，

　　　　快快滚出你的老窝，

　　　　马上来到我的眼前，

　　　　否则巫术不懂情面。

　　　〔魔鬼上场。

魔　鬼　你念念有词的咒语真恶毒，

　　　　逼迫我从冥界底层跑出，

　　　　且看你为何事把我传唤。

　　　　摩尔妇人，见你如此卖力，

　　　　我真为你感到惋惜，

　　　　你把时间荒废。

法蒂玛　讲明道理。

魔　鬼　停止你的咒语，听我说清：

------

① 米诺斯，希腊神话中冥土三判官之一。

你的命令我立即可以执行；

但是必须听我一言，

按我的忠告去做才成。

你的这套妖术毫无用处：

基督教徒笃信基督，

你装神弄鬼，他不在乎。

你最好还是另动脑筋，

他才能对夫人大发善心。

法蒂玛　我白白在这里大费气力？

魔　鬼　是的，你在白费心机。

照我的话办，莫再迟疑，

听我给你面授机宜：

地狱里面只有两种怪物，

能在基督徒中作威作福，

不管他们意志多么坚强，

不怕他们灵魂洁白纯朴；

我说的是窘况精灵，

能把最牢固的信念消融，

加上机遇精灵与它携手，

紧紧把奥雷利奥簇拥，

且看他傲骨轰然坍塌，

顿时化为缕缕柔情，

静卧在爱神的火热怀抱。

法蒂玛　赶快替我找来这两个精灵，

你别想推托自己承诺的事情。

魔　鬼　我立即来执行你的命令。

〔两人下场。

第 三 幕

〔两名奴隶上场，身后跟着两个摩尔顽童，向他们喊着在
阿尔及尔常听到的顺口溜："堂胡安，想赎身；别逃跑，没
有门；堂胡安别过来，这儿把你宰；狗东西，这儿把你宰；
堂胡安别过来，这儿把你宰。"

奴隶甲　说得对，狗东西；说得对，胆小鬼！

奥地利好汉堂胡安①不怕你们耍贫嘴；

可惜他失去勃勃生机停止呼吸，

否则公正无私的上帝，

会让他只身建立起

摧毁你们卑劣国度的功业。

怎奈他无福饮誉尘寰，

罪恶累累的世界激怒了上天，

冥冥中的气数高举利器，

砍断他那条欢快的生命线，

至高的造物主让他的灵魂回归自然。

摩尔人　堂胡安别过来，这儿把你宰！

---

① 奥地利的堂胡安(1547—1578)，查理五世的私生子，腓力二世同父异母的兄
弟，因出生在德奥境内而得名，在对摩尔人作战中武功卓著。

奴隶乙　他要真过来,我敢保证,

　　　　你们准会逃窜,这帮孬种!

摩尔人　堂胡安别过来,这儿把你宰!

奴隶甲　你这挨宰的货,永世也逃不脱

　　　　地狱囚徒的沉重枷锁!

摩尔人　堂胡安别过来,这儿把你宰!

奴隶乙　他杰出的哥哥腓力定会来临!

　　　　其实他原不该拖延至今:

　　　　只因为马丁·路德的弗兰德①,

　　　　倔强地昂首挺胸不肯称臣,

　　　　放肆地藐视他的君主之尊。

摩尔人　这儿把你宰!

奴隶甲　我盼望这低矮单薄的城垣,

　　　　顿时坍塌在地不成屏障,

　　　　这匪巢贼窟被火焰吞噬,

　　　　惩恶扬善的湛湛苍天,

　　　　应把放荡的罪恶渊薮埋葬。

奴隶乙　何必不休地白费口舌,

　　　　算了吧,我的朋友佩德罗。

　　　　他们自会厌倦,你还是告诉我:

　　　　是否仍在设法从这里逃脱?

奴隶甲　为什么不?

奴隶乙　有什么办法?

奴隶甲　有什么办法?

---

①　弗兰德,古国名,包括目前的比利时、荷兰南部和法国北部。

　　　　　　迈腿走路,不然就逃不脱。

奴隶乙　你选的这条路风险太大!

奴隶甲　可是老兄,你说我该如何?
　　　　年迈的父母早已双双陨殁,
　　　　他们留下的田庄财产,
　　　　全由我兄弟一手掌握。
　　　　此人无比贪婪吝啬,
　　　　明知我受人驱遣凌虐,
　　　　也不愿拿出一分赎金,
　　　　尽管财产的一半属于我。
　　　　连日来我不断前思后想:
　　　　你也知道我主人的歹毒心肠,
　　　　一口咬定我出身名门,
　　　　给他一笔赎金何其便当!
　　　　我怎样才能满足他的愿望?
　　　　难道只好永远忍受,
　　　　饥寒交迫,贱若猪狗?
　　　　我宁可逃跑时丧生,
　　　　也不愿在此任人鱼肉。

奴隶乙　你已打点了行装?

奴隶甲　有所准备:
　　　　十磅坚硬的饼干已经在包内。

奴隶乙　到奥兰①还有几百里路程,
　　　　十磅饼干怎么能行?

————————

①　奥兰,阿尔及利亚的第二大城市和港口。

奴隶甲　我还准备了另一种干粮，

　　　　面粉里掺进鸡蛋和蜜糖，

　　　　经过烘烤又脆又甜，

　　　　填饱肚皮只需一点。

　　　　还带着咸盐以防万一，

　　　　野菜加盐也可充饥。

奴隶乙　带了鞋子？

奴隶甲　结结实实整三双。

奴隶乙　道路可熟？

奴隶甲　听天由命胡乱闯！

奴隶乙　你打算从哪儿上路？

奴隶甲　沿着海滩。

　　　　现在正值酷暑烈日炎炎，

　　　　阿拉伯人全都离家上山，

　　　　去寻找清凉之处避暑消闲。

奴隶乙　既然奥兰是你的目的地，

　　　　可知一路有什么标记？

奴隶甲　我首先要渡过两条大河，

　　　　其中一条名字叫巴特，

　　　　红色的巨流就在近处奔腾；

　　　　远处的一条叫作依格纳格。

　　　　离穆斯塔加奈姆①不远，在它右边

　　　　矗立着一座高高的大山，

① 穆斯塔加奈姆，阿尔及利亚西北部海滨城市，位于地中海沿岸，在奥兰东北七十五公里处。

　　　　　人们都把它称作肥胖峰，

　　　　　站在山巅上可见对面另一山，

　　　　　犹如宝座高耸，俯瞰奥兰。

奴隶乙　你想夜间行路？

奴隶甲　那是当然！

奴隶乙　你打算在漆黑一片的夜晚，

　　　　　翻过高山峻岭渡过幽谷深涧？

　　　　　辨不清一寸道路看不到一丝光线，

　　　　　你靠什么指引迈步向前？

　　　　　哦，自由，多么令人神往！

　　　　　亲爱的朋友，神圣的天父在上，

　　　　　他会助你如愿以偿。

　　　　　上帝与你同在。

奴隶甲　他也在你身旁。

　　　　〔两人下。奥雷利奥和西尔维亚上场。

奥雷利奥　西尔维亚，感谢幸运女神，

　　　　　又见到你我心中多欢欣，

　　　　　这幸福抹去昔日多少悲辛。

　　　　　从今后我将时时看见你，

　　　　　我的忧伤变为欢喜，

　　　　　黑夜过去白昼永继。

西尔维亚　亲爱的，我是多么幸运，

　　　　　能够再一次离你这么近，

　　　　　简直叫我难以置信。

奥雷利奥　我的爱妻，我们分离已久，

　　　　　不幸被俘你如何忍受？

　　　　　　这些人蛮横粗鲁残暴如野兽！

西尔维亚　开天劈地的造物主，

　　　　　给我希望为我指路，

　　　　　作为教徒我坚信慈祥的天父；

　　　　　我有上帝神圣的祝福，

　　　　　还有护卫贞洁的面纱，

　　　　　毫不担忧受到些许玷污。

奥雷利奥　可爱的妻子你可曾知道：

　　　　　狡黠固执的爱神还在作恶，

　　　　　它射出的箭头凶猛狂啸；

　　　　　已经穿透了女主人的胸膛，

　　　　　造成了不可治愈的创伤；

　　　　　爱情逼她到处把我追赶，

　　　　　而不知我的心早已向你奉献。

　　　　　这个摩尔女子直言不讳：

　　　　　只要一见我她就神摇心醉。

西尔维亚　萨阿拉已对我和盘托出，

　　　　　要求我帮忙把你说服：

　　　　　莫对她公然视若无睹。

　　　　　主人他也还在经受熬煎，

　　　　　尤素福也对我情意缠绵，

　　　　　依我看他并非故作可怜。

奥雷利奥　可怜的摩尔汉！

西尔维亚　不幸的摩尔女！

奥雷利奥　低头短叹抬头长吁，

　　　　　迎风飘散谁人体恤！

　　　　　尤素福也向我倾吐了衷肠，
　　　　　指望我消解你的坚冰寒霜，
　　　　　减轻他心头的深深创伤。
　　　　　我宁可眼看飞箭射来，
　　　　　凶猛地把我的胸膛刺开，
　　　　　灵肉分离化尘埃，
　　　　　也不愿违心为他效劳，
　　　　　使你我继续忍受煎熬，
　　　　　哪管他对我怒火中烧。

西尔维亚　奥雷利奥，难道你没看清，
　　　　　对他们也只能违心奉承，
　　　　　否则往后的苦难会倍增。
　　　　　眼下这样做是唯一良策，
　　　　　假意顺从才能把信任赢得，
　　　　　我们相亲相爱方无人阻隔。
　　　　　告诉萨阿拉：是我的劝告，
　　　　　使你对她的态度变好，
　　　　　摩尔汉也会想你的努力奏效。
　　　　　只要行事谨慎不疏忽，
　　　　　就能不至逾越礼仪法度，
　　　　　又可时时相见免去痛苦。

奥雷利奥　你的想法确实精彩，
　　　　　立即照办绝不徘徊，
　　　　　但愿上天慈悲为怀。
　　　　　我写信告诉我的父亲，
　　　　　我们正经历苦难艰辛，

你也把消息传给双亲。

常言道,隔墙有耳,

西尔维亚,我看就说到这儿。

感谢上帝这样慈悲,

窃窃私语还有机会。

〔机遇精灵、窘况精灵、奥雷利奥、萨阿拉和法蒂玛,机遇
精灵和窘况精灵相继上场。

机遇精灵　　无论是公开诛杀还是暗中行凶,

都缺少不了你这窘况精灵,

你会一丝不苟地完成任何罪行。

地狱里的恶魔鬼魂,

再三强迫催促我们,

去撼动一颗磐石般的心;

基督徒已经严密设防,

要对爱神誓死抵抗,

哪怕他任性顽强疯狂。

你必须对他发起骚扰,

每时每刻把他围剿,

不管白天黑夜吃饭睡觉,

搅乱他的思绪弄昏他的头脑。

而我也将千方百计,

在他眼前晃来晃去,

让稀疏的发丝飘向他的手里;

时不时停一停脚步,

好叫他把我抓住,

灵巧如我怎让他轻易满足。

窘况精灵　机遇精灵尽管放心，

只要你相帮严肃认真，

我自会轻而易举建奇勋。

你瞧，那个犟种已经来到，

我的姐妹，咱们快快准备好，

把基督徒的傲气打掉。

〔奥雷利奥上场。

奥雷利奥　可怜的奥雷利奥还能不能

摆脱下贱的摩尔婆的跟踪？

她到处把你的身影紧盯。

到目前为止似乎可以做到，

只要上帝一如既往给我支持。

她千方百计施展伎俩，

想把我拉向她淫荡的欲望：

时而贿赂拉拢，时而恶言毁谤，

今日飨我以美味佳肴，

明朝用饥饿把我伤害。

窘况精灵　你饥肠辘辘命在旦夕，

奥雷利奥　我辘辘饥肠奄奄一息。

窘况精灵　你穷困潦倒衣履破敝，

奥雷利奥　我潦倒穷困衣不遮体。

窘况精灵　你一张皮革就地而卧，

奥雷利奥　我就地而卧一张皮革。

窘况精灵　你的衬衣短小破烂肮脏，

奥雷利奥　我的衬衣短小破烂邋遢。

机遇精灵　我知道只要你愿意，

　　　　　自会有机会甩开痛苦。

奥雷利奥　我知道只要我愿意,

　　　　　自会有机会摆脱桎梏。

机遇精灵　只要你爱上女主人萨阿拉,

　　　　　至少装出样子喜欢她。

奥雷利奥　只要我爱上女主人萨阿拉,

　　　　　至少装装样子就够了。

　　　　　但是,怎么能强人所难?

窘况精灵　窘迫的境地会给你指点。

奥雷利奥　窘迫的境地会给我指点。

机遇精灵　萨阿拉多么富有多么俊俏!

奥雷利奥　女主人多么富有多么美妙!

窘况精灵　更为重要的是她慷慨大方,

　　　　　定会满足你的一切愿望。

奥雷利奥　慷慨大方一往情深,

　　　　　有求必应正合我心。

机遇精灵　你莫错过千载难逢的机会!

奥雷利奥　我莫错过千载难逢的机会!

　　　　　可我出身名门血统高贵,

　　　　　辱没家声何颜以对!

机遇精灵　谁能知晓你的所作所为?

　　　　　暗中勾当何患曲直是非!

　　　　　神鬼不知无人问罪。

奥雷利奥　谁能知晓我的所作所为?

　　　　　暗中勾当无人查对,

　　　　　心安理得谁来问罪!

机遇精灵　机遇既来何止万千：

　　　　　私下馈赠暗中牵连。

奥雷利奥　偷鸡摸狗的机遇不少，

　　　　　每迈一步都迎面把我呼叫，

　　　　　可我一个也不正眼瞧一瞧。

　　　　　一位堂堂正正的君子，

　　　　　不应胸怀恶棍的心思，

　　　　　把基督和门第抛掷。

窘况精灵　基督一向慈悲为怀，

　　　　　不会轻易把人责怪；

　　　　　有些过失出于无奈。

奥雷利奥　圣明的上帝听我申说：

　　　　　情况窘迫别无选择，

　　　　　这次过失乞望宽赦。

机遇精灵　现在正是时候，奥雷利奥，

　　　　　可以紧紧揪住机遇的发梢。

　　　　　你看那位动人的摩尔美女，

　　　　　正情意绵绵来投入你的怀抱。

　　　〔萨阿拉上场。

萨阿拉　奥雷利奥你独自一个？

奥雷利奥　有人陪伴！

萨阿拉　是谁？

奥雷利奥　意中的丽人。

萨阿拉　何人占据了你的心田？

奥雷利奥　且听我言：

　　　　　或许你的看法会马上改变，

　　　　　　不再说我铁石心肠冰霜脸。

窘况精灵　我的姐妹,你果真很灵!

机遇精灵　理所当然!且往下听。

萨阿拉　果真如此?奥雷利奥!

　　　　那我确是福星高照!

　　　　你的好运同样来到。

　　　　咱们寻觅一个僻静去处,

　　　　听你慢慢把衷肠倾诉。

　　　　快跟我过来,奥雷利奥,

　　　　恰好不在家,主人尤素福。

奥雷利奥　夫人,我理应听命前往,

　　　　　奴仆怎能把主人违抗!

窘况精灵　机遇大姐,他已经缴械,

　　　　　基督徒的意志土崩瓦解!

机遇精灵　我们左右夹击把他包围!

　　　　　现在跟萨阿拉步入深闺,

　　　　　等待奥雷利奥进去,

　　　　　咱们再一起向他示威。

　　　〔其他人下场,留下奥雷利奥一人。

奥雷利奥　奥雷利奥,向哪里迈步?

　　　　　恍恍惚惚,听谁摆布?

　　　　　你难道不怕上帝的惩罚,

　　　　　执意去实行癫狂的想法?

　　　　　唾手可得的便当机遇,

　　　　　要把灵魂交给贪婪的淫欲,

　　　　　最终将摧毁你坚强的意志,

让虚妄荒唐的柔情把它吞噬。

你不是有过崇高的理想，

以及百折不挠的坚定志向：

宁可在苦难中把短暂的生命丢弃，

也不妥协退让亵渎上帝？

你纯真的爱情缠绵的眷恋，

这么快就随风飘散？

而让虚妄可耻卑劣轻浮的欲望，

轻而易举占据了你的胸膛！

远远离开吧，虚妄的计谋！

快快滚开吧，丑恶的念头！

肮脏欲火的死死纠缠，

可用纯洁爱情去割断！

我生而属基督死去归耶稣，

哪怕备受折磨惨遭荼毒，

不管甜言蜜语诡计妖术，

我都不会远离上帝一步！

〔弗朗西斯科——第二幕中被卖幼童的哥哥——上场。

弗朗西斯科　奥雷利奥，可曾见到我弟弟？

奥雷利奥　你是说小胡安？

弗朗西斯科　是的。

奥雷利奥　刚才见他在这里。

弗朗西斯科　啊，神圣万能的上帝！

奥雷利奥　你很难过，

　　　弗朗西斯科？

弗朗西斯科　是的，心如刀割。

　　　　我不知如何对你诉说，

　　　　虽然我深深受到折磨：

　　　　你无须知道更多，

　　　　就会明白我的惶惑：

　　　　我弟弟把他的灵魂，

　　　　交给撒旦这个恶魔。

奥雷利奥　他已经叛教？这可真新鲜！

弗朗西斯科　离经叛道，有何新鲜？

　　　　他如此糊涂，

　　　　实在可怜。

　　　　他已发誓，

　　　　归化摩尔。

　　　　年幼无知，

　　　　不乏诱饵。

奥雷利奥　弗朗西斯科，你看他又露面。

　　　　确实古怪，这身打扮！

弗朗西斯科　这身衣裳把他处决，

　　　　他知道什么穆罕默德！

　　　〔胡安上场。

奥雷利奥　看见你真高兴，胡安。

胡　安　你们不知道我现在名唤……

奥雷利奥　什么？

胡　安　跟我主人完全一样。

弗朗西斯科　叫什么？

胡　安　索里曼。

弗朗西斯科　此人怪诞不经，

　　　　给你更改姓名,

　　　　愿他服毒丧生!

　　　　不许胡言,畜生!

胡　安　疯狗,莫再聒噪,

　　　　我会让主人知道。

　　　　只因为我唤索里曼,

　　　　你就如此吼叫?

弗朗西斯科　亲爱的兄弟,快来把我拥抱!

胡　安　兄弟?什么时候了?可笑!

　　　　赶快滚到一边,你这疯狗,

　　　　不许伸手动我一根毫毛!

弗朗西斯科　兄弟,想想往日我们多么欢喜,

　　　　为什么非逼我如此哀哀哭泣?

胡　安　你这真是信口雌黄,

　　　　当摩尔人我欢喜异常。

　　　　请看主人给我的馈赠:

　　　　这一身华丽的服装;

　　　　另有一套锦缎衣裳,

　　　　更加贵重,更加漂亮。

　　　　餐桌上是香喷喷的库斯库斯,

　　　　杯子里是甜丝丝的冰冻糖浆,

　　　　一面咀嚼鲜嫩的羊肉,

　　　　一面把丰腴的抓饭品尝。

　　　　哭泣流泪毫无用途,

　　　　不要指望把我说服。

　　　　你若也要归化摩尔,

　　　　　那才确实属于上策。

　　　　　只要听我好言相劝，

　　　　　你的处境定会改变。

　　　　　再见，我已经违背禁令：

　　　　　与基督徒长时交谈。

　　　〔胡安下场。

弗朗西斯科　普天之下曾有这样的灾殃？

　　　　　为什么魔鬼在此撒下罗网，

　　　　　阻碍人们顺利进入天堂？

　　　　　年幼无知的心灵迅速陷落，

　　　　　只因这座索多玛①充满诱惑，

　　　　　不断有甜言蜜语纠缠折磨！

奥雷利奥　他们的信仰未在胸中扎根！

　　　　　此刻有谁能悲天悯人，

　　　　　为拯救孩子拿出赎金！

　　　　　但愿恻隐之情滋润人们心田，

　　　　　基督徒个个立志行善，

　　　　　布施时却不肯解囊；

　　　　　身陷囹圄的基督囚徒，

　　　　　翘首盼望被人救出，

　　　　　何况稚嫩的孩童为人刀俎！

　　　　　仅此一项高尚善行，

　　　　　可把千万功德包容，

──────────

① 索多玛，与蛾摩拉同为《圣经·旧约》所载著名的两个罪恶之城，居民恶行多
端。后上帝降天火将两城毁灭，成为后世的前车之鉴。

　　　　　同时拯救了肉体和心灵。

　　　　　每赎出一个便有一人免于沦丧，

　　　　　如能使受难者重返故乡，

　　　　　他便摆脱了无数灾难和祸殃：

　　　　　不再饥肠辘辘衣食无着，

　　　　　不再干渴难耐口焦舌燥，

　　　　　再不会被人引上邪道；

　　　　　基督徒不论年长年少，

　　　　　从此躲开陷阱圈套，

　　　　　也不怕魔鬼作怪兴妖。

　　　　　哦，穆罕默德渎神的教门，

　　　　　宽袍大袖包裹着一颗歹毒的心！

　　　　　只会轻易猎取头脑简单的人！

弗朗西斯科　好心人，你还有话要交待？

奥雷利奥　　有上帝指引，你应学会忍耐；

　　　　　　他那神圣有力的巨手，

　　　　　　会叫你兄弟从热昏中醒过来。

　　　〔弗朗西斯科下。奥雷利奥正准备下场，西尔维亚上场。

西尔维亚　你去哪里？我温柔可爱的丈夫。

奥雷利奥　去找你来抚慰我的痛苦，

　　　　　　看到你我就会轻松自如。

西尔维亚　见到你，亲爱的奥雷利奥，

　　　　　　我那刺心的悲伤也才云散烟消。

　　　〔两人拥抱，被男女主人看到，萨阿拉走向西尔维亚，尤
　　　素福走向奥雷利奥。

萨阿拉　你这母狗，在我眼皮下丑态毕露！

尤素福　狗奴才好大胆！跟我的女奴！

萨阿拉　老爷息怒，他是男人何罪之有！
　　　　一切都怪女奴这只母狗。

尤素福　女奴？你错了，夫人。都是这奴才
　　　　满嘴谎言，满腹鬼胎，
　　　　只有他把羞耻丢脑外！

萨阿拉　要是这个荡妇，这个骚货，
　　　　不把他挑逗招惹，
　　　　奥雷利奥怎敢搂抱拉扯！

奥雷利奥　老爷夫人息怒，容我慢慢禀明：
　　　　我们只因欢喜，所以一时忘形，
　　　　请看表情举止，绝无邪念春情。
　　　　日前我托西尔维亚帮忙，
　　　　现在再次求她莫要遗忘，
　　　　并非为我自己请她相帮。
　　　　她也侃侃而谈把我教导！
　　　　为了忠心耿耿在此效劳，
　　　　有件事情我必须做好。
　　　　我们最后达成协议：
　　　　履行诺言不遗余力，
　　　　为了表达心中欢喜，
　　　　双双拥抱被你们目击，
　　　　但用心纯正毫无恶意。

尤素福　西尔维亚，此话当真？

西尔维亚　句句实言。

尤素福　你有何事求他操办？

西尔维亚　与你无关！

　　　　　何须向你唠叨。

萨阿拉　他最终听从了你的规劝？

西尔维亚　如我所愿。

尤素福　你们退下！我只得相信这话；

　　　　　如被我发现一丝偏差，

　　　　　我会百倍把你们严罚。

〔奥雷利奥和西尔维亚下场。

尤素福　现在夫人，我有言相告：

　　　　　我经过市场听人说道，

　　　　　国王召唤西尔维亚和奥雷利奥，

　　　　　我必须及时把他们送到。

　　　　　我怀疑必是一个可恶的基督徒，

　　　　　偶然之中把他两人认出，

　　　　　又在国王耳边添油加醋，

　　　　　说他们的赎金必是可观的数目；

　　　　　国土本来就对我记恨，

　　　　　因为我不愿承担光荣责任，

　　　　　去挖掘堑壕修筑壁垒，

　　　　　所以夺去我的奴隶以泄私忿。

萨阿拉　处理这事我自有办法，

　　　　　让奥雷利奥回禀陛下：

　　　　　他并非出身富豪之家；

　　　　　不过是前往意大利的兵士，

　　　　　西尔维亚是他的妻子。

　　　　　国王怎肯高价向你购买，

既然已知最终得不偿失。

尤素福　夫人言之有理；我们进屋，

向二人说明我们的意图。

第 四 幕

〔前一幕人物下场。逃亡的囚徒上场,他双脚赤裸,衣衫
褴褛,腿部伤痕累累,显然由所经之处的尖刺荆棘所致。

囚　徒(佩德罗·阿尔瓦雷斯)

路漫漫不见尽头,

接连不断的悬崖深沟,

八方野兽出没,

四周吼声不休,

心惊胆战筋疲力尽,

只盼速死别无他求。

干粮在水里泡汤,

荆棘撕裂了衣裳;

鞋袜破烂,

精神颓丧;

向前移动一步,

也没有足够力量。

焚肠灼胃的饥饿,

口焦舌燥的干渴,

已经使我没有勇气

对付这样的灾祸;

情愿束手就缚，

重新被人俘获。

我此刻完全茫然，

不知如何前去奥兰；

走大道？抄小径？

谁能给我指点！

啊，命运如此艰难！

我再不能迈步向前。

美丽慈祥的圣母，

你一向把世人扶助；

愿你像高悬的北斗，

给这只颠簸的船儿指路，

安全渡过狂怒的大海，

而不致触礁颠覆。

蒙塞拉特①圣母，

快把崎岖山地变通途，

派人把我赎回，

永远摆脱痛苦；

你曾经再三显灵，

伸手把沉沦者救护。

现在我躲进这堆草丛，

因为天色越来越明。

圣母玛利亚，

我想了此残生，

---

① 蒙塞拉特山，巴塞罗那附近的圣山。

在这凄惨的时刻，

向你交出躯体和心灵。

〔囚徒在草丛中睡去。一只狮子上场，十分温驯地在他
　身边躺下。少时，另一基督徒上，也是来自阿尔及尔的逃
　亡者。

基督徒　　地下的脚印明白无误，

不是摩尔人经过此处；

一个基督徒刚刚前去，

他的打算我可以看出：

也是一个逃亡的囚徒。

阿拉伯人的足迹大不一样：

宽宽大大奇形怪状，

他们常穿肥大的鞋子，

而我们的瘦小紧贴脚掌，

两相对照，区别昭然。

我敢肯定他就在附近，

想必在哪里藏身；

这里再也不见他的脚印。

太阳已经高高升起，

我这里也筋疲力尽。

也让我在这里藏身，

等待夜晚来临，

然后再继续前去；

或许不必远处觅寻，

就能踏进穆斯塔加奈姆的城门。

太阳从那边出来，

　　　　　　北斗星向这边倾斜,

　　　　　　海滩似乎距此不远!

　　　　　　啊,待在这儿实在难耐!

　　　　　　仁慈的耶稣把我指引,

　　　　　　这一马平川四望无垠,

　　　　　　走过一队队阿拉伯人!

　　　　　　我幸好及时躲藏;

　　　　　　就是说还有希望,

　　　　　　重见妻子儿女和家园。

〔基督徒躲起。一个采集草药的摩尔儿童上,发现了刚
刚躲起的基督徒,便大声喊起来:"尼萨拉! 尼萨拉①!"
几个摩尔人闻声赶到,捉住基督徒,拳打脚踢地推他上
场。睡在狮子身边的囚徒被吵醒,见到狮子惊恐万状。

囚　　徒　圣明的上帝! 我看到了什么?

　　　　　　这凶猛的狮子为什么如此温和!

　　　　　　我的心呀怦怦乱跳,

　　　　　　盼望的时刻已来到;

　　　　　　命运之神愿意行善,

　　　　　　叫我终于摆脱苦难。

　　　　　　这只狮子强壮凶猛,

　　　　　　我的最后时刻由它发送;

　　　　　　它那宽大的肚腹,

　　　　　　就是我躯体的坟墓。

　　　　　　它本生性凶狠,

----

①　原文是用拉丁字母拼写的阿拉伯语,意思不详。

此刻却如此温驯，

真是少有的奇闻；

不过它虽然残暴，

有时也待人以善心。

莫非我的声声哭喊，

感动了上帝的心田，

见我在迷途徘徊，

派狮子来我身边，

把生路给我指点？

这无疑是神祇显灵，

为的是坚定我的初衷，

我感到心胸豁然，

力量无穷，

信心倍增。

过去确实曾发生

狮子引路的事情；

一个逃亡的囚徒迷路，

只身躲进山中，

被引上拉古莱特①逃生。

这都是慈祥圣母的功劳，

是她无边神力在奏效；

无须怀疑这明白浅显的真理：

谁向圣母虔诚祈祷，

他的心愿和希望定有回报！

---

①　拉古莱特，位于突尼斯市的港口。

请等等我,亲爱的伙伴,

我向你表明我的心愿:

我将跟随你前去,

我看你没有狮子的凶残,

倒有羊羔的友善。

〔跟随狮子下场,然后再次上场。

囚　　徒　我走过漫长的道路,

却感到轻松自如,

心中暗暗盘算:

奥兰可能在近处。

深深感谢你,神圣的天父!

纯洁的圣母我把你祝福!

已经开始的奇特善举,

恳求你把它圆满结束;

你既然给了我自由,

我愿做你最忠实的奴仆。

〔下场。佩德罗和萨阿维德拉两名囚徒上场。

佩德罗　我刚刚赚到七个金币,

全靠锲而不舍善用心计,

可还补偿不了我花费的力气。

在西班牙我从未有如许钱财,

尽管在格拉纳达当兵把命卖,

整整九个月枕戈住营寨。

萨阿维德拉　佩德罗,请你实言相告,

这七个金币怎么落入圈套?

莫非又设下营寨把谁人征讨?

佩德罗　　你彬彬有礼地提出问题，
　　　　　不好拒绝袒露我的秘密，
　　　　　且听我这一天的事迹。
　　　　　西班牙叛教者尤素福，
　　　　　在一所宽大宅子里居住，
　　　　　娶妻萨阿拉，貌美属望族。
　　　　　家有一囚徒，唤作奥雷利奥，
　　　　　女奴西尔维亚，容貌甚娇好，
　　　　　奥雷利奥已为她深深倾倒。
　　　　　我早知他二人出身名门，
　　　　　因此上向国王细细缕陈，
　　　　　得到三个金币我很趁心。

萨阿维德拉　　手段高明！

佩德罗　　高明不高明很难说清，
　　　　　为混口饭吃干活卖命，
　　　　　不如巧动脑筋另辟蹊径。
　　　　　明知有人能付赎金，
　　　　　何须对他客气谨慎？
　　　　　我从来不会这样为人！

萨阿维德拉　　另外四个金币呢？

佩德罗　　那是我将了一军，
　　　　　从基督徒钱袋中掏出的战利品，
　　　　　小小的花招居然玩得很准。
　　　　　我让那人一门心思认定，
　　　　　我有只小船眼看就要完工，
　　　　　为守秘密在平滩底下匿影藏形。

那人信以为真心满意足，

傻呵呵打算实现自己的企图：

为获取自由而乘船偷渡。

为了报偿我的好意和船的造价：

木板、船帆、漆胶、铁钉和粗麻，

他用四个金币买了我的谎话。

萨阿维德拉　那个遇到你的人真凄惨，

佩德罗，你更是可怜，

居然如此贪图基督徒的银钱！

你在危险的大洋行驶，

驾驶着你编造出来的船只，

正在等待船沉人亡之时！

佩德罗　如果我的船这么一塌糊涂，

诺亚方舟就更没有用处，

只好永世停泊在亚美尼亚山谷。

我的那只才卖四个金币，

再花四个就可完全修葺，

没准会把我们带回莫雷纳山①去。

我设下的圈套由别人去钻，

我自己消消停停享清闲，

又吃又喝高高兴兴像过年。

你说呢，萨阿维德拉？

萨阿维德拉　我正在思索：

基督徒在这里容易堕落，

---

① 莫雷纳山，位于西班牙南部的山脉。

时间越长越往下沉没。
我见有囚徒丧心病狂,
致力于法度不容的丑恶勾当,
他们的生活比异教徒还荒唐。
若不然便只有神劳形瘁,
整日里向上帝祈祷忏悔,
自甘劳苦,忍受饥馁。
我知道你只有如意算盘,
好吃懒做,坑蒙拐骗,
巧舌如簧,鬼话连篇
获释无望……

佩德罗　真有意思!
我的获释是早晚的事,
要说明白还真羞于启齿:
我在想是否更名易姓
唤作马米。

萨阿维德拉　你想改换门庭?

佩德罗　当然,不过我自有门径。

萨阿维德拉　不论你以什么方式叛教,
都是重罪必遭天谴神讨,
而且辱没了你的门第和荣耀。

佩德罗　我早就受到自己良心的谴责,
但我多么盼望摆脱这里的折磨,
合理的要求总可减轻我的罪过。
我不背叛基督也不信仰穆罕默德,
我在言谈服饰上模仿摩尔人,

只不过是达到目标的计策。

即使当了海盗，我心里也牢记：

一旦登上基督徒的土地，

立即逃走，当然满载瑰宝珍奇。

萨阿维德拉　你这些贪得无厌的徒劳打算，

都是魔鬼套在你身上的锁链，

要把你手脚紧缚令你服帖就范。

你朝思暮想的所谓自由，

只不过是虚幻的海市蜃楼，

因为你的心灵再不能驰骋遨游；

只是不停地想方设法等待时机：

"今年不行，明年会有吉期。"

年复一年，拖延游移。

这种事我可是见过不少，

许多人如同你考虑周到，

到头来无一人结果美妙。

即使你终于能到达彼岸，

为幸福下决心不择手段，

费心机设机关并不上算！

这一切怕只会造成祸患。

佩德罗　可是我一天也不能等待，

心焦急无良策实在无奈。

难道为了尝到自由的甘甜，

就不能短期内暂且冒险，

扮摩尔只不过图个表面；

除此计无别法把自由获取，

莫非要眼见它离我而去?

萨阿维德拉 佩德罗,上帝之网无处不在,

基督法度完善,阃中肆外,

你须知严明天条告诫我们,

有些罪行无法得到宽贷,

即使有全人类作挡箭牌。

你怎么可以如此执迷不悟,

为了获得躯体的无拘无束,

却给不幸的灵魂加上桎梏;

犯下这样滔天的大罪:

背叛教会和基督?

佩德罗 我何曾打算背叛基督和教会?

只不过是稍稍让步往后退,

说几句穆罕默德真主之类,

并未因此欺骗基督和诸圣徒,

更不会背叛他们去换取财富。

无所不知的万能上帝永在我心中,

因为只有他才是人们心中的主。

萨阿维德拉 你仔细听听这是不是背叛:

假设你穿一身异教徒衣衫,

正走在街上与我打个照面。

我当着异教徒对你说:

"赞美基督,我的朋友佩德罗。

本星期二是斋戒日可否记清?

按教会要求应避荤腥。"

听此话你该当如何答应?

无疑问会对我持刀乱刺，

还声言对基督毫无所知；

与教会你也是毫无瓜葛，

你是摩尔人，不是佩德罗，

名叫阿依达尔或者马合麦托。

佩德罗　我会这样做，可不是真心：

在我周围有着许多摩尔人，

愿他们都相信我已改教门，

好样的摩尔人不再信基督，

可在内心里永远是基督徒。

萨阿维德拉　你难道不晓得基督说过：

"谁在人前否认我，

我在吾父前否认他；

谁在人前向我悔过，

我在不朽的上帝前帮助他。"

这个道理已经足够，

让你看出自己的想法荒谬：

只在内心做个基督徒，

多么怪诞不经的念头！

你难道不晓得只有一架天梯，

提升基督徒去拜见上帝；

那就是受难耶稣的十字架，

他的死亡换来我们的绵延生息。

他的鲜血凝成一笔巨大财富，

本是用来把我们的灵魂救助，

我们如若真要得到超度，

只有诚心忏悔才有出路。
忏悔应具备三个基本条件，
才算得上圆满而完善：
第一条内心深深悔恨，
第二条口中祈祷诚恳，
第三条行动规矩谨慎。
有些叛教的基督徒，
声称内心笃信耶稣，
可言谈举止都有违基督；
他们内心缺乏坚定信仰，
只有摆脱罪愆的微弱希望，
哪里敌得过患得患失的阻拦，
因此常把良知丢弃一旁。
他们就背负着这虚枉的阴影，
在朦胧的幻想中游移不定，
年复一年直到死神来临，
把万劫不复的枷锁套上脖颈，
尽管在有生之年争得自由，
才是他们真正的初衷。
我有许多显而易见的大道理，
字字珠玑，千真万确，不容置疑，
告诉你目前的作为不适宜，
以便从你头脑中驱逐掉
那些荒唐的念头和主意！
可时间和地点都不允许。

佩德罗　你告诉我的这些已经足够，

所以我向你发誓,我的朋友,

我指着人世间的一切赌咒:

一定遵从你的苦苦劝说,

决不脱离神圣教会的庇佑,

那怕在我悲惨的有生之年,

一直把为奴的痛苦忍受。

萨阿维德拉　　如果真按这种想法行事,

你迟早有幸福甜美之日,

上帝给你自由作为赏赐;

天父降福的途径何止万千,

我们肉眼凡胎怎能窥伺!

既然如此就不该划地为牢,

紧盯一条狭窄的小道,

崎岖不平,沟坎堑壕

挤上这条路的求生者很多,

可达到目的的至今极少。

佩德罗　　我的行动会通报确切音讯,

说明我已悔悟重新做人。

萨阿维德拉　　愿上帝给你力量和勇气,

把不良倾向的诱惑抵御,

再不重蹈歹毒丑恶之举!

佩德罗　　愿上帝给你应得的奖赏:

如此善意地劝我改弦更张。

再见,再见,天时已晚。

萨阿维德拉　　朋友,再见!

〔国王上场,随同上场的有四个土耳其人。

国　王　我忿怒悲伤欲言不能，

　　　　有件事对我打击太重：

　　　　托莱多的堂安东尼奥，

　　　　居然从我掌心里逃跑！

　　　　他是摩尔头人的奴仆，

　　　　他的主子怕我夺去基督徒，

　　　　急忙把他送往得土安①，

　　　　定下的身价是金币五千。

　　　　这么高贵富有的绅士，

　　　　售价如此低廉？你这贼子！

　　　　为得钱财你过分心焦，

　　　　说这个要价也显太高，

　　　　还给他搭配一个伙伴，

　　　　其实他本人有的是钱！

　　　　搭配的巴伦西亚的弗朗西斯科，

　　　　能为本人付出的赎金更多！

　　　　总之，算他们碰上好运气，

　　　　我想方设法都是白费力；

　　　　看来还得靠机遇暗中相助，

　　　　否则人再操持也没用处。

　　　　他们抓紧了时间和机会，

　　　　逃之夭夭，叫我何处去追！

　　　　我如果在此捉到堂安东尼奥，

　　　　定要他付出五万金币一个不能少。

------

① 得土安，摩洛哥北部地中海沿岸城市。

他是伯爵老爷的亲弟弟，

显赫的公爵夫人是他的亲姨。

他指挥一次著名战役时受挫，

在来这里的路上被俘获。

狂暴的天神对他确实宽厚，

他做囚徒的时间并不长久，

就时来运转得到自由，

他难道还能别有他求？

算了，既然事情不可收拾，

何必纠缠伤感备至。

且看是否有人来打官司。

摩尔人　君主，来人是叛教者尤素福。

国　王　叫他进来听我吩咐，

遵循命令不得有忤。

如若侮慢稍有违抗，

在我面前惩戒他的愚鲁。

〔尤素福上场。

国　王　你的基督徒在哪里？

尤素福　在外面侍立。

国　王　何价购得？

尤素福　一千金币。

国　王　我付你原价。

尤素福　望乞怜悯，

莫对我伤害过分！

国　王　这是你的回答？

尤素福　求你至少

设法减轻我的部分哀愁：

我把男的交出分文不收，

女的归我，为了她我性命将休。

国　王　大胆放肆，下贱的摩尔人！

带下去，用木棒严惩。

打得他鲜血如注，

看他愚蠢的邪念能存留半分！

尤素福　还我女奴，我的君王，

然后处死，哪怕铁火棍棒。

国　王　叫他滚开！赶快！

尤素福　维护我的财产使你气急败坏？

〔尤素福被粗暴地推下场。两个阿拉伯人带着被他们在野外抓住的逃亡基督徒上场。两个摩尔人对国王说：阿里空萨莱玛苏丹①，阿达雷米瓜哈兰卡勒库勒②。

国　王　你打算去哪里？基督徒。

囚　徒　我本想

走到奥兰，假如上天赐福。

国　王　在哪里被俘？

囚　徒　中了埋伏。

国　王　你的主人呢？

囚　徒　他死了，真不应该，

把我扔进一个凶悍女人的魔爪，

她比任何猛兽都厉害。

①　此处是用拉丁字母拼写的阿拉伯语，意思为"吾王万岁"之类的问候。
②　拉丁字母拼写的阿拉伯语，意思不详。

国　王　你是西班牙人？

囚　徒　在马拉加出生。

国　王　从你这副狂劲就可以看出。

　　　　给他六百大棍,于拉哈卡乌①,

　　　　先把脊背打个皮绽肉开,

　　　　再在肚皮上另加五百,

　　　　疲惫的双脚也不能例外。

囚　徒　毫无缘由地对我非法刑讯,

　　　　难道就因我准备逃遁?

国　王　西托西甫提伯雷盖地②,捆紧他!

　　　　劈开他,撕裂他,杀死他!

〔摩尔人用两根绳子捆住囚徒手脚,两人向两边拉紧绳
索,另外两人殴打他。基督徒时时呼喊圣母,国王大怒,
对摩尔人狂吼道:拉盖地代尼卡拉巴西纳夫③,往头上
打! 往头上打! 他一边喊着,摩尔人一边打着。

国　王　狗囚徒什么种我不知道。

　　　　西班牙人安分吗? 光想逃跑!

　　　　西班牙人好治吗? 铁链难锁!

　　　　西班牙人老实吗? 偷我毁我!

　　　　西班牙人改悔吗? 死不回头!

　　　　西班牙人铁心肠,老天造就。

　　　　生来禀性倔强怎耐拘束,

　　　　不管功过善恶我行我素。

　　　　不过他们有一个优点:

---

①②③　用拉丁字母拼写的阿拉伯语,意思不详。

　　　　说话算数从不食言。
　　　　两位葡萄牙索萨家族的君子，
　　　　就把我的看法证实。
　　　　堂弗朗西斯科是另一个例子，
　　　　人们也称他为梅内塞斯。
　　　　前面三位立誓后回到西班牙，
　　　　履行了全部诺言一点不差。
　　　　堂费尔南多·德·奥尔马萨
　　　　也是做了保证才回到他们国家，
　　　　还有一个月才到期限，
　　　　他已经按我的要求付了款。
　　　　我自然很乐意把他们释放，
　　　　因为我的收益可以成倍增长：
　　　　由于他们遵守自己的诺言，
　　　　我便把赎金的数量几倍加添。
　　　　把这个退还给主人，给我叫来
　　　　尤素福的基督徒，他在外等待。
　　　　我要对他心平气和地试探，
　　　　再判断是否能相信他的诺言；
　　　　这决定着结果是赔还是赚。

摩尔人　君王，善行必有善报，
　　　　即使在人间得不到，
　　　　等到升入天国也要兑现。

　　　〔奥雷利奥上场。

国　王　基督徒，我知道你的身份，
　　　　你高尚，你勇敢，并且走运：

我还知道短短几天里，

你将踏上祖国西班牙的土地。

这个西尔维亚，是你的妻子？

奥雷利奥　是的，陛下。

国　王　在去西班牙路上，

你遇到凶恶的风浪，

从此失去欢乐和希望？

奥雷利奥　国王，听我细说

事情的全部真相。

我曾是另一国王的囚徒；

爱神是我至高无上的君主。

当时我在自己国家，

深深爱上西尔维亚。

这场战火无情残暴，

使我落得如此潦倒。

我曾多次恳求她父亲，

希望娶她做我的女人；

不管我如何苦苦央求，

未感动那人一丝一毫。

既然这条道路堵塞，

实在无法把她获得，

我便决定把她抢走，

岂不便当容易得手。

我的计划顺利实现，

准备一起前去米兰。

哪里知道命运不济，

　　　　　　　遭遇不幸沦为奴隶。

国　王　　生活固然乖张，

　　　　　　　不应失去希望。

　　　　　　　须知命运之神，

　　　　　　　生性变幻无常。

　　　　　　　你和你的妻子，

　　　　　　　我将立即释放。

　　　　　　　不过你应知道，

　　　　　　　恩惠须要补偿。

　　　　　　　我出一千赎金，

　　　　　　　交给你俩的主人，

　　　　　　　你俩还我两千，

　　　　　　　还须立下誓言；

　　　　　　　保证承担许诺，

　　　　　　　就可启程回国。

奥雷利奥　　国王恩重如山，

　　　　　　　今生报答不完。

　　　　　　　在此立下誓言：

　　　　　　　一月之内缴钱；

　　　　　　　哪怕沿街乞讨，

　　　　　　　抑或拦路劫道。

国　王　　立即做好准备，

　　　　　　　随时登舟回归；

　　　　　　　释放你们快返家，

　　　　　　　不日抵达西班牙。

奥雷利奥　　愿天地把你颂扬，

<blockquote>
慈悲为怀的君王。

保证践约丝毫不差，

我的名声便是抵押。

或者粉身碎骨，

或把赎金偿付；

仁慈君王宽宏大量，

我高贵的血液沸腾激荡。
</blockquote>

摩尔人　君王，有船入港。

国　王　来自哪里？

摩尔人　来自西方。

国　王　幸亏不是来自东方。

　　　　主帆可有？

摩尔人　悬挂主帆。

国　王　看来必是货船。

摩尔人　很可能，而且听说，

　　　　是一船捐赠的商货，

　　　　当然更好。

国　王　如我所料，

　　　　奥雷利奥，咱们去吧，

　　　　你快准备立即出发。

　　　　别忘了你的誓言。

奥雷利奥　愿你洪福齐天。

　　〔国王下场，奥雷利奥留在场上。

奥雷利奥　感谢你，与日月共存的天父！

　　　　　不肖如我竟得你的救助，

　　　　　恰恰通过令我胆战的手，

　　　　　　赐予我如此巨大的欢乐和幸福！

　〔弗朗西斯科上。

弗朗西斯科　亲爱的奥雷利奥，好运来临，

　　　　　从西班牙驶来一船人，

　　　　　都说带着捐赠的赎金。

　　　　　为首的是一位虔诚的教士，

　　　　　闻名遐迩，乐善好施，

　　　　　他来这里不止一次，

　　　　　不少基督徒被他保释。

　　　　　真是虔诚稳妥之极，

　　　　　胡安·希尔是他名字。

奥雷利奥　他莫非是

　　　　　豪尔赫·德·奥里瓦尔教士？

　　　　　属于梅尔塞德教派，

　　　　　待人慈善宽厚为怀，

　　　　　曾多次来此保释囚徒，

　　　　　有次把随身的两万金币支付，

　　　　　还欠下七千金币债务。

　　　　　啊，罕见的善行，崇高的心胸！

　〔三个奴隶拖着锁链上场。

奴隶甲　多么好的日子，我的朋友！

　　　　捐赠的赎金抵达了港口。

　　　　有人为我带来了钱财，

　　　　我确信立即可以得救。

奴隶乙　我没有钱财也没幸运，

　　　　只有孤孤单单一个人，

故乡谁能为我赎身？

奴隶丙 我并不如此灰心。

弗朗西斯科 上帝定会把我们保佑，

振作起来，亲爱的朋友。

天父既然把我们带到世上，

自然不会把我们遗忘。

祈祷吧，他是我们的父亲，

负有帮助提携我们的责任；

我们还有一位保护人：

基督的母亲，也是我们的母亲。

这样神圣的佑护，

保证我们定能幸福。

她是我们的力量和屏障，

她是我们的光明和出路。

〔一齐把锁链甩在地上，然后屈膝跪下。

一　人 至高无上的圣母玛利亚，

你的双眼在天宇撒下光华，

请关注日夜啼哭的可怜人，

他们的泪水把大地浸润！

拯救我们吧，仁慈的圣母，

趁这身凡胎俗骨，

未把灵魂丢在这残暴的国度，

又找不到安憩的坟墓。

另一人 掌管九重天的女主，

母亲，上帝之母，伟大的圣母

你是上帝之妻，养育了上帝之子，

又把冥间的恶煞辖制，

还消弭着世间一切祸事，

你的品格就是怜悯，

在世界广布慈悲之心，

救救我们，让我们摆脱摩尔人。

又一人　手扪心急声呼圣母玛利亚，

为天父渡众生不遗余力。

你本是天地间慈悲化身，

指引我离苦海扶危济贫。

圣母玛利亚啊望你施恩，

除却你有何人救我灵魂。

伸出双手把我拯救，

异教徒的奴役不能忍受。

奥雷利奥　亲爱的圣母，我已得到

你宽厚慈悲之心的关照，

我如何表示不尽的感激，

才不至被斥为知恩不报？

请相信我有个崇高心愿：

基督徒自应当功德圆满，

德性高远超出人间尘世，

实指望能升上九重青天。

这个愿望要得以实现，

还需要等待一段时间，

趁空隙面转向台下看官，

知诸位心地好胸襟甚宽。

丑交易发生在阿尔及尔，

这出戏或未能如实扮演，
考虑到剧作者用心良好，
尚祈望诸看官多多包涵。

（剧　终）

被围困的努曼西亚

（历史剧）

序　言

　　《被围困的努曼西亚》(亦称《努曼西亚》)无疑是塞万提斯早期剧本中的杰作。这部成功之作受到普遍赞誉,经久不衰。歌德在写给洪堡①的信中声称阅读塞万提斯的这部悲剧使他欣喜异常。弗里德里希·施莱格尔②称之为绝妙精品,他的哥哥奥古斯特·威廉③则认为这是一部戏剧中的杰作。对我国文学颇有见地的叔本华谈到这部作品时,曾写过一首拟墓志铭短诗,其中有一句费人揣摩的话:"塞万提斯在这里描绘了整座城池居民的自戕。难道他们果真一败涂地?我们只有返璞归真而已。"

　　克莱因④则认为,单纯就戏剧创作才能而言,塞万提斯固然不能与埃斯库罗斯⑤和莎士比亚匹敌,但他毕竟下笔有神,勾勒出一种恢宏的气势,只不过稍显烦琐冗杂罢了。雪莱也经常沉醉于这部作品。他本人十分精于诗歌的音乐美(无论是意境还是韵律),指出作品中诗意尚欠,但是却深为作者唤起怜悯之心、崇仰之情的能力所折服,也很赞赏间或出现的流畅语风及和谐诗句。夏克则

---

① 威廉·冯·洪堡(1767—1835),德国语言学家。
② 弗里德里希·施莱格尔(1772—1829),德国作家、语言学家、文艺理论家。
③ 奥古斯特·威廉·施莱格尔(1767—1845),德国文艺理论家、翻译家。
④ 克莱因(1849—1925),德国数学家。
⑤ 埃斯库罗斯(约公元前525—前456),古希腊悲剧作家。

把塞万提斯的这部悲剧称作舞台史诗,而西斯蒙第①却坚持将它与埃斯库罗斯相比,罗梅也持相同观点,特别将它与《波斯人》②对比。多赫姆则着重指出其民族精神。作品的上演史也显示出它的强大生命力;独立战争③期间被发掘公演,极大鼓舞了萨拉戈萨④英勇保卫者的斗志,获得影响深远的成功。

罗杰曾说,塞万提斯刻画的生动图景犹如血泪绘就。作品大约写于一五八○到一五八七年期间,因为书中杜罗河的预言里曾提到卡斯蒂利亚⑤和葡萄牙的合并:"显赫的卢济塔尼亚⑥曾遭割裂,犹如卡斯蒂利亚被撕破了衣裳,如今剪去的一角要补上……"有些评论家则提出更确切的写作时间,莫拉廷⑦认为应该是一五八三年。通常认为作品基本上取材于弗洛里安·德·奥坎波⑧一五四一改编的智者君王⑨所著《通史》一书,或许还参考了埃斯特万·德·加里拜⑩的《历代编年史大事记》(1571)以及莫拉莱斯的《编年史》(1574)。科塔雷洛·巴列多尔⑪明确指出:安布罗西奥·德·莫拉莱斯⑫所著的这部奥坎波作品续集的第八卷第七章到第十章,为描绘"不屈不挠的人民拼死搏斗"的壮阔场景提供了基本素材。

---

① 西斯蒙第(1773—1842),法国历史学家和经济学家。
② 《波斯人》,埃斯库罗斯的悲剧作品。
③ 独立战争(1808—1813),西班牙抗击法国入侵的战争。
④ 萨拉戈萨,西班牙东北部名城,1808 至 1809 年期间曾被法国入侵者围困。
⑤ 卡斯蒂利亚,西班牙中部地区,为统一西班牙的主要古代王国所在地。
⑥ 卢济塔尼亚,葡萄牙古称。
⑦ 莫拉廷(1760—1828),西班牙剧作家。
⑧ 弗洛里安·德·奥坎波(1499—1558),西班牙历史学家。
⑨ 智者君王,指西班牙国王智者阿丰索十世(1252—1284 在位)。
⑩ 埃斯特万·德·加里拜(1533—1600),西班牙历史学家。
⑪ 科塔雷洛·巴列多尔(1879—1950),西班牙作家、历史学家。
⑫ 安布罗西奥·德·莫拉莱斯(1513—1591),西班牙历史学家。

巫师马基诺为了用谶语预言努曼西亚的吉凶祸福而召唤死尸亡魂的场面具有惊心动魄的强大感染力。妖术祭司身穿黑衣,头披长发,双脚赤裸,腰系水瓶,手持黑色长矛和咒语簿,整个服饰、神情面貌、言谈举止,以及"身上紧绑裹尸布""面容枯槁"的夭亡青年从墓穴出来,"逐渐慢慢升起"到达地面后立即"躺倒在舞台上,静卧良久方手脚蠕动",这一切都造成毛骨悚然的效果,堪与莎士比亚的《麦克白》匹敌。无怪蒂克纳①面对此种令人心悸的场面立即联想到莎士比亚和马洛②。这个场面取材于梅纳③的《迷宫》,而后者则借鉴了卢卡④的《内战记》中有关巫女的传说;不过塞万提斯却别开生面,将其变为阴森可怖的舞台形象。

被围居民忍饥挨饿以及男女之间的悱恻爱情场面,以诗咏歌叹的方式表达,效果强烈,感人肺腑,经久难忘。努曼西亚人的英勇抵抗,为祖国捐躯的青年一代,有如扑向围城前沿哨兵的那些少男:

> 冲进林立的刀枪面不改色,
>
> 他们怒气填膺一往直前,
>
> 杀出一条血路飞奔而过。

遍体鳞伤的马兰德罗,他与丽拉的诀别场面,怀抱婴儿、手携幼童的妇女,也都感人至深,堪与古代和现代最优秀的悲剧媲美。穿插于这些血泪场景之间的象征性人物,宏大崇高,十分切题,尽管有时稍显呆板,但并未因此阻碍本身生动活泼,表现集体力量的

---

① 蒂克纳(1791—1871),美国作家和教育家。著作有《西班牙文学史》(三卷)。

② 马洛(1866—1950),美国女演员,以表演莎士比亚戏剧著称。

③ 梅纳(1411—1456),西班牙诗人,所著《迷宫》亦称《命运的迷宫》。

④ 卢卡(39—65),西班牙诗人,所著《内战记》亦称《法尔萨利亚》,记述恺撒和庞培之战,一直写到庞培被杀。

剧情发展,这正是此类人物形象的恰如其分之处。最后几个场面通过台词描绘了全城居民自戕、父亲杀死儿子的惨境,使悲剧氛围达到庄严的极致。全剧末尾,唯一存活的少年在西庇阿到达之际,纵身由高塔跃下的场景,来源于一首题为《西庇阿毁灭努曼西亚》的民歌。

荣誉女神在尾声中歌颂了这座西班牙城池的胜利,而且预言了日后祖国的光荣历史。弗朗西斯科·莫斯克拉·德·巴努埃沃(索里亚①人)于一六一二年发表了一部与塞万提斯悲剧同样题材的十一音节八行诗。塞万提斯曾在《伽拉苔亚》②里赞扬过诗作者。作品本身结构松散毫无特色,似乎完全在模仿塞万提斯的悲剧。到了十七世纪中叶,又出现了一部相当优秀,但仍然不及塞万提斯悲剧的作品:喜剧《努曼西亚被围困》,科塔雷洛③将其归于罗哈斯·索里利亚名下,不过在保留至今的手稿中却注明为无名氏所著。此书与维加和卡尔德隆④的喜剧作品一样,其中悲剧特点和喜剧特点比肩并行,这种别致的构思确实与罗哈斯作品显而易见的风格相符,即:严肃和嘲讽两种格调共存。罗哈斯本人接着又在《努曼西亚的毁灭》中采用了同一题材,并署名发表。书中不乏虚构成分,从而敷衍出诸多宏大夸张的场面,以及史诗剧的色彩和特征,效果相当可嘉。到了十八世纪,洛佩斯·德·塞达诺⑤(《西班牙诗集》的编纂人)创作了《努曼西亚的被围和覆灭》,其中借鉴了卡尔德隆的手法,但是尽管题材重大,就个性和新意而言,却显

---

① 索里亚,西班牙北部城市,古代努曼西亚所在地。
② 《伽拉苔亚》,塞万提斯的第一部长篇小说。
③ 科塔雷洛(1857—1936),西班牙语文学家。
④ 卡尔德隆(1600—1681),西班牙戏剧家。
⑤ 洛佩斯·德·塞达诺(1729—1801),西班牙学者。

得贫弱平庸,戏剧性也较差。相比之下,依格纳西奥·洛佩斯·德·阿亚拉①的《努曼西亚的毁灭》(1775),师法法国学院派和三一律,却不失为一部规整机敏、格调庄重高雅的悲剧作品。

安东尼奥·萨比尼翁于一八一三年改编了上述作品(《努曼西亚,西班牙悲剧》),一八一八年,著名演员伊西多罗·迈克斯演出这部作品,获得巨大成功。同类创作尚有多种,但质量均属下乘。

安赫尔·巴尔布埃纳·普拉特

---

① 依格纳西奥·洛佩斯·德·阿亚拉(1739—1789),西班牙作家、历史学家。

剧 中 人 物

西庇阿——罗马人

尤古尔塔——罗马人

卡约·马里奥——罗马人

金托·法比奥——罗马人

卡约——罗马士兵

四个罗马士兵

两个努曼西亚人——谈判代表

西班牙

杜罗河

三个代表小溪的小伙子

特奥赫内斯——努曼西亚人

卡拉维诺——努曼西亚人

四个努曼西亚官员

马基诺——努曼西亚巫师

马兰德罗——努曼西亚人

莱昂尼西奥——努曼西亚人

两个努曼西亚祭司

努曼西亚侍者

六个侍者——努曼西亚人

一个努曼西亚男子

米尔比奥——努曼西亚人

魔鬼

死人

四个努曼西亚妇女

丽拉——少女

两个努曼西亚市民

努曼西亚妇女

她的儿子

她的另一个儿子

小伙子——丽拉的弟弟

努曼西亚士兵

战争

疾病

饥饿

特奥赫内斯的妻子

特奥赫内斯的儿子

他的另一个儿子和女儿

塞尔维奥——小伙子

巴里亚托——从高塔上跳下的小伙子

努曼西亚人

埃尔术利奥　—罗马士兵

林皮奥——罗马士兵

荣誉女神

第 一 幕

〔西庇阿,尤古尔塔,马里奥,金托·法比奥（西庇阿的弟弟）等罗马人上场。

西庇阿　如此艰难而沉重的负担，

　　　　罗马元老院竟把它放在我的双肩。

　　　　我承受重任,疲于奔命,

　　　　怎能不忧心忡忡,长嘘短叹。

　　　　这场荒唐而漫长的战争,

　　　　已经夺去无数罗马人的生命,

　　　　啊,人们多么希望它立即结束!

　　　　可是却要胆颤心惊地重上征程!

尤古尔塔　能有谁,西庇阿,能有谁和你一样,

　　　　天降重任,强悍勇猛?

　　　　有你这样应运而生的骁将,

　　　　我们一定会旗开得胜。

西庇阿　服从冷静而谨慎的将帅,

　　　　一个部队才能移山填海。

　　　　兵权一旦落入狂人之手,

　　　　坦途也将被荆棘充塞。

　　　　然而,过于严酷的管束,

也会压制士兵的骁勇气概。
无奈他们忘记了征战的光荣，
沉湎在永无餍足的酒色之中；
因此我只想做一件事情：
让我们的部下改邪归正，
只有先把队伍认真整饬，
才能迅速将敌人战胜。
马里奥！

马里奥　大人……！

西庇阿　你要立刻传下命令，
通知我们部队的所有成员：
迅速在这里集合起来，
不得有丝毫的推托迟延。
我有几句简短的劝告，
希望他们牢记心间。

马里奥　我立即把命令下传。

西庇阿　快点去，我要他们尽早知道
他们的老毛病和我的新打算。

〔马里奥下场。

尤古尔塔　我相信，所有的士兵
对你又害怕又敬爱，
因为你那超群的胆略，
早已经威震四海，
只等到号角吹起，
他们必将所向无敌，
冲杀在你的麾下，

去建树光辉的战绩。

西庇阿 首先需要整饬军纪，

根除遍布军中的恶劣习气。

歪风不除，后患无穷，

哪里还谈什么光辉战绩。

我们内部的祸害须及早防范，

不能任凭它野火般蔓延。

否则我们必将不攻自溃，

无须等待敌人前来交战。

〔吹起集合号，幕后传来如下命令：

将军大人发号令，

全体将士仔细听，

广场中心来集合，

持枪佩剑快步行。

如若有人稍迟延，

怠慢军令是罪名，

立即革除为庶民，

铁面无私不留情。

尤古尔塔 我毫不怀疑这一英明决断，

整顿军纪必须动用铁腕。

对士兵必须严加管束，

岂能任他们遂其所愿。

军队失去了规矩方圆，

就等于兵力损伤大半。

纵然是拥有千军万马，

终究不过是散沙一盘。

〔士兵们全副古式武装,无一火器,大声呐喊着上场。西
　庇阿走上一块岩石。

西庇阿　你们全身披挂,威武雄壮,

　　　　刀枪剑戟闪出耀眼光芒。

　　　　朋友们,你们还是罗马人,

　　　　本应该生气勃勃,气宇轩昂。

　　　　可是看看那纤细苍白的双手,

　　　　还有那副脑满肠肥的模样,

　　　　难道你们的父辈这样孱弱,

　　　　养育了你们如此卑贱的一帮。

　　　　朋友们,你们懒散放任,浑浑噩噩,

　　　　你们玩忽职守,虚度时光。

　　　　溃败的敌人都趁机崛起,

　　　　正在辱没你们昔日的声望。

　　　　这雄伟的城池依旧巍然屹立,

　　　　如初建之时一样固若金汤,

　　　　却眼见你们,罗马的不肖子孙,

　　　　一天胜似一天地堕入荒唐。

　　　　孩子们,不要忘记你们的职责,

　　　　是叫罗马的名字威震四方。

　　　　而你们却在西班牙一败涂地,

　　　　把罗马的荣誉深深埋葬。

　　　　你们怎会变得如此怯懦?

　　　　我已经找到了事情的滥觞:

　　　　只因为你们长期懒惰成性,

　　　　无端地毁坏了身心健康。

柔弱的爱神和刚毅的战神，
怎能够长久地结伴成双？
她喜爱的是缠绵缱绻，
而他却追求血影刀光。
把维纳斯赶快驱逐出去，
还要刻不容缓地清扫营房，
不能再让饕餮放荡之徒，
继续玷污威严的帷幄。
要知道为了攻坚夺城，
不能只靠刀刃的闪光；
克敌制胜的赫赫战功，
也不来自乌合之众的喧嚷。
如果没有睿智统帅的指引，
倘若缺乏高瞻远瞩的灼见，
千军万马终究无济于事，
武器精良更是虚设的外观。
只要军纪严明士气旺盛，
哪怕敌众我寡力薄势单，
孤军奋战也能所向披靡，
正像一个太阳能把大地照遍。
懒散的恶习一旦蔓延军中，
咫尺战场也是灭顶的深渊；
转瞬间就会全军覆没，
纵有神遣良将，智勇双全。
羞愧啊，饱经战火的勇士，
西班牙人虽然孤立无援，

却顽强地抵御着我们的围困，
至今坚守在努曼西亚城垣。
十六个年头早已经过去，
他们日复一日，枕戈待旦，
千千万万罗马人的额头，
都饱尝过他们沉重的铁拳。
你们这些温顺的残兵败将，
为了轻薄女人而魂飞魄散。
你们跟爱神酒神纠缠不清，
哪里再有心思抢枪舞剑。
羞愧啊，你们这群无耻之辈，
西班牙人还未剥去你们的厚颜。
一个弱小民族无视罗马的威力，
兵临城下，却越发英勇善战。
我要立即动手从我们的军营，
把下贱的卖淫女人驱赶，
因为你们如此一蹶不振，
责任应由她们全部承担。
娇娃偎依荡妇横卧的床榻
我已下令全都拆散。
你们将在铺草的地上安憩，
开怀痛饮也且待庆功大典。
士兵的身上只应有松脂的气味，
容不得其他气息随风飘逸；
还要严禁携带零乱的炊事用具
来满足你们食不厌精的贪欲。

征战中仍受用美味佳肴，
怎能全身披挂挥舞剑戟。
我要你们弃绝一切舒适和安逸，
因为努曼西亚还在西班牙人手里。
我颁布的禁令并不过分严酷，
我这样做也并非出于什么恶意。
你们一旦得到它所带来的好处，
就会懂得我对你们的关心和体恤。
要真正迷途知返改邪归正，
对你们并不是那样轻而易举。
可是如果有人不愿悬崖勒马，
战争本身将使他悔之莫及，
因为征伐不息的战神，
不喜欢柔软的床铺、美酒和嬉戏。
他将大刀阔斧地开辟新的途径，
自会有勇士高高举起他的旌旗。
人们的命运无不掌握在自己手里，
切莫指望什么天赐的良缘和机遇；
游手好闲只会通向堕落的泥淖，
奋力进取才能攻占广阔的天地。
我向你们表达我不可动摇的信念：
你们最终将显示出罗马人的威力，
而不服管教的西班牙蛮人，
迟早会把他们的城池放弃。
我举起右手向你们保证：
一定报偿你们的英勇战绩，

　　　　　并亲自为你们高唱赞歌，

　　　　　只要你们拿出献身的勇气。

　〔士兵们互相交换着目光，示意名叫卡约·马里奥的士

兵代表大家讲话。

马里奥　　请伟大的将军仔细观察

　　　　　全体士兵的脸色变化；

　　　　　你的一席简短训词，

　　　　　字字震撼身边的部下。

　　　　　我们有的面无血色，低头不语，

　　　　　有的羞愧难当，有的惊慌害怕。

　　　　　这说明你的苦口良药，

　　　　　使我们诚惶诚恐，心乱如麻。

　　　　　我们自甘堕落的行径，

　　　　　使愧色染红了我们的面颊，

　　　　　如今受到你的严厉斥责，

　　　　　人人难以自容无言对答。

　　　　　懒惰把我们引入歧途，

　　　　　真是不堪回首悔恨交加。

　　　　　愚不可及的种种罪愆，

　　　　　只有死去才能彻底洗刷。

　　　　　可是眼前尚存自新机会，

　　　　　且待日后立功掩前瑕。

　　　　　也许我们未来的作为

　　　　　不再使你忧愤悲苦。

　　　　　这里的全体将士无一例外，

　　　　　心甘情愿地投入你的麾下，

> 人人全力以赴忠于职守，
> 准备奉献出性命和身家。
> 啊，我们伟大的将军，
> 请把这一片赤诚的心意收下。
> 我们将使罗马的声威重振，
> 一如既往在战场上冲杀。
> 士兵们，举起你们的右手，
> 如果你们赞同我的这一席话。

士兵甲　我们大家完全同意。

士兵乙　让我们一起宣誓。

全　体　我们宣誓。

西庇阿　既然你们的誓言真诚庄重，
　　　　我对你们的信任将与日俱增。
　　　　但愿燃烧起来的爱国热忱，
　　　　除去旧日的陈迹以迎接新生。
　　　　千万莫让决心随风飘去，
　　　　要把它化为锐利的刀刃剑锋。
　　　　我的许诺也一定完全兑现，
　　　　且看你们的誓言能否付诸实行。

士兵甲　两个努曼西亚人走来，
　　　　想必是要与将军谈判。

西庇阿　为什么还没来到？因何事迟延？

士兵甲　你不许可，他们岂能向前？

西庇阿　对于谈判代表要待之以礼。

士兵甲　确是谈判代表。

西庇阿　请前来相见，

　　　　　不必担忧他们心怀叵测，

　　　　　这本是敌人惯用的伎俩。

　　　　　伪装从来不会十分严密，

　　　　　因为它遮不住恶毒的心肠，

　　　　　总要留下大大小小的缝隙，

　　　　　暴露出口蜜腹剑的真相。

　　　　　再说听听敌人的话语，

　　　　　总是裨益多于损伤。

　　　　　我以身经百战的资格保证，

　　　　　我的判断不会有丝毫虚妄。

　　〔两个努曼西亚谈判代表上场。

努曼西亚人甲　同胞们委派我们前来谈判，

　　　　　望将军大人立即予以接见；

　　　　　无论是在这里，还是单独磋商，

　　　　　我们都将开诚布公，毫不讳言。

西庇阿　请说吧，我就在这里与你们会谈。

努曼西亚人甲　既然将军如此宽厚为怀，

　　　　　请恕我们鲁莽冒昧，

　　　　　把来意向大人禀报明白。

　　　　　将军是骁勇的罗马统帅，

　　　　　日月也要为之失色惊骇，

　　　　　请向努曼西亚伸出友善之手，

　　　　　我们正是为此受托前来。

　　　　　残酷的战争已经延续多年，

　　　　　给我们双方造成同等的伤害，

　　　　　如果你立即下令停战，

长期纠葛必释然消解。
努曼西亚人一向善良温顺，
从不违背罗马人的敕令法规，
可是我们实在无法忍受
一任任总督的胡作非为：
苛政如虎，横征暴敛，
肆无忌惮，敲骨吸髓，
我们忍无可忍，奋起反抗，
只因为枷锁沉重，必须砸碎。
两军对阵厮杀不已，
时光逝去永不复归，
可是从来没有一位将军
愿意倾听我们的曲直是非。
如今顺从着命运之手，
我们的航船驶进平静的港口，
我们抛下铁锚收拢船帆，
来到你面前寻求护佑。
莫以为我们懦弱胆怯，
方前来把和平乞求。
饱经磨炼的努曼西亚，
已向世人表明永不低头。
久闻将军德高勇武，
方遣我辈前来好言相谋。
倘若将军宽宏允诺罢兵，
将被拥戴为我们的统领和朋友。
我们已经把来意如实陈说，

　　　　　　　　望将军大人好自运筹。

西庇阿　　时至今日才想到幡然悔过！

　　　　　可惜你们的友善并不使我快活。

　　　　　奉劝你们再次举起刀枪，

　　　　　咱们在战场上比个弱强。

　　　　　说不定命运之神已经决定：

　　　　　将你们埋葬，把光荣给我。

　　　　　多少年来你们轻狂倨傲，

　　　　　怎么却突然前来卑躬求和？

　　　　　我们要继续作战，相互厮杀，

　　　　　让你们的好汉们冲过来肉搏！

努曼西亚人乙　　我们心地善良，天真轻信，

　　　　　不过将军也要承担责任：

　　　　　你如此无礼地接待来使，

　　　　　只能在我方加倍激起义愤。

　　　　　我们求和之心一片真诚，

　　　　　却遭到你的粗暴蹂躏。

　　　　　然而这只能增添我们的信念：

　　　　　努曼西亚必将与天地共存。

　　　　　你永远休想踏上我们的国土，

　　　　　因为到处都有愤怒的人群。

　　　　　既然你不愿言归于好，

　　　　　那就让我们继续作为敌人。

西庇阿　　你们还有话吗？

努曼西亚人甲　　不必说了，

　　　　　让我们在战场上相见。

　　　　你并不像传闻中那样明智，

　　　　居然践踏我们的友好心愿。

　　　　那就请尝尝我们意志的威力，

　　　　试看你如何把本领施展。

　　　　须知战场上的短兵相接，

　　　　决不同于谈判中的唇枪舌剑。

西庇阿　正是这样，我要你们知道：

　　　　我对和谈与作战同样爱好；

　　　　但我不愿跟你们交朋友，

　　　　你们的国土我也决不宽宥；

　　　　我想你们可以满意而去。

努曼西亚人乙　这就是我们谈话的唯一结局？

西庇阿　我再没有更多的言语。

努曼西亚人乙　好啊！拿起刀枪，

　　　　努曼西亚人将个个挺起胸膛。

　　　〔谈判代表下场。西庇阿的兄弟金托发表高论。

金　托　我们是否过于仁慈，

　　　　容忍他们如此放肆。

　　　　惩处他们的时机来了，

　　　　且在战场上决一雌雄。

西庇阿　强悍的战士必然英勇正直，

　　　　无须大呼小叫，虚张声势。

　　　　你最好闭上嘴巴，何用狂言，

　　　　准备冲锋陷阵，一马当先。

　　　　不过让我想个巧妙的计策，

　　　　使努曼西亚不攻自破。

我正在苦思冥想费尽心神，
为克敌制胜把妙计搜寻。
我要使他们力衰智昏，
如困兽一样豕突狼奔。
绕城掘一道深深的壕沟，
难忍的饥饿自会导致片甲不留。
无须罗马人的鲜血流洒，
再次浸入这座城池地下。
如此漫长激烈残酷的争战，
西班牙人已把足够的鲜血奉献。
现在，我要求你们拿起工具，
向坚硬的土地用力砍去，
宁可自己人满面灰土，
也不要敌人浑身血污。
不分高低贵贱，微卑显要，
全军上下都来这里开沟挖壕。
十夫长、弓箭手无须区分，
人人有责不得丝毫因循。
我也将挥起沉重的铁铲，
挖开坚硬的地面并不困难。
快快跟随我行动起来，
且看我如何为人表率。

金　托　勇敢的将军大人，我的兄长，
　　　　你又一次显示了睿智的目光；
　　　　努曼西亚人已经走投无路，
　　　　因此困兽犹斗百倍疯狂，

和这些亡命之徒发生冲突，

岂不失策？确实愚蠢而荒唐。

把他们封锁起来，多么巧妙！

这样才能根除他们的倔犟。

整个城市将被紧紧包围，

我只担心河水流过的地方。

西庇阿 让我们立即开始行动，

把我的妙计良策付诸实现。

愿上苍助我一臂之力，

尽早使西班牙屈膝就范，

我将征服这倨傲的民族，

亲手向罗马元老院奉献。

〔众人下场。西班牙上场，头上饰有尖塔，手中捧着城
堡，这是西班牙的徽记。

西班牙 辽阔高远的苍穹宁静肃穆，

依靠你宽厚慈祥的庇护，

我的大片土地才如此富饶，

超过了世上许多其他民族。

既然你一向慷慨地扶危济贫，

请你怜悯我目前的灾难和痛苦。

我满怀焦急和忧虑向你乞求：

拯救这块不幸而无援的国土！

我已被踩躏得遍体鳞伤，

你却长时间地弃我于不顾；

光明的太阳始终照耀天空，

黑暗依旧覆盖这遭谴的国土。

你赐予一代代暴君无尽财富，
希腊、腓尼基接踵来此称孤。
难道都在听凭你的旨意？
还是我罪孽深重难逃劫数？
莫非我将永生永世沉沦，
子孙万代任凭异族奴役？
为何不赐我短暂的一瞬，
迎风展开欢快的自由之旗？
当然你的无情惩戒事出有因；
我的一切灾难都是咎由自取：
我那些举世无双的英雄儿女，
只顾自相残杀，纷争不已，
从来不想冷静地扪心自问，
商议将阋墙的怒火平息；
在这生死存亡的紧要关头，
更加昏聩地相互离析；
如此永无休止地大动干戈，
给了贪婪的异族可乘之机。
他们在我的土地上巧取豪夺，
黎民百姓惨遭凌虐。
只有努曼西亚依旧巍然不动，
手中的利剑闪着逼人的寒光，
她付出昂贵的鲜血作为代价，
自由的旗帜才继续迎风飘扬。
然而似箭的光阴无情，
最后的时刻已经逼近。

她可能毁灭,但傲骨依然,

如同那烈火中永生的凤凰。

一支势不可挡的罗马大军,

正在为取胜而搜索枯肠,

竭力避免与努曼西亚人交手,

他们所剩无几,却勇猛难挡。

哦,但愿敌人枉费心机,

他们的谵语不过是梦幻一场。

让努曼西亚这弱小民族

转败为胜不再沦丧。

看哪,敌人把城池团团围住,

却让刀枪剑戟闲倚石墙。

敏捷的双手以空前的灵巧挥舞,

深深的堑壕越过平地山冈,

把城垣的内外通道阻挡。

只有滚滚的河水横穿沟壑,

留下突破重围的一线希望。

不幸的努曼西亚居民,

被封锁圈牢牢捆紧,

逃脱无路,求援无门,

却也无须担忧意外的入侵。

看到他们陷入这样的困境:

坚硬的铁拳无法曲伸,

我义愤填膺,大声呼喊:

快让他们奔赴沙场献身!

让我们转向宽阔的杜罗河,

它紧贴城垣不息地流过。
只有它能给予些许救援，
帮助努曼西亚把重围突破。
趁水中还未树起高塔，
也未把其他障碍敷设，
我恳求你啊，滔滔不尽的河流，
发挥威力使人民摆脱灾祸！
伟大的杜罗河哟，你蜿蜒曲折，
滋润着我的平原、谷地和山坡，
你像恬静可爱的塔霍河一样，
携带着金灿灿的沙粒不停地奔波，
但愿飞升自如的仙子，
不要只在田野和森林飘荡，
命令她们走近你清澈的流水，
已是她们全力效劳的时光。
杜罗河啊，你应该仔细倾听，
我这震天动地的深深哀伤。
我并不要你停止奔流，
但莫再无忧无虑地欢唱。
你应该不断增添自己的水流，
掀起滚滚巨浪，把罗马人埋葬。
如果连你也抛弃了努曼西亚，
她将失去这唯一得救的希望。

〔杜罗河上场，后面跟着三个男孩，象征着三条汇入杜罗河的小溪。它们与杜罗河汇合的地方现在叫索里亚，就是当时的努曼西亚。

杜罗河　亲爱的母亲西班牙，

我一直在倾听你的悲叹，

但迟迟不愿向前奔来，

只因我无计可施，一筹莫展。

都是不可抗拒的命运，

安排了这该诅咒的一天。

灾难在努曼西亚降临，

怕已无望脱离痛苦的深渊。

这里是我的三条支流，

给我提供了丰富的水源，

我的河床一旦无法容纳，

就会堤岸崩溃，洪水泛滥。

尽管我波涛汹涌奔腾呼啸，

罗马人只看作是小小的山涧，

将在河床上挖沟建塔，

这一切你生来前所未见。

变幻莫测的命运如此无情，

正在把最后的结局清楚展现：

努曼西亚已经濒临灭亡，

尽管全体人民枕戈待旦。

但是，我并没有失去信念：

他们的壮烈业绩如日月经天，

必将穿透遗忘的漆黑帷幕，

为子孙万代所称颂赞叹。

残暴的罗马人迈开了步伐，

准备把这富饶的国土踏遍。

他们野心勃勃,横冲直撞,
他们不可一世,作恶多端。
可是谁又能捉摸上苍的脾性,
焉知他不会突然把乾坤扭转,
让今日威风凛凛的罗马人,
成为今日臣属的脚下囚犯。
来自遥远国度的大批勇士,
将在你的乐土上建立家园,
你的意愿将引导他们,
阻止住罗马人的节节进犯。
他们是盔甲闪闪的哥特人,
将自己的荣名在世界传遍,
一旦在你的怀抱栖下身来,
征战的勇气更会成倍增添。
为你复仇雪恨的后来人,
还有阿提拉①将挥起无情的铁拳,
不仅就此降服桀骜的罗马人,
使其俯首帖耳瑟瑟就范,
他们子孙还将联合蛮族盟军,
长驱直入梵蒂冈的圣坛,
连至高无上的罗马教皇,
也只能撒开双腿惊慌逃窜。
人们还将看见西班牙人的尖刀,
挥舞在罗马人的胸前,

① 阿提拉,入侵罗马帝国的匈奴人首领。

使他们一个个丧魂落魄，
只乞求征服者网开一面。
短小精悍的西班牙军队，
个个士兵以一当十英勇善战。
若非阿尔巴诺山高耸途中，
岂会班师回朝停止向前。
这时主宰万物的全能天主，
已受到世人的普遍崇敬，
他委派统辖尘寰的教皇，
为西班牙的圣明君主命名。
你的王室接受了神赐的姓氏，
上帝为此感到满意和高兴。
天主教徒成为全体居民的称呼，
皈依的哥特人从此获得殊荣。
另一个人更高地举起手臂，
在万众欢呼中擎托你的声威；
你夺取了世界上第一把交椅，
赢得了各民族的尊敬和钦佩。
圣明君主的丰功伟绩，
历历可数铭刻在我的记忆。
他的名字就叫作腓力二世，
高居世界霸主之位天下无敌。
他把互相残杀的诸多王国，
统一起来由一个朝廷治理，
这块烽火四起的不幸国土，
终于得到了和平和休养生息。

显赫的卢济塔尼亚曾遭割裂，
犹如卡斯蒂利亚被撕破了衣裳。
如今剪去的一角要补上，
西班牙将恢复她的固有模样。
一切民族都羡慕你的幸运，
所有的国家都害怕你的力量。
你将把利剑刺向敌人，
把胜利旗帜插向四方。
请想想这历史的前景，
以安慰你当前的忧伤。
不过努曼西亚已难逃浩劫，
因为命运早就安排停当。

西班牙　闻名于世的杜罗河一番叙说，
稍许滋润了我焦灼的心窝；
即使再三掂掇这一席预言，
也难以窥见半点虚妄。

杜罗河　西班牙啊，你要坚信不移，
同时却不能过于性急。
再见吧，我要去与仙子们会面。

西班牙　愿上苍不断增添你的水源！

第 二 幕

〔特奥赫内斯,卡拉维诺,四个努曼西亚官员和巫师马基诺上场,坐下。

特奥赫内斯　　我觉得,坚强不屈的勇士们,

我们的兵力正在日见枯竭,

只因执意龃龉的悲惨命运,

把我们推入这场可怕的浩劫。

我们已被罗马人紧紧围困,

他们怯懦的双手要把我们毁灭。

我们既不能战死沙场报仇雪恨,

也不能插上双翅向远处飞越。

无数次成为我们手下败将的罗马人,

如今大举进犯要把我们灭绝;

而我们各处的同胞兄弟,

也扼住我们的咽喉趁火打劫。

此等不义之辈将不容于诸神,

狂暴的雷电将把懦夫劈裂;

他们竟然伤害同胞手足,

甘愿开门揖盗向顽敌取悦。

想想吧,为了摆脱目前的不幸,

你们可能贡献什么妙计良策，

这漫无尽头的严酷封锁，

预示着数日内的全城覆没。

宽阔的堑壕阻断了通路，

岂能用厮杀去寻求解脱？

然而必须依靠力量和勇气，

去把敌人的围困打破。

卡拉维诺　我祈求众神之王朱庇特，

允许我们全体青年上阵，

只要我们伸开强壮的双臂，

哪怕他罗马人密集如云。

西班牙人如能挥动铁拳，

死亡也难以挫败他们的决心。

定要打开努曼西亚的生路，

拯救罹难的全体居民！

看看我们目前的处境，

犹如棋子即被将军，

要用尽全力冲撞挣扎，

以表明我们的桀骜不驯，

呼唤敌人赶快出阵应战，

我们不愿束手待擒。

让我们用拼死的搏斗，

来冲决这漫长的围困。

倘若这面对面的挑战，

不能如我所愿激怒敌人，

还可选择另一条出路，

只是比前者困难万分。

狡滑的敌人近在咫尺，

却怎奈眼前墙高沟深；

只有夜间突袭打开缺口，

冲出重围去寻找援军。

努曼西亚人甲　我们一定要拼死冲出堑壕，

因为只剩下这生路一条。

我们一个个正值年富力强，

岂能听天由命坐待灭亡？

饥饿和困苦只能与日俱增，

我们必须下决心死里求生，

即便在厮杀中捐躯，

也是勇士光辉的归宿。

努曼西亚人乙　我们全体扑向罗马军团，

奋力挥动武器决一死战。

让我们的灵魂离躯体而去，

这才是死得其所载誉归天。

如果我们之中真有懦夫，

就请他留在城里苟延残喘。

我已决定含笑死去，

在堑壕或原野上永世长眠。

努曼西亚人丙　难忍的饥馑布下菜色的阴霾，

正在四处追逼八方为害。

走投无路必然孤注一掷，

只有铤而走险迟疑何待？

拼死一搏或可免除涂炭，

当然比饿死城中利索痛快。
来吧，跟我一起向堑壕冲去，
让我们手持尖刀把生路打开。
努曼西亚人丁　你们做出的决定非同小可，
奉劝三思而后再付诸实行。
何不攀上城头向敌人挑战，
商定比武场决一雌雄。
我们将派出一名城中的勇士，
也请他们选拔一名罗马士兵，
两人之一若在搏斗中死去，
就应立即结束这漫长的战争。
罗马人一个个狂妄傲慢，
面对挑战必然会做出响应。
只要对方接受这个建议，
我们的苦难自会立即告终。
我向你们推荐一位壮士，
担保他无比骁勇。
三个罗马人不比他单枪匹马，
只能把胜利的桂冠向他奉送。
马基诺恰巧也在这里，
他誉满四方，善于卜卦占星。
请他观看天上的星辰征兆，
断一断生死荣枯，福祸吉凶。
祈求上苍降下启示，
照亮这前途未卜的绝望处境：
我们将在围困中降服？

还是战胜强敌,重获新生?
再举行一次盛大的祭祀,
向威严的朱庇特奉献牺牲,
天神自会给我们加倍的报偿,
一旦他领受了我们的虔诚。
我们还应治愈身上的创伤,
也就是整饬军纪,净化民风,
渎职的命运之神或能回心转意,
重新满足我们正当的憧憬。
陷入绝望的人若想死去,
随时都有机会结束自己的生命,
一旦需要我们挺胸献身,
我们定会视死如归面无惧色。
好了,莫让时光徒然虚度,
请看我的建议是否切实可行。
或许你们能道出更好的办法
任凭众人把高低优劣品评。

马基诺　你侃侃而谈,字字有理,
每句话都符合我的心意。
备好牺羊,奉上供品,
发出挑战,莫再迟疑。
我决不放过这次机会,
一定要显示我的本领和威力:
我会帮你们走出漆黑的深渊,
让你们看清未来的祸福凶吉。

特奥赫内斯　我在这里向你们许下诺言,

请诸位相信我诚心一片：

适才的计划若势在必行，

我将尽全力解除危难。

卡拉维诺　你是全城精华中的精华，

你的智慧骁勇令人加倍钦佩。

请挑起这艰难而沉重的担子，

此种信任只有你当之无愧。

你有崇高的品德，卓越的胆识，

因此在全体之中名列前茅，

我这处处无能的卑微之人，

愿做马前卒在比武场上效劳。

努曼西亚人甲　我却只想跟全城居民一起，

去讨大神朱庇特的欢喜。

快把牲羊和各种祭品取来，

以表达我们无比虔诚的心意。

努曼西亚人乙　既然众人商定了主意，

快快动手，莫再迟疑。

否则等到饥馑蔓延，

只有无可奈何，束手待毙。

倘若诸神已经做出判决：

我们必须在这场灾难中死去，

但愿他们暂时收回成命，

仔细倾听我们在此忏悔。

〔众人下场。马兰德罗和莱昂尼西奥两个努曼西亚人
上场。

莱昂尼西奥　我的好友马兰德罗，

　　　　　　　你向何处迈开双脚？

马兰德罗　连我自己都不明白，
　　　　　你又如何能够知晓？

莱昂尼西奥　都只因为一片痴情，
　　　　　　使你如此神魂颠倒！

马兰德罗　自从那天陷入情网，
　　　　　待人接物益发乖巧。

莱昂尼西奥　请恕直言我没说错：
　　　　　　爱神把你牢牢俘获，
　　　　　　如堕苦海渺无边际，
　　　　　　神志昏昏备受折磨。

马兰德罗　多么狡黠多么灵巧，
　　　　　慧眼敏锐一语道破。

莱昂尼西奥　我的灵巧无须夸耀，
　　　　　　你的愚鲁应受斥责。

马兰德罗　仅仅因为我的痴情？

莱昂尼西奥　你的鲁莽你的执着，
　　　　　　不顾环境不看对象，
　　　　　　丧失理智犹如疯魔。

马兰德罗　能给爱情套上辔头？

莱昂尼西奥　依靠理智如缰在手。

马兰德罗　理智健全何济于事？
　　　　　比之激情稍欠风流。

莱昂尼西奥　柔情使你心荡神移，
　　　　　　竟把良知弃于脑后。

马兰德罗　爱情良知并行不悖，

只是偶然相互掣肘。

莱昂尼西奥　你本是一名优秀战士，

无奈深深沉湎于爱情，

又在这异乎寻常的岁月，

难道这也算头脑清醒？

你本应投入战神麾下，

受他庇护去冲锋陷阵，

可你却辗转于相思，

昼夜长嘘短叹柔肠寸断。

我们祖国受强敌围困，

已是弹尽粮绝朝不保夕，

怎能只为负心的爱人伤感，

把神圣职责全然忘记。

马兰德罗　听你如此信口开河，

我怒火充满胸臆。

你在何处曾经看到：

爱情夺走战士的勇气？

我又何曾擅离职守，

去与自己的情人幽会？

或是正当队长巡夜，

我却径自在床上酣睡？

难道我忘记过自己的身份？

难道我忽略过自己的责任？

难道我有丝毫不检点的行为？

难道我不能在心中思念情人？

既然你拿不出半点证据，

来说明我的任何过错，
怎能如此莽撞信口开河，
任意把我的爱情指责？
在我们交谈的时候，
莫怪我精神恍惚，
请你且设身处地，
体谅我深沉的痛苦。
你知道我多年矢志不移，
神魂颠倒地把丽拉追求；
你知道幸福眼看来临，
我们的磨难有了尽头，
她即将成为我的娇妻：
她父亲应允了我的要求。
丽拉虽然从未吐露衷情，
我俩的心早已并肩携手。
你也知道这场甜蜜的梦，
做得果真不合时宜，
残酷的战争突然降临，
辉煌的前景突然隐匿。
只有等待战事结束，
重新筹划我们的婚礼。
因为现在喜庆的欢歌
不容于这块受难的土地。
你该懂得我心头的绝望，
因为我的幸福日见渺茫，
不要侈谈什么最后胜利，

且看头顶刀枪的闪光。

我们饿得四肢无力，

却无计可施，坐待灭亡；

我们孤立无援，四面受敌，

终将无计越过深沟高墙。

眼看着我的全部希望

化为泡影随风飘荡，

我怎能不愁容满面，

心中充满痛苦和忧伤！

莱昂尼西奥　　马兰德罗，快快心平气和，

恢复先前的英姿勃勃。

也许沿着另外的途径，

幸运正在向我们靠拢。

朱庇特，万神之主，

为我们开辟着康庄的道路，

要使受苦的努曼西亚人

最后摆脱罗马大军的围困，

也给你带来平静和安宁，

让美丽的娇妻偎到怀中。

眼下不宜把爱情之火点燃，

且由它静静蛰伏在心间。

今天努曼西亚全城出动，

向朱庇特把牺牲供奉，

祈求驾雷驭电的天神，

庇护我们这不幸的人民。

啊，人群正在慢慢走近，

带来了牲羊和焚香的器皿。

啊,朱庇特,威严的天父,

请怜悯我们这深沉的痛苦!

〔两人走到舞台一侧。两个努曼西亚人身着古代祭司的服装上场。一只肥大的绵羊披挂着橄榄枝和花朵组成的饰物,被祭司牵着双角,一个侍童手持银盘和手巾,另一个侍童端着一罐清水,另外两个捧着酒坛,另一个举着焚香的银盘,另外几个搬来火炉和柴禾,还有一个侍童摆起桌子,铺开台布,然后把努曼西亚人的祭祀用品安放停当。祭司之一放开手中牵着的绵羊。这时特奥赫内斯和其他努曼西亚人上场。

祭司甲 都是不祥的征兆,不容怀疑,

一路上我不停地胆颤心悸,

满头的白发不禁根根竖起。

祭司乙 但我没有未卜先知的本领,

以免预测出险恶的前景,

啊,努曼西亚,你真不幸!

祭司甲 阵阵阴风把我们催促,

我们应尽快备好刀俎,

请把案几放置在此处。

祭司乙 拿来水罐酒坛还有焚香的银盘,

安置停当就请你们伫立一边,

深沉地忏悔各自的罪愆。

无瑕的心灵,虔诚的信仰,

胜过最丰腴的供养,

因为这才是天神的瞩望。

祭司甲　快把木柴投进火盆，

　　　　莫让沾染地上的灰尘，

　　　　以表达虔诚敬畏之心。

祭司乙　快快净手洗面准备祭奠……

　　　　为什么不见升起火焰？

努曼西亚人　大人，谁也无法把它点燃。

祭司乙　啊，朱庇特，这是什么含义？

　　　　莫非乖张的命运还要带来祸祟？

　　　　为什么松枝的火焰还不燃起？

努曼西亚人　大人，好像烧起了一星半点。

祭司乙　走开！啊，这火苗多么昏暗，

　　　　使我内心充满惶恐惴惴不安！

　　　　你们看，那是一缕青烟升起，

　　　　正在冉冉地向西方飘散，

　　　　微弱的火焰随风摇曳，

　　　　又似乎向着东方翘首呼唤。

　　　　不祥的征兆啊，不容置疑，

　　　　它预示着新的折磨就在眼前！

祭司甲　即使罗马人最后战胜我们，

　　　　那不过是一缕转瞬即失的青烟，

　　　　而我们的英灵将燃起熊熊火焰。

祭司乙　现在应该搬来酒坛，

　　　　用酒泼洒这神圣的火焰，

　　　　还要焚起香来让它随风飘散。

　　　〔祭司说罢，绕着火盆四周洒酒，然后将香料投入火中，

　　　同时一边祈祷。

祭司乙　啊,伟大的朱庇特,

　　　　　求你扭转严酷的命运,

　　　　　造福于不幸的努曼西亚人民。

　　　　　请看这欢腾热烈的火苗,

　　　　　把圣洁的香料化作一股青烟,

　　　　　你永恒的无所不在的天父,

　　　　　也能使强敌云雾一般消散,

　　　　　他们的胜利和光荣也将随之泯灭。

　　　　　我祈求你为我们把威力显现。

　　　　　愿诸神牢牢缚住强大的敌人,

　　　　　如同这只羔羊被绳索紧拴,

　　　　　只等待由众人送上祭坛。

祭司甲　可是一切都预示着不祥,

　　　　　对于这受苦受难的人民,

　　　　　我们不能提供更多的希望。

　　　〔祭台底下装满石子的木桶发出轰鸣,从里面射出一枚
　　　　爆竹。

祭司乙　我的朋友,你难道没有听到巨响?

　　　　　你莫非看不到飞腾而上的火光?

　　　　　你自己早已预言了这骇人的景象。

祭司甲　可怕呀,我浑身颤抖惊慌失措。

　　　　　不祥的征兆在我眼前掠过!

　　　　　它们展现的前景已经无法逃脱!

　　　　　你是否看到一队人马,凶狠残暴?

　　　　　你是否看到鹰隼在追捕小鸟?

　　　　　而且一点点把包围圈缩小。

祭司乙　只见它们毫不留情步步紧逼，

　　　　已经使小鸟陷入层层重围，

　　　　可是还在继续施展诡计。

祭司甲　这该诅咒的征兆令我黯然沮丧。

　　　　无敌的帝国军团展开雄鹰的翅膀，

　　　　努曼西亚面临着末日的残阳。

祭司乙　鹰隼啊，你们预言了我们的灭亡，

　　　　走开吧，我们已经懂得命运乖张，

　　　　此世此生只剩下最后的时光。

祭司甲　但是仍然要把祭品供奉。

　　　　也许无辜羔羊的牺牲，

　　　　能够暂时平息狂怒的神灵。

　　　　啊，地狱里的伟大君王普路托①，

　　　　你有幸在暗无天日的国度生长，

　　　　治理鬼魂麇集的地方。

　　　　愿你事事如意，无忧无虑。

　　　　你所眷恋的谷神之女，

　　　　决不会把你的痴情辜负。

　　　　不幸的人民企盼你的救助，

　　　　乞求你显神灵施以庇护，

　　　　切莫充耳不闻弃之不顾。

　　　　请你关牢阴森的地狱之门，

　　　　阻挡住复仇女神三个姊妹，

　　　　莫让她们来人间胡作非为。

---

①　普路托，罗马神话中的冥王，亦负责增加土地肥力，为人间带来财富。

　　　　　请平息她们胸中的怨怼，

　　　　　让她们的怒火随风飘逝，

　　　　　就像这羊毛腾空而飞。

　　〔祭司拔下几根羊毛，向空中抛去。

祭司甲　我带着洗涤过的灵魂和意念，

　　　　　把尖刀刺进羔羊的咽喉，

　　　　　它立即被浸上殷红的一片。

　　　　　努曼西亚的平地和高丘，

　　　　　将成为埋葬罗马人的坟山，

　　　　　这坚硬的土地也将被鲜血浸透。

　　〔一个魔鬼从祭坛的空隙中探出半截身子，把绵羊抢走。

　　接着是一阵爆炸声，火光四射。

祭司乙　是谁从我手中夺走祭品？

　　　　　什么邪魔在兴妖作祟？

　　　　　怎么回事，圣明的天神？

　　　　　难道在苦难中啜泣的人民，

　　　　　一点也没有打动你们的心？

　　　　　似乎他们悲伤凄楚的歌声，

　　　　　益发增添了你们的凶狠。

　　　　　你们显示出不祥之兆，

　　　　　使人们更加忧心如焚。

　　　　　尽管我们不敢稍有怠慢，

　　　　　却仍然催促了灭亡的来临：

　　　　　敌人步步进逼，我们日见沉沦。

努曼西亚人　诸神已经做出最后判决，

　　　　　痛苦的生活到了最悲惨的时刻。

无望赢得上天宽厚的照应，

让我们为自己唱起挽歌。

后人将铭记我们的不幸，

还将传颂我们倔强的性格。

特奥赫内斯　马基诺，施展出你全部法术，

把我们的命运最后占卜清楚。

我们失去了笑容，只留下哭声，

且看还有什么更深的痛苦！

〔其他人下场，只留下马兰德罗和莱昂尼西奥。

马兰德罗　你说怎样？莱昂尼西奥朋友，

有何办法把我们挽救？

天神向我们展示了

多么美妙的征候！

说什么战争结束，

我将把不幸驱走！

怕早已埋在地下，

成一具朽烂的尸首！

莱昂尼西奥　我们是威武的战士，

怎信这魔法妖术！

要靠不懈的努力，

赢得美好的前途。

这些骗人的把戏，

能把眼光模糊！

我们的力量和勇气

照亮了前面的道路。

如果你居然相信

　　　　　这作神弄鬼的勾当，

　　　　　且等马基诺回来，

　　　　　还有翻新的花样。

　　　　　他将使出全身解数，

　　　　　预言我们的祸福存亡，

　　　　　信口开河出言荒唐。

　　　　　他正向这边走来！

　　　　　穿一身古怪服装。

马兰德罗　一副鬼怪模样！

　　　　　只因常与鬼怪来往。

　　　　　有必要继续欣赏？

莱昂尼西奥　我看并无不当：

　　　　　设若他遇到难题，

　　　　　需要我们帮忙。

　　〔马基诺上场，身穿宽大的粗布衣裳，披发赤足，腰带上
　　挂着三个盛水的瓶子，一个深黑色，一个橘黄色，一个透
　　明无色；一手持涂黑的长矛，一手握书本。随之上场的还
　　有米尔比奥。两人与下场的莱昂尼西奥和马兰德罗相遇
　　时，连忙躲闪开来。

马基诺　那可怜的青年在什么地方？

米尔比奥　就在这座坟墓里埋葬。

马基诺　你万不能弄错了地点。

米尔比奥　就在这棵老树近旁。

　　　　　我适才泪流满面，

　　　　　把小伙子轻轻安放。

马基诺　他因何故死去？

米尔比奥　　生逢乱世,治国无方,
　　　　　　可怕的饥馑,无情的瘟疫,
　　　　　　都是通向地狱的门窗。

马基诺　　既没有伤口使他的元气走散,
　　　　　　也并非毒瘤把他的肌体侵犯,
　　　　　　他究竟为什么步入冥冥黄泉?
　　　　　　这一切我需要知道得一清二楚,
　　　　　　因为必须是一具完好的身躯,
　　　　　　我才能念诵咒语施展妖术。

米尔比奥　　我为他送终还不到三个钟点,
　　　　　　亲眼见他静静在墓中安眠。
　　　　　　他因饥饿死去绝无半点伤残。

马基诺　　很好,这真是难得的机缘,
　　　　　　也许一切都会如我所愿。
　　　　　　我立即转向冥冥阴司,
　　　　　　把妖魔鬼怪高声呼唤。
　　　　　　注意倾听我的咒语吧,
　　　　　　幽界的普路托,你无情而威严,
　　　　　　虽与邪恶的鬼魂往来周旋,
　　　　　　却把财富和幸运送给人间。
　　　　　　乞求你满足我紧迫的要求,
　　　　　　那怕这绝非易事违你心愿,
　　　　　　恰逢时乖运蹇不容迟延,
　　　　　　莫叫我再三催促心焦舌干。
　　　　　　我希望埋葬于此的尸体,
　　　　　　立即起死回生,重返人间。

不要说贪婪的卡隆①刁难，

把他阻挡在黑水湖边②；

也莫怪罪狂暴的三头恶犬③，

早已把他的灵魂吞进喉管。

容他暂时复活重见天日，

我保证他很快返回阴间。

他要对残酷战争的结局，

带来幽幽冥府的预言，

不得有丝毫的支吾隐匿，

方能除去我的狐疑不安。

这个不幸灵魂提供的信息，

必须明晰清楚，不得若明若暗。

遣他回来吧，为什么迟疑？

难道我还不够坦率直言？

不愿移动墓石？你这无义之辈！

伪善的鬼魂，为何犹豫拖延？

为什么不做出任何举动，

把我们愿望付诸实现？

是执意延长我们的痛苦，

还是等我把魔法施展？

我立即就念起咒语，

钻透你岩石般的心肝！

―――――――――――

① 卡隆，希腊神话里地狱中的船夫，负责运载亡魂渡过斯提克斯湖（湖水幽黑），
常趁机勒索。
② 即斯提克斯湖。
③ 即刻耳柏洛斯，希腊神话中看守地狱大门的恶犬。

啊,毫无信用的下贱坯,
快快准备向我应战!
你知道我能气吞山河,
定要你威风扫地驯服就范。
你本是个无用的脓包,
心甘情愿受妻子欺骗,
一年有六个月头顶绿巾,
为何此刻故作尊严?
我要用五月的明净雨水,
细心浸润这长矛的铁尖,
一旦它的锋刃刺破石块,
将向你显示我法力无边。

〔用瓶中的清水浸润矛尖,然后刺向石板。从地下发出
爆竹的轰鸣。

马基诺　你这流氓总该明确承认,
自己已经吓得心惊胆战。
什么东西在响?你这恶棍,
不尝点厉害怎肯迈步向前!
骗子手,快把石块掀起,
让横卧的尸体露出地面。
怎么回事?你想逃之夭夭?
为何违抗命令,继续拖延?
你果真亵渎神明屡教不改?
我自有办法根治你的冥顽。
这瓶斯提克斯湖中的黑水,
将用来惩戒你的执意怠慢。

在那黑沉沉的凄凉长夜，

这瓶水取自阴森的黑水湖畔。

黑水啊，有了你的神奇魔力，

我心将冲破一切阻拦，

向地狱里的鬼怪发起进攻。

我还要催促、请求、命令和召唤

世上一切邪恶不祥的妖物

麇集而来听从我的调遣！

〔将黑水洒向冢丘。坟墓打开。

马基诺　　哦，夭亡的青年，快快出来，

看这阳光多么宁静灿烂。

离开那阴暗凄惨的地府吧，

在那里难有片刻的舒适和平安。

把你在无底深渊里的见闻，

向我和盘托出，切莫隐瞒。

应该有问必答，不厌其详，

正是为此才把你召回人间。

〔面容枯槁紧裹尸布的身躯慢慢升上地面。全身露出

后，便立即倒在石板上。

马基诺　　为何僵若木石？为何缄口不言？

莫非想再一次返回阴间？

我自会迫使你起死回生，

神智清醒地与我交谈。

快开口回答，你是我的同胞，

怎能把自己的职责丢弃一边。

否则我设法让你松开舌头，

　　　　　莫怪我冷酷无情不留脸面。

　　　　〔把橘黄色的水洒在尸体上,然后开始鞭打。

马基诺　　邪恶的灵魂,尝尝滋味吧!

　　　　　等着吧,我会继续把威力施展。

　　　　　待魔水将你摧折降服之时,

　　　　　且看你服服帖帖满足我的心愿。

　　　　　为使你受到应有的惩戒,

　　　　　我用力挥动手中的皮鞭,

　　　　　即使你的皮肉已化为尘土,

　　　　　在我的鞭挞下也会聚拢复原。

　　　　　逃逸的灵魂快返回躯壳,

　　　　　你离开它不过几个钟点。

　　　　　啊,我听到你前来的步履,

　　　　　你终于返回这僵直的躯干。

　　　　〔此刻尸首全身震颤并开口讲话。

死　人　　停止吧,你这狂暴的抽打!

　　　　　我刚刚离开黑沉沉的地府,

　　　　　在那里已经受尽了折磨,

　　　　　无须你加倍地将我荼毒。

　　　　　不要以为这次暂时的生还,

　　　　　会使我感到丝毫的欢欣鼓舞。

　　　　　转瞬即逝的刹那复苏,

　　　　　只徒然招致无情的痛苦。

　　　　　怎能摆脱严酷的死神,

　　　　　它将再次把我降服。

　　　　　灵魂和生命将重新离我而去,

我的仇敌却等着鼓掌欢呼。
阴曹地府的憧憧鬼魅，
他们刚刚把你的心愿满足，
却已急不可耐一旁守候，
等待你我的谈话尽快结束。
努曼西亚在劫难逃，
最后的结局惨不忍睹，
城中居民将人人动手，
亲自摧毁他们的国土。
罗马并未因此建立武功，
努曼西亚更非光彩夺目；
交战双方同样勇猛强悍，
战争结束未曾分清胜负。
两军的仇隙永不消弭，
谁人评说他们偃旗息鼓。
努曼西亚持刀自戕，
英名震宇流芳万古。
到此为止吧，马基诺，
气数难容我们继续会晤。
也许你认为我在信口雌黄，
事实将证明这预言正确无误。

〔尸体说罢，纵身跳入墓穴。

马基诺　哦，多么凄惨不幸的前景！
我的同胞终将覆没灭顶。
与其等待着末日来临，
不如跳进墓穴结束生命。

〔马基诺跳入墓穴。

马兰德罗　莱昂尼西奥朋友可曾看到：

　　　　　我的哀叹并非无聊。

　　　　　既然命运如此乖谬，

　　　　　我的愿望只有抛掉。

　　　　　解脱的途径已被阻塞，

　　　　　陷入绝境孤苦无告。

　　　　　马基诺、坟墓和死尸，

　　　　　已经判定前途不妙。

莱昂尼西奥　幻想，错觉，凶兆，梦呓，

　　　　　统统都是骗人的把戏，

　　　　　巫师作法故弄玄虚，

　　　　　妖术惑众施展诡计。

　　　　　你我如若受其愚弄，

　　　　　岂不可笑荒诞无稽！

　　　　　死人静静躺在坟墓，

　　　　　哪管活人悲伤欢喜。

马兰德罗　如果不因预见未来，

　　　　　我们面临灭顶之灾，

　　　　　马基诺怎会有灵感，

　　　　　呼神唤鬼令人惊骇！

　　　　　我们立即通知全城：

　　　　　末日已近全然无奈。

　　　　　为了传递这种消息，

　　　　　叫人怎能移步前迈？

第 三 幕

〔西庇阿、尤古尔塔、马里奥和其他几个罗马人上场。

西庇阿　我心满意足地四处察巡，

　　　　神助我的计划一帆风顺。

　　　　征服这不驯的民族无须费力，

　　　　只要稍稍使用灵巧的脑筋。

　　　　我迟早要攻下这座城池，

　　　　这全靠能否把时机看准。

　　　　战争中一旦坐失良机，

　　　　必招致身败名裂一蹶不振。

　　　　围城的计划曾受到指责，

　　　　说这是异想天开头脑发昏，

　　　　只有上战场挥舞剑戟，

　　　　才不致辱没威武的罗马人。

　　　　对这些议论我毫不在意，

　　　　只相信先世骁将的遗训：

　　　　用兵要善于以逸待劳，

　　　　巧妙取胜而兵不血刃。

　　　　倘若果真剑不出鞘，

　　　　却使敌人束手就擒，

这场战争就将胜利结束，

我们的光荣也永世长存。

否则即使最后战胜顽敌，

我们战士的鲜血业已流尽，

哪里还有胜利的喜悦？

只有面对血泊黯然伤神。

〔努曼西亚城墙里面传出军号声。

尤古尔塔　大人，你听，城里有了响声，

有人吹起了军号，我敢肯定，

他们想对你提出什么要求，

可是又苦于被围困在城中。

卡拉维诺爬上了门垛，

正招手要我们前行。

我们去吧！

西庇阿　好的，我们去吧！

就此止步，他的话我已听清。

〔卡拉维诺手持旌旗或长矛登上城头。

卡拉维诺　罗马人！啊，罗马人！

你们是否能听到我的声音？

马里奥　低声细语也能听到，

你的申诉清晰可闻。

卡拉维诺　请将军快步走近堑壕，

我是城中的使臣

有事禀告。

西庇阿　我就是西庇阿，

正在这里倾听。

卡拉维诺　　请容我从头说起：

时光一年年逝去，

战争的灾难还在持续。

我代表努曼西亚提出请求，

望英明的将军深思熟虑：

为了摆脱这漫长的战乱，

为了使痛苦不再加剧，

何不举行一场短暂的肉搏，

来最后决定战争的结局。

双方各派一名优秀战士，

在圈定的场地上互相角逐，

目前这场相持不下的厮杀，

在他们决斗之后即可结束。

当场丧命的若是努曼西亚人，

我们一定拱手把土地让出；

如若罗马士兵被命运遗弃，

自当立即把战争结束。

我们可以为此留下人质，

如果你同意将协议签署。

我相信你将满足这个请求，

因为你的部下个个英勇尚武；

努曼西亚的佼佼勇士，

也敌不过你麾下的无名小卒。

等待我们的是力不从心的搏斗，

你胜利在握，何用踌躇？

但愿我们的建议能立即实行，

　　　　将军大人,请从速答复!

西庇阿　听你振振有词,令人哑然失笑,

　　　　不知是在嬉戏,还是鬼迷心窍。

　　　　此时此刻只有苦苦哀求,

　　　　才是你们应该使用的语调,

　　　　否则我们将举起强壮的手臂,

　　　　向你们的咽喉插下尖刀。

　　　　奋力挣扎的凶猛野兽,

　　　　必须在铁笼里紧紧锁牢,

　　　　如若要想饲养驯化,

　　　　更须耐心等待循循诱导。

　　　　除非是丧失理智的狂人,

　　　　才会解开绳索任它奔跑。

　　　　你们正是一只受困的牲畜,

　　　　我将平息你们野性的咆哮。

　　　　努曼西亚必然归我所有,

　　　　无须一兵一卒攻城征讨。

　　　　除非你们勇武智巧,

　　　　设法突破这深深的堑壕。

　　　　不要说这计策过于怯懦,

　　　　我不会介意你们的嘲笑,

　　　　这点羞辱自会随风飘散,

　　　　我将赢回胜利者的荣耀。

　　　　〔西庇阿与其随从下场。

卡拉维诺　你走开了?胆小鬼,为何躲藏?

　　　　你不愿跟我们面对面较量?

你的举止辱没了赫赫声威，
你将失去人们的钦佩和敬仰。
总之，你回避了挑战，胆小鬼，
懦弱的罗马人，一群下贱的流氓，
你们只能仗恃人多势众，
却不敢运用灵活健壮的臂膀。
你们出尔反尔，背信弃义，
你们粗野残暴、专横强梁，
你们贪婪怯懦，鄙陋庸俗，
你们任性狠毒，毫无教养，
你们淫乱无行、世人皆知，
你们精于蝇营狗苟的行为！
把被捆绑的对手杀死，
这种武功也值得颂扬？
我们希望双方摆开阵势，
厮杀格斗在辽阔的沙场。
让狂暴的勇士纵横驰骋，
不受堑壕墙垣的束缚阻挡。
且看他们冲锋呐喊永不退缩，
且看他们奋身砍杀刀剑闪光。
努曼西亚虽然势单力薄，
誓与强大的罗马决战一场；
而你们却一贯诡计多端，
为取胜施展了狡诈伎俩。
你们拒绝正大光明的决斗，
显示出邪恶阴险的心肠。

你们这群披虎皮的狡兔啊，

只善于虚张声势侮慢轻狂。

努曼西亚有丘比特的护佑，

你们终将在她的城下覆亡。

〔卡拉维诺下场，很快又陪同特奥赫内斯、马兰德罗和其

他人上场。

特奥赫内斯　命运把我们推到绝境，

亲爱的朋友，何去何从？

莫如一死了却苦难的残生。

祭祀中你听到可怕的预言，

马基诺也在与死尸为伴，

我们的不幸结局无法避免。

我们的挑战未得回复，

绝望的挣扎还有什么用途？

坐待灭亡是唯一的出路。

可是我们的意志未被摧毁，

今晚战斗的烈火将熊熊燃起，

我们要行动起来突破重围。

把敌人设置的障碍夷为平地，

冲上战场与他们厮拼，

决不战战兢兢束手待毙。

我深知此举虽属壮烈，

也只是冲决敌人的围困，

去做战死沙场的英魂。

卡拉维诺　你的高见我完全赞同：

赤手空拳把壁垒夷平，

那怕为此献出生命。

有一件事却使我忧虑满怀：

一旦妇女们得知我们的安排，

必定协力将我们的计划挫败。

前次也曾密谋潜逃，

只待坐骑矫捷金蝉脱壳，

抛下妻儿受苦煎熬。

妇女们发现了这不义的计划，

全体出动找到我们的战马，

立即把鞍辔全部解下。

她们前次把我们阻在城中，

这次也必然会前来作梗，

再次用泪水把我们触动。

马兰德罗　我们的意图早已大白于世，

女流之辈对此也人人皆知，

纷纷哀叹不已啜泣度日。

她们情愿与我们生死相伴，

一齐去迎接命运的挑战，

这难免要增添我们的负担。

〔四个努曼西亚妇女怀抱婴儿，手携幼童上场。同时上
场的还有姑娘丽拉。

马兰德罗　她们走过来向你们哀泣，

苦难当头莫将她们丢弃。

看看怀中偎依的娇儿爱女，

铁石心肠也化作柔情缕缕；

她们愁容满面、恋恋不舍，

要最后一次拥抱儿女的身躯。

妇女甲　温柔的爱人千辛万苦，
　　　　你我始终厮守家乡热土，
　　　　面临死亡也在所不顾。
　　　　即使失去往日悠悠幸福，
　　　　我们始终是你们忠实的妻子，
　　　　你们也不愧为可信赖的丈夫。
　　　　可是天神突然降下灾祸，
　　　　在我们上空把乌云密布，
　　　　昔日的恩爱顿时化为烟雾。
　　　　我们明白，早已看出，
　　　　你们打算扑向罗马人，
　　　　宁被魔爪紧紧扼住
　　　　也不愿成为饿殍的尸骨，
　　　　因为饥馑伸过枯槁的双手，
　　　　大限已近，难逃劫数。
　　　　要在拼搏中奉献生命，
　　　　任凭我们孤苦无助，
　　　　把我们抛向屠刀和凌辱。
　　　　请立即举起你们的利剑，
　　　　刺穿我们的咽喉，切莫踌躇！
　　　　这是此时此刻最好的抉择，
　　　　百倍胜过蒙受敌人的玷污。
　　　　我已在胸中下定决心，
　　　　矢志不移，与你为伍，
　　　　生死相伴，永作夫妇。

这是作妻子的共同心愿，
面对死亡我们绝不却步。
我们誓与心爱的伴侣
共尝苦乐，同担荣辱。

妇女乙　明智的丈夫，为何迟疑？
莫非在你们悲伤的心里，
仍在细细盘算掂掇，
决定把我们最后抛弃？
难道你们果真准备
任努曼西亚的贞女，
落入罗马人的铁蹄，
忍受凌辱哀哀哭泣？
你们甘愿自己的儿女，
沦为入侵者的奴隶？
莫如即刻伸手接去，
亲自扼死在怀里。
或者你们已经议定，
满足罗马人的贪欲，
听凭这伙不义之辈，
剥夺我们正当的权利？
你们容忍异族的魔爪，
把我们的家园摧毁？
你们不顾待嫁的新娘，
遭受罗马人的淫威？
如果冒然突破重围，
必将更加灾祸横飞，

犹如柔弱可欺的羊群，
骤然失去主人的护卫。
倘若决心冲出堑壕，
请容我们同去伴随。
在你们身边瞑目，
生命才显光辉。
通向死亡的路上，
你们的步履何须太急？
自有饥饿伸出利爪，
把面前的障碍排除。

妇女丙　母亲个个伤心悲叹，
儿女为何沉默不言？
父亲决定抛弃你们，
怎不含泪祈求爱怜？
饱尝饥饿的折磨，
你们早已气息奄奄，
无须凶暴的罗马人
带来更无情的摧残。
父亲撒下自由的种子，
你们自由地降临人间，
母亲甘愿历尽困苦，
只为你们与自由相伴。
既然时运如此险恶，
快向父亲陈说心愿：
他们带到世上的幼苗，
应由他们亲手折断。

哦,请你也开口说话,
努曼西亚高高的城垣!
请你千百次地重复:
"努曼西亚的英雄好汉,
你们建立的庙堂家室,
要重享自由的甘甜!
你们的妻子儿女,
等待你们心回意转。
愿你们岩石般的心肠,
被往昔的柔情充满。
慈祥的努曼西亚男子,
听听妻子儿女的呼唤:
不要冲出城外,
招致更大的祸患;
同归于尽的时刻
势必为期不远。"

丽　拉　忧伤的少女也在恳求,
给她们以坚强的护佑,
使她们免遭欺凌,
让她们不再泪水横流。
不能把这笔宝贵财富,
无端地推入贪夫之手。
请看狂暴的罗马士兵,
犹如饥不择食的野兽。
快从你们绝望的心里,
打消这种自戕的念头。

你们是想立即战死，
只要英名万古存留。
但愿能够时来运转，
突围果真把我们拯救。
无奈在西班牙国土上，
并无友军援之以手！
我不揣冒昧进言规劝：
莫若放弃突围的计谋。
这会使敌人如虎添翼，
而努曼西亚将片瓦不留。
罗马人还将傲慢耻笑，
你们过分迂阔执拗。
因为我们兵不足三千，
岂是八万强敌的对手！
即使你们勇猛强悍，
突破敌人的高墙深沟，
到头来终因寡不敌众，
任罗马士兵碎尸枭首。
莫如听凭上天安排，
无论祸福逆来顺受：
或者安然委身墓穴，
或者等待神祇拯救。

特奥赫内斯　擦干你们伤心的泪水，
温柔的妻子，听我答对。
你们的啼哭撼动肺腑，
我们的爱情骤增百倍。

患难之中更需要坚强，
万不该如此意懒心灰。
活着我们不离弃你们，
死后也永把你们侍卫。
我们深知突破围困，
九死一生无处逃匿。
为报仇雪恨而献身，
生命不朽顶天立地。
既然计谋已被识破，
只好打消疯狂的主意。
亲爱的妻子儿女，
我们誓死不再分离。
但是莫让凶恶的敌人
强占国土炫耀战绩；
而要他们亲眼看到，
我们永垂史册的光辉。
我们今日同心同德，
将为后人永世铭记。
努曼西亚片瓦不存，
仇敌无奈空手而归。
快在广场堆起柴薪，
烈焰燃烧冲天而起，
瓦釜泥钵祖传珍奇，
全部财物付之一炬。
宝贵家产化为灰烬，
我将宣布庄严决议。

你们那时定会感到：

焚化珠玉不足忧戚。

因为我要最后犒劳

全城居民干瘪的肠胃。

那些不幸的罗马战俘，

将被杀死肢解砍碎。

然后召集男女老幼，

一视同仁等量分配。

在饿殍遍野的西班牙，

举行盛大的人肉宴会。

朋友们，有人不赞同？

卡拉维诺　怎能抑制心里的激动。

快快开始执行吧，

这奇特而正当的决定。

特奥赫内斯　等这一切都如期实现，

我还要说出别的意愿。

现在让我们一齐动手，

把炽热的篝火点燃。

妇女甲　我们立刻心甘情愿地摘去

浑身上下的珍宝珠玉，

连同生命一起交付你们，

就像以往奉献我们的身躯。

丽　拉　快快前去，莫耽搁时辰，

让财宝瞬间化为灰烬，

莫叫罗马人劫掠而去，

满足他们无厌的贪心。

〔全体下场。马兰德罗拉住丽拉的手让她停下。莱昂尼
西奥上场,连忙躲在一旁,因而未被发现。

马兰德罗　丽拉,不要如此匆忙!

请满足我的愿望:

在死亡逼近之时,

尽享生命的欢畅。

让我这双眼睛,

看看你美丽的模样。

我受尽难忍的折磨,

未得片刻平静安详。

你那甜蜜的语音,

常在我耳边回荡,

如此温馨的弥留,

抚慰着心头的创伤!

你怎么啦? 你在想什么?

我朝思暮想的姑娘。

丽　　拉　你我之间的姻缘,

正在烟消云散。

非围城的敌人

挥刀将它砍断,

只因我无法活到

战争结束的一天。

马兰德罗　你说什么? 我亲爱的人儿。

丽　　拉　饥饿钳紧喉管,

生命的细流将断,

死神正举起桂冠。

我是垂危之人，
婚床与我无缘，
只需一个小时，
必将咽气合眼。
我的弟弟昨日死去，
饱尝了饥饿的磨难；
我的母亲早已气绝，
也是遭到饥饿的摧残。
我至今未被征服，
虽然已饿得头晕目眩，
只因青春的热血，
时时把活力增添。
可是已经接连数日，
无以进食气息奄奄。
我已不能继续坚持，
只觉四肢开始瘫软。

马兰德罗　丽拉，止住你的泪水，
让它在我的双眼汇集，
然后化作滚滚洪流，
载走你那无尽的悲戚。
莫道饥饿无情，
折磨得你力衰气微。
你决不会因饥饿死去，
只要我还有一丝气息。
我将独自杀出重围，
那怕周围是铜墙铁壁，

要用我的九死一生，
阻挡死神对你的追逼。
我将径直冲向罗马人，
脚步敏捷手不颤栗，
倏然夺下他的面包，
亲自送进你的嘴里。
我要献出自己的生命，
以换回你的青春活力，
因为你的痛苦呻吟，
早已使我肠断心碎。
我去与罗马人厮拼，
把食品给你带回。
让这双有力的手掌，
最后一次把你抚慰。

丽　　拉　你的话儿热情动人，
出自你真诚的爱心。
无须以生命的代价，
换取我那短暂的欢欣。
对我已经无济于事，
无论你带回多少食品。
获取的并非起死回生，
是永远失去你的爱人。
你正当身强力壮，
愿你尽情欢度青春。
比起我垂危的生命，
你的生命更为珍贵。

望你英勇保卫家园，
把残暴的敌人击退。
而我是个软弱女子，
只会独自伤心落泪。
我亲爱的心上人儿，
万万莫要轻举妄为。
你拼死夺来的食物，
只能使我受之有愧。
即便得以苟延片刻，
我的生命毕竟垂危。
难道步步紧逼的饥饿，
你也能够把它击溃？

马兰德罗　不要再费心思
把我的行动阻止，
是我的意愿和命运，
催我去履行天职！
只愿你祈求神祇，
保佑我万无一失。
为你带回食物，
以慰我心头忧思。

丽　拉　马兰德罗，我的朋友，
我有不祥的预感：
看到你殷红的鲜血，
浸润着敌人的利剑。
快快放弃这次征战。
马兰德罗，心上人儿，

冲出去已属艰难，

返回来更是危险。

我定要指天发誓：

竭力阻止你去蛮干。

这并非为我着想，

是要你避免罹难。

不过，亲爱的朋友，

见你决心不肯改变，

请紧紧把我拥抱，

让我的心儿把你陪伴。

马兰德罗　丽拉，愿苍天保护你，

去吧，莱昂尼西奥要跟我会面。

丽　　拉　你定会事事如意，

及早实现你的心愿。

〔丽拉下。

莱昂尼西奥　你对丽拉的诺言非同小可，

这表明爱情犹如熊熊烈火，

必然驱散人们心中的怯懦。

品德和勇气将助你建树奇功，

可是命运露出狰狞的面孔，

莫指望得到它丝毫的恩宠。

我仔细倾听了丽拉的哭诉，

她品貌超人本应获得幸福，

却陷入无法忍受的痛苦。

你立志竭尽全力把她拯救，

下决心解除她心中的烦忧，

入敌阵与罗马人拼死决斗。
高尚的决定要你付出代价，
一个人冲入敌阵危险极大，
我情愿助一臂伴你厮杀。

马兰德罗　不论是无忧无虑幸福安详，
还是当灾难深重前途无望，
你和我有福同享有难同当！
可是你风华正茂不应蹉跎，
奉劝你留在城中切莫执着，
我不愿作杀手令你夭折。
只须要单枪匹马闯入敌营，
战利品夺到手便迅速回城，
有爱情为庇护我一定成功。

莱昂尼西奥　你已知道，马兰德罗，
同安乐共患难相濡以沫，
伴随你赴危急永无退缩。
世界上绝对没有任何力量，
能够使我离开你的身旁，
即便是面临阴森可怖的死亡。
突围时我将同你在一起，
我还要陪伴你顺利返回，
除非我注定在沙场倒毙。

马兰德罗　留下吧，听从我的劝告，
可能我的死期就在今朝，
我这一去确实凶多吉少。
到那时只有你，我的朋友，

为我可怜的母亲分担忧愁，

还要把我可爱的妻子护佑。

莱昂尼西奥　你的想法多么便当轻松；

眼见你惨死在敌人手中，

我怎能心安然苟且偷生？

我没有足够的力量和勇气，

为你把老母和孀妻安慰，

你逝去了，我也将心死如灰。

我确信这种事情不会出现，

我决心永远不与你离散，

请不必费心机把我规劝。

马兰德罗　我不再阻拦，你决心已定，

让我们趁今晚夜深人静，

出其不意潜入敌人军营。

我们立即准备轻装出发，

只要神助这场崇高的征伐，

无须佩带坚固沉重的盔甲。

给养匮乏逼我们前去袭扰，

尽全力夺取罗马人的面包，

这是临行前应牢记的目标。

莱昂尼西奥　请放心，我决不违背你的忠告。

〔两人下场。两个努曼西亚人上场。

努曼西亚人甲　灵魂化作苦涩的泪水，

喷涌出眼眶永不复归。

来吧，死神，悲惨的生命，

只余最后的喘息微微。

努曼西亚人乙　很快就将听不到一声呻吟，
　　　　　死亡的寒气正在步步逼近，
　　　　　它只需要短暂的一瞬时间，
　　　　　将杀尽努曼西亚全城居民。
　　　　　我这里已看到浩劫的先兆，
　　　　　可爱国土的末日即将来临，
　　　　　残忍的敌人只须坐待时机：
　　　　　最终灭绝我们而兵不血刃。
　　　　　我们已经厌倦这样的生活，
　　　　　不愿再无休止地茹苦含辛。
　　　　　我们已经判处了自己的死刑，
　　　　　决不更改这冷酷适时的决心。
　　　　　广场中央已架起巨大的火堆，
　　　　　它那灼热的舌头贪婪地屈伸。
　　　　　我们苦心经营的财富和家产，
　　　　　将在火焰中化作天外的云烟。
　　　　　迈开沉重惊惶而无奈的碎步，
　　　　　那里正在聚集着悲哀的人群。
　　　　　他们庄严地举起各自的财物，
　　　　　投进烈火，为它添上柴薪。
　　　　　那里有瑰丽的东方珍珠，
　　　　　也不乏铸成器皿的纯金，
　　　　　还有闪光的钻石和红玉，
　　　　　贵重的锦缎，罕见的衣裙，
　　　　　都在呼啸跳跃的火光中，
　　　　　顿时间焚化为青烟一阵。

罗马人将不顾余热炙手，

急不可耐地把瑰宝搜寻。

〔人们带着大小包裹从一边上场，又从另一边下场。

努曼西亚人乙　把目光转向凄惨的情景，

请看努曼西亚倾城出动，

人们步伐匆促心情急迫，

为使火光冲天烈焰熊熊。

燃烧的并非干枯的柴禾，

也不是路旁的树叶草茎；

把珍藏的财宝付之一炬，

枉费了几代人苦心经营。

努曼西亚人甲　若从此结束痛苦的折磨，

无须惋惜毁坏珍宝财帛，

可是我们死期迫在眉睫，

我已听到这无情的判决。

无须期待着野蛮的异族，

挥刀把我们的咽喉切割；

刽子手不是凶残的罗马，

我们将亲手把自己处决。

宣布的命令斩钉截铁：

妇孺老人将无一存活。

饥饿露出了恶毒的狞笑，

岂能从它的魔爪下逃脱？

哦，我的情人从那边走来，

你知道我们曾经耳鬓厮磨，

度过多少缱绻的时日。

　　　　如今为何这样痛心疾首？

〔一妇女上场,怀里抱着婴儿,手里拿着准备投进火里的
衣物,一孩童紧随身后。

母　亲　啊,生活何等艰难困苦,
　　　　欲死不成,求生无路!

儿　子　母亲,可有人用面包
　　　　换取你手中的衣服?

母　亲　面包?哪有一丁点
　　　　给我们充饥的食物!

儿　子　难道我难逃一死,
　　　　任凭饥饿焚毁肚肠?
　　　　给我一小块面包吧,
　　　　母亲,我不再哭诉!

母　亲　孩子,你多么叫我伤心!

儿　子　怎么?母亲,你不愿给我援手?

母　亲　何处去寻觅食品?
　　　　母亲我怎尽义务!

儿　子　你可以设法购买,
　　　　或由我前往店铺。
　　　　若路上与人相遇,
　　　　更无须跋涉长途:
　　　　交出这捆衣衫,
　　　　换来面包果腹。

母　亲　吮吸吧,可怜的心肝,
　　　　紧紧偎在我的胸前!
　　　　我的乳汁早已枯竭,

只有鲜血尚未耗干。
即使撕裂我的身体，
只能供你一时饱餐。
我瘦弱疲惫的双臂，
无力把你抱在怀里。
孩子们啊，我的欢乐，
莫再向我发出呼唤；
因为除了我的鲜血，
别无他物可以贡献！
凶恶可怕的饥饿啊，
正把我的生命摧残！
从天而降的战祸哟，
把我推到死神面前！

儿　子　母亲，我就要死了！
　　　　我们匆匆走向哪里？
　　　　这没有休止的行走，
　　　　加剧了饥饿的袭击。

母　亲　我们正向广场走去，
　　　　那里已把篝火燃起，
　　　　我们举起手中的衣物，
　　　　投入烈焰付之一炬。

〔母亲和孩子下。两个努曼西亚人留在场上。

努曼西亚人乙　可怜的不幸母亲啊，
　　　　几乎无力迈步向前，
　　　　在这悲惨绝望的时刻，
　　　　忍受两个小儿的纠缠。

努曼西亚人甲　终须迈出痛苦的一步，
　　　　　　　去向残暴的死神屈服。
　　　　　　　现在让我们随同前往，
　　　　　　　且听议会把法令颁布。

第 四 幕

〔急促的集合号声响起。西庇阿,尤古尔塔和马里奥慌
慌张张上场。

西庇阿　是谁吹响了号角,

　　　　扰乱了军中的平静?

　　　　莫非真有狂妄的歹徒,

　　　　前来交出自己的性命?

　　　　或是部下有人哗变,

　　　　在严酷关头造成骚动。

　　　　对待敌人倒无须戒备,

　　　　自己人使我忧心忡忡。

〔金托·法比奥手持出鞘的剑上场。

金　托　请将军平息胸中的焦灼:

　　　　已查明这场交战为何。

　　　　你的部属遭到袭击,

　　　　几名勇士尸体横陈。

　　　　两个剽悍的努曼西亚人,

　　　　一副锐不可挡的英雄气魄,

　　　　他们越出高墙跨过深沟,

　　　　在我军中造成一时的灾祸。

首先袭击了前沿哨兵，
冲进林立的刀枪面不改色，
他们怒气填膺一往直前，
杀出一条血路飞奔而过。
攻下法布里西奥的营帐，
力壮胆大赴汤蹈火，
营中的士兵纷纷倒下，
致命的伤口穿透心窝。
胜过狂暴的电闪雷鸣，
不及掩耳地把长空划破。
即便是光辉夺目的彗星，
怎能在一瞬间把苍穹飞越？
他们俩在士兵中一路冲杀，
长驱直入把尸体撒播，
只见快刀利剑所到之处，
罗马人的鲜血汇流成河。
法布里西奥的胸膛已被刺穿，
埃拉西奥的脑袋已被利刃砍破；
奥勒米达失去了他的右臂，
正在奄奄一息与人世诀别。
勇敢敏捷的埃斯塔西奥，
也没有得到更好的结果；
他扑向强悍的努曼西亚人，
徒然换取了过早的夭折。
偷袭者在营帐间来往狂奔，
所向披靡犹如鸣响的飞梭，

　　　　他们终于找到几块糕饼，

　　　　便以同样的勇猛立即后撤。

　　　　其中一个在利剑下丧命，

　　　　另一个却趁着混乱逃脱。

　　　　倘若城中还有几粒粮食，

　　　　他们怎肯冒险出城抢夺？

西庇阿　他们身处弹尽粮绝的困境，

　　　　却仍然勇猛强悍士气旺盛。

　　　　设若补给充裕行动自如，

　　　　将更加斗志昂扬力量倍增！

　　　　啊，你这桀骜不驯的民族，

　　　　我一定要折服你狂暴的性情；

　　　　为了扑灭你猖獗的气焰，

　　　　我正把巧妙的计策施用！

　〔全体下场。马兰德罗上场。他遍体鳞伤，血迹斑斑，提

　着一篮面包。

马兰德罗　莱昂尼西奥，你在哪里？

　　　　亲爱的朋友毫无声息！

　　　　没有你的陪伴，

　　　　我如何只身返回？

　　　　朋友啊，你倒下了，

　　　　倒下再也不会站起，

　　　　不是你狠心任我死去，

　　　　而是我把你遗弃。

　　　　你已经血肉模糊，

　　　　暴露在敌人营地。

难道这篮面包，

竟然如此昂贵？

既然那致命的创伤，

夺去了你的青春活力，

为什么不在同时，

也切断我的呼吸？

是那残酷的命运，

用生死把我们隔离，

让我承受更大的苦难，

你的忠贞却千秋永垂，

为友舍身的英名，

将铭刻在不朽的丰碑。

生死与共的朋友，

我立即前去把你伴随。

我的心情如此急切，

但愿此刻就与你相会。

待我把面包交给丽拉，

你知道它多么来之不易：

它来自敌人之手，

并非由于他们心肠慈悲；

两个不幸朋友的鲜血，

就是这篮食物的花费！

〔丽拉上，拿着一包衣服，准备投进火里。

丽　　拉　是谁出现在我眼前？

马兰德罗　请你多看我几眼，

我这悲惨的生命，

已经到了期限。

看看吧,丽拉,

我实现了自己的诺言:

只要我一息尚存,

绝不让你魂离魄散,

不过你更须知道,

你我是最后相见;

面包将增添你的活力,

我的气息只剩微微一线。

丽　拉　可爱的人儿,你在说什么?

马兰德罗　丽拉,快缓解你的饥肠,

我感到死神的巨镰

正在把我生命砍断。

为了润湿你的面包,

我愿把鲜血献上,

这是一餐苦涩的饭食,

丽拉,我心上的姑娘!

面对着八万敌军,

我们两人冲入营帐,

用我们年轻的生命,

换来这面包一篮。

只要你报之以爱情,

就是对我最高的奖赏。

可是我已经气息奄奄,

要去莱昂尼西奥身旁。

请把我纯洁坚贞的爱心,

　　　　　紧紧偎在你的胸膛，

　　　　　这才是最丰美的食品，

　　　　　将给灵魂以滋补和营养。

　　　　　安乐之日患难之时，

　　　　　你永远是我心中的女皇。

　　　　　请收下这具躯体吧，

　　　　　如同收下那颗爱心一样！

　　　〔倒地死去。丽拉把尸体搂在怀里。

丽　拉　马兰德罗，我的心上人，

　　　　　你为什么这样呻吟？

　　　　　你一向生气勃勃，

　　　　　怎会突然精疲力尽？

　　　　　啊，我的丈夫死了！

　　　　　悲痛撕裂了我的心。

　　　　　这是致命的一击，

　　　　　啊，多么不幸的命运！

　　　　　你怎么了？我的爱人，

　　　　　你是那样勇敢超群，

　　　　　对我的爱情坚定而纯真，

　　　　　是谁给予你致命的伤痕？

　　　　　你曾经冒险突围，

　　　　　为了使我摆脱死神，

　　　　　结果却事与愿违：

　　　　　催促我向死亡行进。

　　　　　你为我洒出的鲜血，

　　　　　已把这面包润湿！

它不是滋补的食物,

而是致命的毒品!

并非为了苟延生命,

我把面包举向嘴唇,

只因里面渗透的鲜血,

我才把它温柔地亲吻!

〔一个小伙子上。他是丽拉的弟弟,气息奄奄地发出
哀叹。

小伙子　姐姐呀,母亲已经断气,

父亲正在死去,

现在轮到了我,

浑身瘫软无力。

姐姐可有面包?

拿来拯救弟弟!

啊,面包! 太晚了!

饥饿扼住我的喉管,

使它越来越细,

哪怕涓涓清水,

也没有流入的空隙。

还给你,姐姐,

尽管我馋涎欲滴。

我不再需要面包,

因为生命正离我而去。

〔倒下死去。

丽　拉　为什么不回答我的呼唤?

我的呼吸也要中断!

需要多么巨大的力量，

来承受纷至沓来的灾难！

命运之神，你太凶狠，

接二连三向我降下祸患，

一瞬间我成为孤女寡妻，

举目无亲孤独凄惨！

啊，残暴的罗马军队，

向我刺来长矛利剑，

杀死我的丈夫和兄弟，

把我推入两具尸体之间！

在这不祥的时刻，

我先把哪一个顾盼？

他们在生前的岁月，

同是我亲密的伙伴。

温柔的丈夫，可爱的兄弟，

我爱你们毫无偏袒。

我将立即追上你们，

不管是天上还是阴间！

若要问我如何死去，

你们的遭遇就是答案：

不是倒在屠刀之下，

就是被饥饿吮干。

放下面包，举起匕首，

狠狠刺向自己胸前；

与其活着遭受折磨，

不如死去永远安眠。

为何迟疑？多么懦弱！

我的双臂如此瘫软！

亲爱的丈夫和兄弟，

等待我前去会面！

〔一个妇女狂奔上场，后面紧跟着一名努曼西亚士兵，手持匕首，向她刺去。

妇　女　朱庇特，慈悲不朽的天父，

帮助我摆脱这无情的追捕！

士　兵　即使你插双翅腾空而起，

这铁拳也会把你结束！

〔妇女下场。

丽　拉　锋利的尖刀，强壮的臂膀，

好人啊，请刺向我的胸膛。

让不愿死去的人继续生活，

杀死我吧，我已把辛酸饱尝。

士　兵　元老院的法令有一条文：

要杀死城里所有的女人。

可是哪有铁石心肠的勇士，

在你美丽的胸膛留下伤痕？

我不愿遭受世人的诅咒；

杀死你并非高尚的功勋。

让别人的手去戕害你吧，

我只能奉献出爱慕之心。

丽　拉　上有高高的青天为证，

相信我吧，勇敢的士兵：

我甘愿遭你残酷的屠戮，

而不接受你的恻隐之情。
你本可以成为我的好友，
面不改色结束我的性命，
用尖刀刺穿我哀伤的胸口，
使我永远摆脱这苦雨凄风。
你既对我施以慈悲和怜悯，
无端延长眼前的苦难历程，
何不帮助我那可怜的丈夫，
为他筑起一座长眠的坟茔。
同时也替我这僵卧的兄弟，
开掘一块永远安息的墓地。
丈夫为救我而献身，
兄弟因饥饿而丧命。

士　兵　我定会满足你的请求，
　　　　但首先要你讲明原由：
　　　　丈夫和兄弟双双身死，
　　　　请问是何人下此毒手？

丽　拉　朋友，我已经不能讲述。

士　兵　你如此痛苦欲绝，无力开口？
　　　　弟弟人小体轻请你扛走，
　　　　我来搬运你丈夫沉重的尸首。

〔两人把尸体运下场。一个女人手持长矛和盾牌上，她象征战争。随之上场的还有疾病和饥饿，疾病手扶拐杖，头系绷带，戴着蜡黄色的面具；饥饿手持死神雕像，身着黄色粗麻布衣，戴着苍白的面具。

战　争　饥饿和疾病是我忠实的随从，

我严酷可怕的命令由他们执行，
健康和生命在他们手中毁灭，
面对哀求和威胁他们无动于衷。
我的意图你们都能心领神会，
不必要重新一一向你们说明。
我将一如既往感到心满意足，
只要你们始终听从我的号令。
我之所以赐恩机灵的罗马人，
是身不由己而采取的行动；
因为命运之神已经作出安排，
它的力量谁敢斗胆予以抗争？
罗马将在一个时期耀武扬威，
而西班牙人却必须忍辱偷生。
有朝一日我必定会改弦更张，
毁灭强者而使弱者旗鼓重整；
只因为我是强大无比的战争，
母亲的诅咒无损于我的威风，
对于我的谴责往往毫无道理，
他们怎知我的巨掌价值无穷！
我愿在这里向全世界宣布：
西班牙将靠我建树辉煌武功；
因为卡洛斯、腓力、费尔南多
把这国家引上空前的繁荣。

疾　病　如果饥饿——我们亲爱的伙伴，
未能坚持不懈地把责任承担；
如果努曼西亚的全体居民，

　　　　还没有被它的魔爪扼断喉管，
　　　　就让我来完成你的委托吧，
　　　　罗马人定会轻易把城池攻占。
　　　　他们面对俯拾皆是的战利品，
　　　　必然要欢喜惊奇眼花缭乱。
　　　　不过饥饿也确实发挥了威力，
　　　　把努曼西亚推到毁灭的边缘，
　　　　时来运转已经毫无希望，
　　　　求生的通路全被阻断。
　　　　绝望的挣扎化为无情的剑戟，
　　　　残酷的劫数也把淫威施展，
　　　　居民们惨遭蹂躏抢地呼天，
　　　　何须饥馑瘟疫横行其间。
　　　　垂死的狂怒是你的得力帮手，
　　　　把努曼西亚人的胸膛充满。
　　　　他们犹如扑向罗马人一样，
　　　　凶猛残暴地割断同胞的血管。
　　　　火光冲天，到处都是无情的屠杀，
　　　　他们在死亡中找到恬静和安闲；
　　　　因为只有自相残杀同归于尽，
　　　　才能摘去罗马人的胜利桂冠。

饥　饿　请向城里转过你们的目光，
　　　　熊熊烈火焚烧着轩敞殿堂。
　　　　还可听到痛苦绝望的呼喊，
　　　　同时发自于千万人的胸腔。
　　　　美貌的淑女已被乱刀剁碎，

焚为灰烬的肢体四处飞扬。
他们裂人肝胆的声声哀告，
未能触动亲人的铁石心肠。
每当无人照看的柔弱羊群，
突然遇到张牙舞爪的恶狼，
为了保全各自的无辜性命，
只顾得东奔西窜惊恐万状。
嗜血的利剑追逼妇女儿童，
正如豺狼进攻不幸的羔羊，
任他们在街巷中仓皇躲闪，
怎能逃脱不可避免的死亡！
只见新郎举起锋利的尖刀，
狠心刺穿新婚妻子的胸膛；
还有青年扑向自己的母亲，
杀气腾腾把母子之情遗忘；
绝望的父亲紧紧追赶娇儿，
高高举起粗壮的臂膀，
一旦轧碎自己的亲生骨肉，
才如释重负舔舐心头创伤。
顿时间尸体遍布家园街巷，
飞溅的鲜血染红了空地广场；
杀人钢刀铮铮，炙人烈火熊熊，
整个城市在自相屠戮中沦亡。
看吧，高耸入云的巍巍古堡，
轰然一声霎时间倒塌在地上；
华丽的府邸变成为瓦砾一堆，

堂皇的神殿只剩下尘土飞扬。

你们还将看到特奥赫内斯，

如何揪住娇儿和爱妻的颈项，

一面高举起寒光逼人的刀剑，

正准备一试杀人兵器的锋芒。

当亲人们一个个地相继死去，

他自己也厌倦了尘世的喧嚷，

只是采取了十分奇特的方式：

邀集起数名同胞伴随他自戕。

战　争　我们去吧，他们的自相残杀，

如何能够代替我的严酷惩罚，

你们应该认真执行我的命令，

而决不允许有一丝一毫之差。

〔全体下场。特奥赫内斯，他的两个儿子、一个女儿和他的妻子一同上场。

特奥赫内斯　慈父的爱心也不能拦阻，

我着手实行残暴的意图。

孩子们啊，请你们谅解，

我崇高的职责不容疏忽。

以血腥的方式自戕而死，

怎能不感到难忍的痛苦！

而况我呀——愿天神宽宥！

我还须动手把你们杀戮。

心爱的孩子，只有这样，

才能避免被奴役的前途。

罗马将失去胜利的光荣，

它的气焰未把我们降服。
我们全城必须杀身成仁，
这才是永垂不朽的归宿；
仁慈的天神向我们指明，
这通往自由的宽阔坦途。
你，我美貌温柔的爱妻，
将摆脱贪婪目光的追逐，
你这袅娜多姿的身体啊，
将免于遭受魔爪的玷污。
我的利剑使你永享安宁，
让罗马人的淫欲化为烟雾。
且看野心勃勃的入侵者，
在瓦砾堆上把胜利庆祝。
我们宁可全体同归于尽，
也不忍受罗马人的凌辱。
是我首先做出这个决定，
并把它向全体居民宣布；
我的孩子应当首先死去，
我的死期同样不能延误。

妻　　子　难道不能
寻找其他永生的出路？
苍天啊，我将雀跃欢呼！
看来这一切都无可挽回；
我已听到了死神的脚步。
让我们把性命交付与你，
胜似落入罗马人的刀俎。

我只有这最后一个要求:

母子怨魂由狄安娜①庇护。

请带我们去女神的庙堂,

再走向篝火和雷电刀斧。

特奥赫内斯

你会如愿以偿,请莫停步,

无情的死神正在把我催促。

儿　子　母亲为何哭泣?我们走向何处?

请停一停,我已经无力迈步。

母亲啊,赶快给我一点吃食,

饥饿正折磨着我的五脏六腑。

妻　子　孩子啊,快快投进我的怀抱,

死亡将会给予你永恒的餍足。

〔一齐下场。两个少年仓皇奔跑上场。其中一个将要从

高塔顶上跳下,名叫巴里亚托,另一个是塞尔维奥。

小伙子　塞尔维奥,

我们逃向哪里?

塞尔维奥　我遵从你的心意。

小伙子　快些,你如此有气无力!

是你提议立即死在这里。

我的朋友,人群已走近,

手持刀枪在把我们追逼!

塞尔维奥　追捕的人们近在咫尺,

我们俩已经无处逃匿。

---

①　狄安娜,罗马神话中掌管森林和狩猎的女神,是诸神之王朱庇特的女儿。

　　　　　你还能想出什么办法？
　　　　　你有什么救命的主意？
小伙子　我们家宅中有座高塔，
　　　　　我想在上面暂且躲避。
塞尔维奥　朋友，请你独自前去，
　　　　　让我们从此永远分离，
　　　　　我的精力已消失殆尽；
　　　　　我已经饿得寸步难移。
小伙子　你不打算一同前往？
塞尔维奥　我去不了了。
小伙子　你将永远留在此地，
　　　　　饥饿、刀剑和恐惧
　　　　　会把你埋葬在这里。
　　　　　我去了，因为不愿
　　　　　无端被人撕得粉碎；
　　　　　或遭受烈火的焚烧；
　　　　　或被利剑穿透身体。

〔小伙子走向高塔，下场。塞尔维奥留下。特奥赫内斯上场，手持两把出鞘的剑，身上满是血污。塞尔维奥看见他，慌忙逃下。

特奥赫内斯　亲骨肉的鲜血已经流尽，
　　　　　爱儿们一个个气绝命殒。
　　　　　这双高尚而残暴的手啊，
　　　　　眨眼间杀死了所有亲人。
　　　　　既然命运决计与我作对，
　　　　　既然天神放弃慈悲之心，

让我也立即光荣地死去，
切莫延长这苦难的时辰。
努曼西亚的勇士们，
权当我是野蛮的罗马人，
让我的鲜血溅满双手，
刺穿我吧，来报仇雪恨。
请快快接过我这把利剑，
来和我进行殊死的决战；
你我在厮杀中壮烈献身，
胜过辗转呻吟忍受磨难。
这场肉搏之中的幸存者，
应负责把死者投入火焰。
只有这样才是慈悲为怀，
才是对亡魂的虔诚祭奠。
为何犹豫？快向我扑来，
要把我的生命向神祇奉献，
必须丢开对友人的情谊，
显示对仇敌的全部凶残。

〔一个努曼西亚人上。

努曼西亚人　特奥赫内斯在向谁召唤？
你又想如何把生命摧残？
为什么向我们连连挑战，
逼我们投向那空前灾难？

特奥赫内斯　假如你强悍不屈的性格，
并未因惧怕而化为乌有，
请你接过利剑与我搏斗。

　　　　既然我们已经濒临绝境，

　　　　只有兵戎相见毫不留情，

　　　　唯独这样死去我最高兴。

努曼西亚人　你的高明见解正中我下怀，

　　　　这也是命运的最后安排。

　　　　但是我们应在广场格斗，

　　　　那里燃烧着炽烈的干柴，

　　　　无论是你我在剑下丧命，

　　　　都可立即在大火中掩埋。

特奥赫内斯　我赞同，请立即迈步前行，

　　　　莫迟延，我必死的决心已定。

　　　　无论死在剑下还是葬身火中，

　　　　我都认为是至高无上的光荣。

　　〔一同下场。上场的有：西庇阿，尤古尔塔，金托·法比

　　奥，马里奥，埃尔米利奥，林皮奥和其他罗马士兵。

西庇阿　如果我的预感千真万确，

　　　　如果各种征兆并非错觉，

　　　　那里是努曼西亚的火光，

　　　　还有嘈杂一片，呼喙不绝。

　　　　我可以毫不犹豫地断言：

　　　　狂怒的敌人要铤而走险，

　　　　并非预料中的自相摧残。

　　　　可是墙头突然隐去人影，

　　　　也听不到哨兵的脚步声，

　　　　顿时间四周围一片寂静，

　　　　似乎凶猛的努曼西亚人

　　　　　　在此刻变得文雅而安宁。

马里奥　你很快就会解开疑团，
　　　　　　只要允许我攀上城垣，
　　　　　　在当前这种严酷时刻，
　　　　　　自然是冒着极大危险，
　　　　　　但只有如此才能探明，
　　　　　　顽强的敌人有何打算。

西庇阿　攀登吧，命人搬来云梯！
　　　　　　登上城墙去把实情刺探。

马里奥　埃尔米利奥，快移过云梯，
　　　　　　我需要盾牌把胸膛护卫，
　　　　　　还有带羽饰的白色头盔。
　　　　　　为消除困扰全军的疑虑，
　　　　　　哪管我的性命岌岌可危。

埃尔米利奥　这是盾牌，这是头盔，
　　　　　　林皮奥也搬来了云梯。

马里奥　但愿全能的丘比特保佑，
　　　　　　助我完成使命安然返回。

尤古尔塔　马里奥，把盾牌举起，
　　　　　　弯下身了，戴好头盔，
　　　　　　终点已近，再努把力！
　　　　　　你看到了什么？

马里奥　天哪！多么令人心悸！

尤古尔塔　你为何如此惊呼不已？

马里奥　我在这城里看到了什么？
　　　　　　分明是一片血红的沼泽！

千万具遍体鳞伤的尸首，

在努曼西亚的街头横卧。

西庇阿　没有一个人侥幸存活？

马里奥　没有一个！

至少在我的视线所及，

还未见一个活人走过。

西庇阿　跳进城里！但要谨慎。

尤古尔塔，随他前去探索。

〔马里奥跃入城内。

西庇阿　我们都随他前往。

尤古尔塔　不必了。

莫忘记你还有重任在身。

请冷静下来，将军大人，

关于这不屈城市的消息，

等待我和马里奥的音讯。

请扶好云梯。啊，天哪！

是什么景象在眼前延伸！

多么凄惨而可怕的场面，

遍地的血泊还散着余温，

尸体堆积在空地和街心。

让我也跳下去仔细搜寻。

〔尤古尔塔跃入城内。

金　托　这些强悍的努曼西亚人，

想必是由于绝望而狂怒，

眼看自己已经走投无路，

便决定及早把生命结束；

　　　　　宁可葬身于自己的刀锋，

　　　　　不愿沦为胜利者的俘虏，

　　　　　以表明他们把我们厌恶。

西庇阿　　只要能俘获一名幸存的居民，

　　　　　就等于我们的胜利得到承认。

　　　　　是我征服了这座不屈的城市，

　　　　　为罗马除去一个致命的敌人。

　　　　　努曼西亚表现出罕见的勇气，

　　　　　一直到病饿交加，全城命殒。

　　　　　罗马人并未与他们兵戎相见，

　　　　　自然也没有可以夸耀的功勋。

　　　　　然而这正是我用计谋的结果：

　　　　　使他们无以施展勇猛和机敏。

　　　　　只有把狂怒的野兽关进牢笼，

　　　　　才算是巧妙至极的克敌窍门；

　　　　　用武力必将是最愚蠢的决策。

　　　　　我似乎听到了马里奥的声音。

　　　　〔马里奥从城墙跳下。

马里奥　　将军啊，我钦佩你深虑远谋，

　　　　　不过我们的努力已付诸东流，

　　　　　毫无结果啊，你的策划运筹；

　　　　　你在不停地部署，日夜劳顿，

　　　　　胸有成竹，等待胜利的喜讯，

　　　　　转瞬之间，都成飘渺的烟云。

　　　　　努曼西亚，不可征服的城市，

　　　　　以悲惨结局写下壮烈的历史，

将永不泯灭传颂于子孙后世；
他们视死如归，正气贯长虹，
在山穷水尽之中却转败为胜，
从而剥夺了你胜利者的光荣。
我们的韬略终究是白费心机，
只见他们万众一心英勇就义，
挫败了我们强大无敌的兵力。
努曼西亚人已经受尽了折磨，
下狠心要诀别这苦难的生活，
从而也随之结束了这场战祸；
他们举起刀刺穿自己的胸膛，
把全城变成为一片血的海洋，
千万具尸体布满道路和广场。
由于他们无所畏惧当机立断，
才避免沦为任人宰割的奴隶，
挥开向脖颈套来的沉重锁链。
广场中心正燃烧着熊熊篝火，
呼啸的烈焰伸出炽热的火舌，
吞噬着人们的尸骨以及财帛。
当我及时赶到篝火旁边，
特奥赫内斯在狂暴地呼喊，
怒冲冲地把自己的生命摧残。
他一面诅咒捉摸不定的命运，
一面扑向熊熊火焰纵身跳进，
好像是一个无所顾忌的狂人。
同时口中还不停地念念有词：

"荣誉之神,来履行你的天职,
向普天下传播我的壮烈之死。
罗马人,你们立即列队入城,
只能得到残垣断壁烟尘飞腾,
富饶丰腴的土地已荆棘丛生!"
我只得信步走去思绪万端,
穿过大街小巷断壁残垣,
不知不觉把大部城区游遍。
然而未遇一个幸免的居民,
以便带他前来听你审讯,
从而驱散我们心头的疑问:
究竟什么时候,以什么方式,
他们决定实行这残忍的措施:
转瞬间把全体居民处死?

西庇阿　莫非在我这宽阔的胸间,
充满着残害生灵的欲念,
而没有丝毫怜悯和慈善?
难道我果真是生性暴戾,
缺乏胜利者应有的魄力;
无胆略赦免缴械的强敌?
我本有无比高尚的气概,
既英勇善战又宽厚博爱,
却遭到努曼西亚的错怪!

金　托　你心中的忧虑和不安,
自会由尤古尔塔驱散,
他来了,却在长嘘短叹。

〔尤古尔塔在城墙上出现。

尤古尔塔　将军,已没有用武之地,

　　　　　奉劝立即向别处转移,

　　　　　去施展你的良策妙计。

　　　　　在这里已经无事可做,

　　　　　全城中只有一人存活,

　　　　　等待着向你交出城郭。

　　　　　在那远处的高塔之上

　　　　　有一个小伙伫立眺望,

　　　　　衣着华丽,神情忧伤。

西庇阿　真如此,便是天神相助,

　　　　　罗马将承认我武功昭著,

　　　　　我暂且也可以心满意足。

　　　　　我们大家立即前去那边,

　　　　　规劝那小伙快走下地面,

　　　　　他活着,正合我的心愿。

〔小伙子巴里亚托站在塔顶。

巴里亚托　你们去哪里?你们找什么?

　　　　　已经不再需要巧攻强夺,

　　　　　只管长驱直入,无人阻遏。

　　　　　不过我必须向你们说明:

　　　　　这座城市虽然死寂无声,

　　　　　钥匙却掌握在我的手中。

西庇阿　小伙子,快快把钥匙交出,

　　　　　我会给予你赦免和安抚,

　　　　　你将感受我宽厚的气度。

巴里亚托　凶手,你的仁慈姗姗来迟,

　　　　　我已经没有福分把它尝试,

　　　　　我将给自己最严厉的惩治。

　　　　　父兄的遭遇撕胆裂心,

　　　　　我立即去追随他们的英魂,

　　　　　和我亲爱的祖国同归于尽!

金　　托　莫要再一意孤行,荒唐的小伙!

　　　　　你风华正茂,尚在生命的开端,

　　　　　难道也已经对尘世感到了厌倦?

西庇阿　好孩子,平息怒火莫意气用事,

　　　　　你还年少柔弱胆小幼稚,

　　　　　怎能与我举世闻名的威力比试。

　　　　　听我在这里向你许下诺言,

　　　　　要相信这确是我诚挚的心愿:

　　　　　从今起你把自己的命运掌管,

　　　　　再不会受他人奴役羁绊。

　　　　　我决定赐给你大笔财产,

　　　　　任凭你去尽享荣华富贵,

　　　　　要求你归顺我是唯一条件。

巴里亚托　我的故乡成了瓦砾一片,

　　　　　我的同胞都已永世长眠,

　　　　　但他们无比勇猛的气概,

　　　　　还有不向敌人屈膝的誓言,

　　　　　和那报仇雪恨的坚强决心,

　　　　　还依然凝聚在我的胸间。

　　　　　我一人集结了全城军威,

妄图降服我？多么荒唐！
亲爱的祖国，不幸的人民，
请不必担忧我势孤力单，
任凭他甜言蜜语胁迫威逼，
我绝不背弃这故土和祖先。
哪怕他所有强敌扑面而来，
哪怕他天崩地裂乾坤倒转，
我将知道如何效仿你们，
维护努曼西亚人民的尊严。
我胆怯地瑟缩在这里，
本想逃脱死神的追赶，
现在我却决心昂起头颅，
追随你们向死亡挑战。
我丢弃了可耻的怯懦，
换来了坚定顽强和果敢。
我要用壮烈抛洒的热血，
洗刷去惊惶逃窜的污点。
放心吧，勇敢的同胞，
我不会背叛你们的遗愿：
让阴险狠毒的罗马人，
在瓦砾灰烬中举行盛典。
对于我他们将无计可施，
不管是举起锋利的刀剑，
还是虚情假意的允诺，
用财富和享乐把我诱骗。
罗马人，莫要过早高兴，

你们仍要翻越高大城垣。

尽管你们兵强势众，

也休想逼迫我就范。

啊，我的时刻到了，

让我纵身跳向地面，

把我纯真而深厚的爱心，

全部向亲爱的祖国奉献。

〔小伙子由赶塔跳下。响起号角声。

西庇阿　从未目睹过的壮烈行为！

勇敢的小伙子令人钦佩！

努曼西亚和整个西班牙，

都因你赢得不朽的光辉。

高贵青年英勇献出生命，

使我徒然操劳功亏一篑！

你跌落下来却声誉大振，

而把我的桂冠撕得粉碎。

愿你和努曼西亚立即复活，

彼时彼刻我会无比欣慰。

我苦心策划了这场战争，

赫赫战功被你一举摧毁；

从城头跌落下来的勇士，

把越墙的攻坚者击溃。

神赐你胜利者的桂冠，

你的英名将千古永垂。

〔荣誉之神身着白衣上场。

荣誉之神　让我响亮的歌喉飞遍人间，

以甜美的旋律去拨动心弦，
点燃起那永不熄灭的热情，
使伟大的业绩世代流传。
罗马人，昂起低垂的头颅，
把小伙的尸体移向陵园。
他不过是一个稚嫩的小儿，
却夺去了你们的胜利桂冠。
天神正在穹宇悠然漫步，
设法安抚这残破的尘寰。
我作为传播荣誉的神祇，
也不会忽略自己的职权。
愿我这纯朴真挚的诗句，
迅速飞越过大海和高山，
让努曼西亚无双的名字，
在天涯海角震荡回旋。
她以亘古未有的壮举，
把未来的世纪预言：
强大西班牙的后代儿女，
无愧于他们的光荣祖先。
死神挥动着无情的钐镰，
催促世代更替光阴似箭。
我一如既往恪守职责，
把不屈的努曼西亚咏唱。
努曼西亚的光荣历史，
是永不枯竭的灵感之源，
即便在百岁千年之后，

永远是感人肺腑的诗篇，
不向强梁折腰的英雄汉，
将在赞歌颂诗中栩栩再现。
不过那是后人的事情，
我们的故事到了收尾时间。

（剧　终）